O MEDO MAIS PROFUNDO

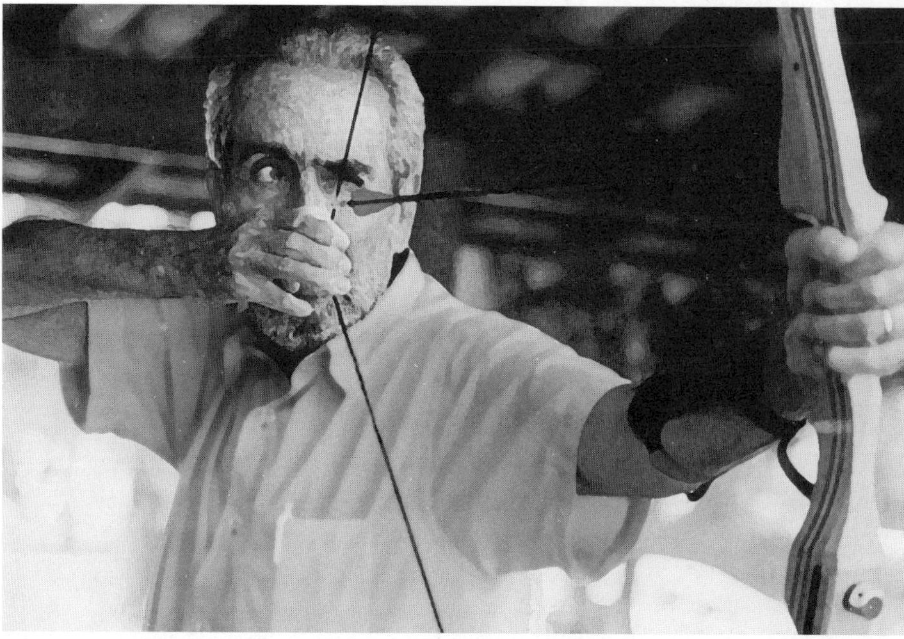

O ARQUEIRO

Geraldo Jordão Pereira (1938-2008) começou sua carreira aos 17 anos, quando foi trabalhar com seu pai, o célebre editor José Olympio, publicando obras marcantes como *O menino do dedo verde*, de Maurice Druon, e *Minha vida*, de Charles Chaplin.

Em 1976, fundou a Editora Salamandra com o propósito de formar uma nova geração de leitores e acabou criando um dos catálogos infantis mais premiados do Brasil. Em 1992, fugindo de sua linha editorial, lançou *Muitas vidas, muitos mestres*, de Brian Weiss, livro que deu origem à Editora Sextante.

Fã de histórias de suspense, Geraldo descobriu *O Código Da Vinci* antes mesmo de ele ser lançado nos Estados Unidos. A aposta em ficção, que não era o foco da Sextante, foi certeira: o título se transformou em um dos maiores fenômenos editoriais de todos os tempos.

Mas não foi só aos livros que se dedicou. Com seu desejo de ajudar o próximo, Geraldo desenvolveu diversos projetos sociais que se tornaram sua grande paixão.

Com a missão de publicar histórias empolgantes, tornar os livros cada vez mais acessíveis e despertar o amor pela leitura, a Editora Arqueiro é uma homenagem a esta figura extraordinária, capaz de enxergar mais além, mirar nas coisas verdadeiramente importantes e não perder o idealismo e a esperança diante dos desafios e contratempos da vida.

HARLAN COBEN

O MEDO MAIS PROFUNDO

ARQUEIRO

Título original: *Darkest Fear*

tradução: Ricardo Quintana
preparo de originais: Gabriel Machado
revisão: Flávia Midori e Suelen Lopes
projeto gráfico e diagramação: Valéria Teixeira
capa: Raul Fernandes
imagem de capa: Stuart Brill/ Trevillion Images
impressão e acabamento: Lis Gráfica e Editora Ltda.

CIP-BRASIL. CATALOGAÇÃO NA PUBLICAÇÃO
SINDICATO NACIONAL DOS EDITORES DE LIVROS, RJ

C586m Coben, Harlan
O medo mais profundo/ Harlan Coben; tradução de Ricardo Quintana. São Paulo: Arqueiro, 2016.
272 p.; 16 x 23 cm.

Tradução de: Darkest fear
ISBN 978-85-8041-614-5

1. Ficção americana. I. Quintana, Ricardo. II. Título.

CDD: 813
16-35101 CDU: 821.111(73)-3

Todos os direitos reservados, no Brasil, por
Editora Arqueiro Ltda.
Rua Funchal, 538 – conjuntos 52 e 54 – Vila Olímpia
04551-060 – São Paulo – SP
Tel.: (11) 3868-4492 – Fax: (11) 3862-5818
E-mail: atendimento@editoraarqueiro.com.br
www.editoraarqueiro.com.br

Este livro é para o seu pai. E para o meu.

Quando um pai dá ao filho, os dois riem.
Quando um filho dá ao pai, os dois choram.

– Provérbio iídiche

– Qual é seu medo mais profundo? – sussurra a voz. – Feche os olhos e imagine. Você consegue visualizar? A agonia mais terrível?

Após uma longa pausa, digo:

– Sim.

– Ótimo. Agora imagine algo muito mais terrível...

"A mente terrorista", de Stan Gibbs,
coluna do *The New York Herald*,
16 de janeiro

capítulo 1

UMA HORA ANTES DE SEU mundo explodir feito um tomate maduro perfurado por um salto agulha, Myron dava uma mordida num bolo recém-saído do forno, que tinha um gosto suspeito de naftalina.

– E aí? – perguntou a mãe.

Com muito custo, Myron conseguiu engolir e responder:

– Nada mau.

A mãe balançou a cabeça, desapontada.

– Que foi? – indagou Myron.

– Sou advogada. Você deveria mentir melhor.

– Você fez o melhor que pôde.

A mãe deu de ombros e apontou para o, ahn, bolo:

– É a primeira vez que faço, *bubbe*. Tudo bem, pode dizer a verdade.

– Parece naftalina.

– Parece o quê?

– Aquela coisa que tem nos banheiros públicos. Nos mictórios. Eles colocam por causa do cheiro, acho.

– E você come isso?

– Não...

– Será que é por isso que seu pai fica tanto tempo no banheiro? Comendo naftalina? E eu aqui achando que era o problema na próstata.

– Estou brincando, mãe.

Ela sorriu. Seus olhos azuis estavam avermelhados, e colírio nenhum conseguia clareá-los. Era um vermelho que só se alcançava com um choro constante, algo que não combinava com o estilo zombeteiro da mãe.

– Eu também, espertalhão. Você acha que é o único na família com senso de humor?

Myron não disse nada. Olhou para o " bolo" com medo, ou talvez esperança, de que fosse rastejar para longe dele. Nos mais de trinta anos em que vivia naquela casa, a mãe nunca tinha assado nada – fosse da própria cabeça, com receita ou algum produto pré-pronto. Mal conseguia ferver água se não recebesse instruções muito precisas e praticamente nunca cozinhara, embora fizesse uma pizza congelada muito ruim no micro-ondas, depois de apertar o painel numérico com dedos ágeis que lembravam a performance de um dançarino profissional. Não, para a família Bolitar, a cozinha era mais um local de reuniões, que nada tinha a ver com culinária, mesmo a do tipo mais rústico. A mesa redonda servia para empilhar revistas, catálogos e as caixas de comida chinesa do restaurante. O fogão se envolvia em menos ação do que os filmes de Bergman. Era apenas um adereço, como aquelas bíblias enormes que ficam abertas na cômoda de um quarto.

Havia alguma coisa errada, definitivamente.

Eles estavam sentados na sala, com seu sofá modulado branco, de couro falso antiquado, e o tapete tingido de azul-esverdeado, cujos pelos emaranhados faziam Myron se lembrar de um forro de vaso sanitário. Pela janela panorâmica, ele lançava olhares furtivos para a placa de "Vende-se" no jardim, como se fosse um disco voador que tivesse acabado de aterrissar e algo sinistro estivesse prestes a sair dali.

– Cadê meu pai?

A mãe fez um gesto entediado com a mão em direção à porta.

– Está no porão.

– No meu quarto?

– Seu *antigo* quarto. Você já se mudou, lembra?

Claro que sim: saíra de casa em idade muito precoce, nada menos que aos 34 anos. Especialistas em educação infantil salivariam e balançariam a cabeça em desaprovação ao filho pródigo que tinha preferido permanecer no casulo do porão muito depois do prazo adequado para a borboleta se libertar. Myron, entretanto, poderia argumentar o contrário, alegando que, durante gerações e na maioria das culturas, a prole vivia na casa paterna até a idade madura. A adoção dessa filosofia poderia, na verdade, contribuir para o bem da sociedade, ajudando as pessoas a permanecerem enraizadas em algo tangível, naquela era de desintegração do núcleo familiar. Se ninguém engolisse essa linha de raciocínio, Myron podia tentar outra: ele tinha dezenas na manga.

Contudo, a verdade era bem simples: ele gostava de ficar no subúrbio com os pais – mas confessar essa fraqueza era algo tão interessante quanto a oitava faixa de um CD do Air Supply.

– E o que ele está fazendo? – perguntou Myron.

– Seu pai acha que você só vai chegar daqui a uma hora.

Myron balançou a cabeça, intrigado.

– E o que está fazendo no porão?

– Ele comprou um computador e está brincando com ele lá embaixo.

– Meu pai fez isso?

– Pois é... O homem não consegue trocar uma lâmpada sem manual de instruções e, de repente, vira Bill Gates. Navegando no barco.

– Na verdade, na rede – corrigiu Myron.

– O quê?

– Chamam de rede, mãe: net, internet.

– Mas como se navega numa rede? Rede é para pescar.

– É uma rede de computadores, eles estão conectados.

– Bem, seja o que for, seu pai fica lá o tempo todo, tecendo a rede ou sei lá o quê. Conversa com pessoas, Myron. É o que ele me conta. Com estranhos. Como fazia na época de radioamador, lembra?

Por volta de 1976, os pais judeus do subúrbio checavam por rádio se não havia policiais no caminho até a delicatéssen. Eram comboios enormes de Cadillacs Seville. Rua 10 com a 4 livre, câmbio.

– E isso não é tudo – continuou ela. – Ainda está escrevendo suas memórias. Um homem que não sabe fazer a lista de supermercado sem consultar um manual de estilo de repente começa a achar que é um ex-presidente.

Eles estavam vendendo a casa; Myron ainda não conseguia acreditar naquilo. Seus olhos perambulavam pelo entorno tão familiar, detendo-se nas fotos penduradas na parede da escada. Dava para ver a família envelhecendo pelas roupas e penteados – saias e costeletas aumentando e diminuindo; franjas, suede e *tie-dye*; jaquetões e calças de boca de sino; smokings de babado, cafonas demais até para um cassino de Las Vegas –, os anos passando como em um desses comerciais depressivos de seguro de vida. Myron observava suas jogadas de basquete na época da escola: um lance livre na liga suburbana, no sexto ano, uma disparada pelo meio do campo no oitavo, uma cesta no ensino médio. A série terminava com fotos de capa da *Sports Illustrated*, duas de quando jogava na Duke e uma de sua perna engessada, com a manchete ESSE É O FIM? em letras garrafais (todos sabiam que a resposta era um SIM! num corpo maior ainda).

– E qual é o problema? – perguntou ele.

– Não disse que era um problema – respondeu a mãe.

Myron balançou a cabeça, decepcionado.

– E você é uma advogada...

– Dando mau exemplo?

– Não é de admirar que eu nunca tenha me candidatado a um cargo público.

Ela cruzou as mãos no colo.

– Precisamos conversar.

Myron não gostou do tom.

– Mas não aqui – acrescentou a mãe. – Vamos dar uma volta no quarteirão.

Ele assentiu e os dois se levantaram. Antes que alcançassem a porta, o celular tocou. Myron o sacou com uma rapidez que faria inveja a qualquer pistoleiro de faroeste. Pigarreou e atendeu com uma voz aveludada, profissional:

– MB Representações Esportivas. Myron Bolitar falando.

– Bela voz – comentou a pessoa do outro lado.

Esperanza Diaz era a secretária de longa data, e agora sócia, na MB Representações Esportivas (o M era de Myron e o B, de Bolitar, a quem interessar possa).

– Pensei que fosse Lamar – disse ele.

– Ele não ligou ainda?

– Não.

Quase pôde vê-la franzir a testa.

– Estamos completamente atolados aqui.

– Aqui não. Estou tomando fôlego para a volta ao trabalho.

– Tomando fôlego como Pavarotti antes da Maratona de Boston.

– Hum... Mandou mal.

– Cale a boca.

Lamar Richardson era um jogador de beisebol do Golden Globe, bom rebatedor, que estava sem agente no momento – "sem agente" era um termo que os empresários da área esportiva murmuravam, da mesma forma que um mufti sussurra "Alá é grande". Em busca de uma empresa que o representasse, tinha reduzido a lista de opções a três agências: dois conglomerados gigantescos, com escritórios do tamanho de um hipermercado, e a já insignificante mencionada, mas muito intimista e acolhedora MB.

Myron viu a mãe parada à porta. Trocou o celular de ouvido e perguntou:

– Mais alguma coisa?

– Você nunca vai adivinhar quem ligou – disse Esperanza.

– Elle e Claudia querendo outro *ménage à trois*?

– Aaahh, quase isso.

Ela não iria lhe contar: com seus amigos, tudo era um *game show*.

– Dê uma dica.

– Ex.

Myron pareceu levar um tranco.

– Jessica.

Esperanza soltou um *pééé*.

– Lamento, errou de vagabunda.

Myron estava curioso. Tivera apenas dois relacionamentos longos na vida: um com Jessica, indo e vindo, durante os últimos treze anos (agora mais indo que vindo). E antes disso, bem, seria necessário voltar a...

– Emily Downing?

Esperanza fez um *plim-plim.*

Uma imagem súbita perfurou seu coração como uma lâmina certeira. Viu Emily sentada no sofá surrado do porão da fraternidade, lançando-lhe *aquele* sorriso, de pernas cruzadas, vestindo o blusão do time da escola, num número bem maior que o dela, gesticulando para ele.

Sua boca ficou seca.

– O que ela queria?

– Não sei. Mas disse que *precisa* falar com você. Ela é meio ambígua, sabe. Tudo o que diz tem duplo sentido.

Com Emily era assim.

– Ela é boa de cama? – questionou Esperanza.

Por ser uma bissexual muito ativa, a sócia via todo mundo como possível parceiro. Myron se perguntou como seria aquilo, ter e avaliar tantas opções. Então decidiu não imaginar. Homem sábio.

– O que ela falou exatamente?

– Nada específico. Desfiou uma série de palavras palpitantes: *urgente, questão de vida ou morte, assunto gravíssimo*, etc., etc.

– Não quero falar com Emily.

– Imaginei. Se ligar de novo, quer que eu me livre dela?

– Por favor.

– *Más tarde*, então.

Ele desligou quando uma segunda imagem já o golpeava, como uma onda que vem de surpresa na praia. Último ano na Duke. Emily muito calma jogando o blusão do time na cama dele e saindo. Não muito depois, casou-se com o homem que arruinaria a vida de Myron.

Respire profundamente, disse a si mesmo. Inspire e expire. Isso.

– Está tudo bem? – perguntou a mãe.

– Tudo.

Ela balançou outra vez a cabeça, decepcionada.

– Não estou mentindo – replicou Myron.

– Certo, claro, ótimo, é normal respirar como numa ligação de telessexo. Escute, se não quer contar para sua mãe...

– Não quero contar para minha mãe.

– ... que criou você e...

Myron ignorou-a, como de costume. Ela estava outra vez divagando, voltando ao passado. Era uma coisa que fazia muito. Uma hora, era moderna, uma feminista pioneira que marchou ao lado da jornalista Gloria Steinem, prova viva de que "Lugar de mulher é em casa... e na Câmara e no Senado", como estava escrito em sua velha camiseta. Na frente do filho, contudo, a roupa progressista caía no chão, revelando a *yenta* fofoqueira, com a *babushka* na cabeça, que havia sob o sutiã queimado. Essa dubiedade contribuiu para uma infância interessante.

Os dois saíram da casa. Myron mantinha os olhos na placa de "Vende-se", como se ela pudesse de repente sacar uma arma. Em sua mente surgiu uma imagem inédita: o dia ensolarado em que a mãe e o pai tinham chegado ali pela primeira vez, de mãos dadas, a barriga dela revelando a gravidez, os dois assustados e animados, percebendo que aquela casa de três quartos iria ser o navio que singraria os mares da vida. Agora, gostassem ou não, essa viagem estava chegando ao fim. Hora de esquecer aquela bobagem de "quando se fecha uma porta, outra se abre". A placa de "Vende-se" simbolizava o término – da juventude, da meia-idade, da família, do universo de duas pessoas que ali tinham levado suas vidas, lutando, criando os filhos, trabalhando.

Caminharam pela rua. Folhas se amontoavam ao longo do meio-fio, o sinal mais óbvio de um outono suburbano, sopradas por máquinas que zumbiam como helicópteros sobre Saigon. De propósito, Myron passou por elas, fazendo-as estalar sob seus tênis; ele gostava do som, não sabia bem por quê.

– Seu pai falou com você – começou a mãe, com um tom de pergunta – sobre o que aconteceu com ele.

Myron sentiu uma pontada no estômago. Mergulhou nas folhas, levantando mais alto as pernas e pisando com mais força.

– Sim.

– O que ele disse exatamente? – quis saber a mãe.

– Que sentiu umas dores no peito enquanto eu estava no Caribe.

A casa dos Kaufmans sempre fora amarela, mas a nova família proprietária a havia pintado de branco. Parecia estranha naquela cor, deslocada. Algumas residências agora estavam todas em alumínio, já outras ganharam anexos e suas cozinhas e quartos foram remanejados. Os jovens moradores da antiga casa dos Millers se livraram dos canteiros externos de flores nas janelas, outrora sua marca registrada. Os novos donos da residência dos

Davis tinham retirado os arbustos maravilhosos que Bob aparava todo fim de semana. A Myron, aquilo parecia um exército invasor arrancando os estandartes dos conquistados.

– Ele não queria contar – continuou a mãe. – Você conhece seu pai. Ainda acha que precisa resguardar você.

Myron assentiu, parado em meio às folhas.

– Foram mais que dores no peito – acrescentou ela.

Ele congelou.

– Foi um infarto de verdade – prosseguiu a mãe, sem olhá-lo nos olhos. – Ele ficou na UTI por três dias. – A mãe começou a pestanejar, os olhos marejados. – A artéria estava quase toda entupida.

Myron sentiu a garganta se contrair.

– Essa situação o transformou. Sei quanto você o adora, mas precisa aceitar isso.

– Aceitar o quê?

– Que seu pai está ficando velho – respondeu ela, numa voz suave e firme. – *Eu* estou ficando velha.

Ele refletiu um instante.

– Estou tentando.

– Mas...?

– Mas vejo essa placa de "Vende-se"...

– Madeira, tijolo e prego, Myron.

– O quê?

Ela atravessou uma pilha de folhas e segurou em seu braço.

– Me escute. Você fica aí com essa cara de enterro, mas essa casa não é a sua infância. Não faz parte da sua família. Não respira, pensa ou sente. É só madeira, tijolo e prego.

– Vocês moram aí há mais de 35 anos.

– E daí?

Ele se virou e continuou andando.

– Seu pai quer ser honesto com você – prosseguiu ela –, mas você não está facilitando as coisas.

– Por quê? O que eu fiz?

A mãe olhou para o céu, como se procurasse inspiração divina, e se pôs a caminhar. Myron seguia a seu lado. Ela deu o braço ao filho e se apoiou nele.

– Você sempre foi um excelente atleta. Verdade seja dita, diferente do seu pai, que era um desastre.

– Eu sei.

– Certo. Você sabe porque seu pai nunca fingiu ser o que não era. Permitia que você o visse como um ser humano, vulnerável. E isso teve um efeito estranho: você passou a adorá-lo mais ainda. Você o transformou em algo quase mítico.

Myron não teve o que argumentar. Dando de ombros, replicou:

– Eu o amo.

– Eu sei, querido. Mas ele é apenas um homem. Um bom homem. Que está ficando velho agora, assustado. Seu pai sempre quis que você o visse como humano. Mas não assustado.

Myron manteve a cabeça baixa. Não dá para imaginar os pais fazendo certas coisas – sexo é o exemplo mais comum. A maioria das pessoas não consegue, e provavelmente sequer tentou, imaginar pegar os pais em flagrante. Naquele momento, todavia, ele tentava evocar outro tabu: o pai sentado sozinho no escuro, com a mão no peito, assustado. Essa visão, embora possível, era dolorosa, insuportável. Quando falou novamente, sua voz saiu tensa:

– E o que devo fazer então?

– Aceitar as mudanças. Seu pai está se aposentando. Trabalhou a vida inteira e, como a maioria dos machões imbecis daquela época, sua noção de valor próprio está ligada ao trabalho. Portanto, tem passado por um período difícil. Não é mais o mesmo. *Você* não é mais o mesmo. O relacionamento de vocês está mudando, e nenhum dos dois gosta de mudanças.

Myron ficou em silêncio, esperando por mais.

– Aproxime-se dele um pouco – aconselhou a mãe. – Ele deu apoio a você a vida inteira. Ele nunca vai pedir, mas agora é sua vez.

Ao dobrarem a última esquina, Myron viu um Mercedes estacionado em frente à placa de "Vende-se". Perguntou-se por um instante se seria um corretor mostrando a casa. O pai estava no jardim conversando com uma mulher. Gesticulava muito e sorria. Fitou o seu rosto: a pele áspera que sempre dava a impressão de uma barba por fazer; o nariz proeminente com o qual costumava "socá-lo" durante as lutas de brincadeira, às gargalhadas; as pálpebras caídas e os tufos de cabelo grisalho que permaneciam, teimosos, após a basta cabeleira negra ter ido embora. Myron sentiu um aperto no coração.

O pai o viu e acenou.

– Veja quem apareceu!

Emily Downing se virou e lhe deu um sorriso tenso. Myron a encarou em silêncio. Cinquenta minutos haviam se passado. Mais dez e o salto alto esmagaria o tomate.

capítulo 2

OS PAIS SE MANTIVERAM AFASTADOS. Apesar das intromissões já quase lendárias, os dois possuíam a extraordinária habilidade de vagar pela Ilha dos Xeretas sem pisar nas minas do exagero. Então desapareceram dentro da casa.

Emily tentou esboçar um sorriso, mas em vão.

– Ora, ora, ora – disse ela, quando ficaram a sós –, se não é o partidão que deixei escapar.

– Você falou isso na última vez em que nos encontramos

– Falei?

Eles haviam se conhecido na biblioteca, no primeiro ano da Duke. Na época, Emily era gordinha – não que isso fosse ruim –, porém, com o passar dos anos, ela se tornou mais esguia e atlética – mais uma vez, nenhum problema. De qualquer forma, continuava impactante. Era mais atraente que bonita. Gostosa, exalando sensualidade. Na escola, usava o cabelo comprido e encaracolado, sempre com aquela aparência de "oh, usei o xampu errado", tinha um sorriso matreiro, capaz de obter mais uma estrela na classificação de um filme, e um corpo sinuoso que parecia ter a palavra *sexo* piscando, como a imagem de um projetor velho. Não importava que não fosse bonita: não conseguiria eliminar a sensualidade nem se vestisse um saco de pano e colocasse um cachorro atropelado na cabeça.

O mais estranho é que os dois eram virgens quando se conheceram, tendo de alguma forma perdido a talvez superestimada revolução sexual dos anos 1970 e 1980. Myron sempre achou que essa história era só exagero ou, no mínimo, algo que não conseguira se infiltrar pelas fachadas de tijolinhos das escolas dos subúrbios. Por outro lado, ele era especialista em colocar a culpa em si mesmo. Logo, provavelmente se tratava de um defeito seu – se é que a ausência de promiscuidade poderia ser considerada um defeito. Sempre se sentira atraído pelas meninas "de família", mesmo no ensino médio. Relações casuais nunca o interessaram. Cada garota que conhecia era avaliada como uma potencial parceira para a vida toda, uma cara-metade, um amor eterno, como se todos os relacionamentos fossem uma canção dos Carpenters.

Com Emily, entretanto, havia sido uma exploração sexual completa.

Aprenderam tudo um com o outro em passos vacilantes, mas dolorosamente abençoados. Mesmo agora, por mais que a detestasse, podia ainda sentir a contração, lembrar-se da forma como seus nervos ficavam à flor da pele na cama. Ou no banco de trás do carro. Num cinema, numa biblioteca e, uma vez, até durante uma palestra de ciências políticas sobre *Leviatã*, de Hobbes. Seu primeiro relacionamento longo terminou mais como uma música da banda Meat Loaf: quente, pesado, suado, rápido.

Na verdade, fora mais do que isso. Myron e Emily ficaram juntos por três anos. Ele a amara e ela fora a primeira a partir seu coração.

– Tem algum café aqui perto? – perguntou ela.

– Uma Starbucks.

– Eu dirijo.

– Não quero ir com você, Emily.

Ela lhe deu *aquele* sorriso.

– Perdi o encanto, não é?

– Ele perdeu o efeito sobre mim já faz muito tempo. – Era uma meia verdade.

Emily se remexeu, inquieta. Myron observou, pensando no que Esperanza dissera. Não eram só a voz e as palavras: até os movimentos tinham duplo sentido.

– É importante, Myron.

– Não para mim.

– Você nem sabe do que se trata...

– Não interessa, Emily. Você é passado. Assim como o seu marido...

– Meu *ex*-marido. Me divorciei, lembra? E nunca soube o que ele fez com você.

– Claro – retrucou Myron. – Você foi apenas a motivação.

Ela o encarou.

– Não é tão simples assim. Você sabe disso.

Ele concordou; Emily estava certa, claro.

– Eu sempre soube por que fiz aquilo – falou Myron. – Estava sendo um idiota competitivo, querendo sempre ficar um passo à frente de Greg. Mas e você?

Ela balançou a cabeça. O antigo cabelo teria sido jogado de um lado para outro, por fim cobrindo metade do rosto. O penteado novo era mais curto e estilizado, mas Myron ainda imaginava as melenas encaracoladas.

– Isso não importa mais – retrucou ela.

– Acho que não. Mas sempre fiquei curioso.

– Nós dois bebemos muito.

– Simples assim?

– Sim.

Myron fez uma careta.

– Desculpa esfarrapada.

– Talvez tenha sido só por sexo.

– Um mero ato físico?

– Talvez.

– Uma noite antes de você se casar com outro cara?

– Foi uma burrice, ok?

– Se você diz...

– Talvez eu estivesse com medo – comentou ela.

– De se casar?

– De me casar com o homem errado.

– Meu Deus, você não tem vergonha na cara.

Emily ia continuar, porém se conteve, como se não tivesse mais energia para discutir. Myron queria que ela fosse embora, mas com ex-amantes sempre há uma tristeza subjacente. Diante da pessoa, estende-se uma estrada que não foi percorrida, uma espécie de "e se?", a materialização de uma vida alternativa se as coisas tivessem sido um pouco diferentes. Ele não sentia mais o mínimo interesse por ela; mesmo assim, suas palavras ainda tinham o poder de fazer reaparecer seu antigo eu, com direito a mágoas e tudo o mais.

– Faz catorze anos – disse ela, em voz baixa. – Você não acha que já está na hora de seguir em frente?

Ele pensou no que aquela noite "meramente física" lhe custara. Tudo, talvez. O sonho de uma vida toda, com certeza.

– Você está certa – respondeu Myron, virando-se para outro lado. – Por favor, vá embora.

– Preciso da sua ajuda.

– Como você mesma disse, está na hora de seguir em frente.

– Apenas tome um café comigo. Com uma velha amiga.

Ele quis recusar, mas o passado exercia uma força muito grande. Myron assentiu, com medo de falar qualquer coisa. Foram de carro, em silêncio, até a Starbucks e pediram cafés elaborados a um barista que parecia se achar um artífice da bebida. Colocaram todos os condimentos possíveis, debruçando-se sobre a pequena bancada, passando o braço um por cima do outro para pegar o leite desnatado e o adoçante, como se jogassem uma espécie de Twister. Sentaram-se em cadeiras de metal que tinham o recosto muito baixo. O sistema de som estava tocando reggae, um CD chamado *Jamaican Me Crazy*.

Emily cruzou as pernas e tomou um gole do café.

– Você já ouviu falar em anemia de Fanconi?

Um começo muito interessante.

– Não.

– É um tipo de anemia hereditária causada por uma deficiência na medula óssea. Ela enfraquece os cromossomos.

Myron esperou.

– Você está familiarizado com transplantes de medula óssea?

Estranha linha de interrogatório. Contudo, ele decidiu jogar limpo:

– Um pouco. Um amigo meu teve leucemia e precisou de um. Eles instalaram uma unidade de transplante na sinagoga. Fomos todos até lá para fazer o exame.

– Quando você diz "fomos todos"...

– Meus pais, a família toda. Acho que Win também.

Ela inclinou a cabeça.

– Como está Win?

– O mesmo de sempre.

– Lamento ouvir isso. Quando estávamos na Duke, ele costumava escutar a gente fazer amor, certo?

– Só quando fechávamos a cortina e ele não conseguia assistir.

Emily riu.

– Ele nunca gostou de mim.

– Você era a favorita dele.

– Sério?

– Isso não quer dizer muito.

– Ele odeia mulher, não é?

Myron pensou no assunto.

– Como objeto sexual, gosta. Mas em termos de relacionamento...

– Um tipo estranho.

Imagine se ela o conhecesse de verdade. Emily deu outro gole no café.

– Estou enrolando.

– Já reparei.

– E o que aconteceu com seu amigo que estava com leucemia?

– Morreu.

Ela empalideceu de repente.

– Sinto muito. Que idade ele tinha?

– Trinta e quatro.

Emily tomou mais um gole, segurando o copo com as duas mãos.

– Você faz parte, então, do cadastro nacional de doadores de medula?

– Acho que sim. Doei sangue e eles me entregaram um cartão de doador.

Ela fechou os olhos.

– Que foi? – perguntou Myron.

– A anemia de Fanconi é fatal. Pode ser tratada durante um tempo, com transfusões de sangue e hormônios, mas só é curada com transplante de medula.

– Não estou entendendo, Emily. Você está com essa doença?

– Ela não dá em adultos – respondeu ela, pousando o café e olhando para cima.

Ele não era muito bom em decifrar olhares, mas o sofrimento daquele era tão óbvio quanto um letreiro de neon.

– Só dá em crianças.

Como se numa deixa, a trilha sonora da Starbucks mudou, passando para uma música instrumental sombria. Myron aguardou, mas não demorou muito.

– Meu filho tem essa doença – revelou ela.

Myron se lembrou da visita à casa em Franklin Lakes, quando Greg havia desaparecido. Vira o garoto brincando no quintal com a irmã. Devia ter sido dois ou três anos antes. Um menino de mais ou menos 10 anos e uma irmã de 8, talvez. Greg e Emily estavam no meio de uma batalha sangrenta pela custódia, com os filhos no meio do fogo-cruzado, daqueles de que ninguém escapa incólume.

– Sinto muito – falou ele.

– Precisamos encontrar uma medula compatível.

– Pensei que irmãos quase sempre fossem compatíveis.

Seus olhos vagaram pela Starbucks.

– A chance é de 25 por cento – explicou ela, calando-se abruptamente.

– Ah.

– O cadastro nacional só encontrou três potenciais doadores. Isto é, os exames preliminares de HLA revelaram que eles eram uma esperança. O

HLA-A e o HLA-B eram compatíveis, mas ainda seriam necessários outros exames mais complexos, de sangue e tecido... – Ela se calou outra vez. – Estou ficando muito técnica. Não é minha intenção. Mas quando um filho adoece assim, é como se você passasse a viver numa redoma de jargão médico.

– Eu entendo.

– De qualquer modo, passar por essa primeira triagem já é como ganhar na loteria. O centro de hematologia convoca os doadores em potencial e realiza uma bateria de testes, mas a possibilidade de que eles sejam compatíveis para um transplante é muito baixa, principalmente quando só existem três.

Myron assentiu, ainda sem ter ideia do motivo para ela lhe contar tudo aquilo.

– Mas tivemos sorte – continuou Emily. – Um dos três era compatível com Jeremy.

– Que ótimo.

– Mas temos um problema – disse ela, dando um sorriso torto. – O doador desapareceu.

– Como assim, desapareceu?

– Não sei os detalhes. O cadastro é confidencial. Ninguém me explica o que está acontecendo. Parecia que seguíamos no caminho certo quando, de repente, o doador sumiu. O médico não pode dar nenhuma informação... como eu disse, as informações são confidenciais.

– Talvez o doador tenha mudado de ideia.

– Então precisamos fazer com que mude outra vez ou Jeremy vai morrer – replicou Emily com firmeza.

– O que você acha que aconteceu? Por que ele teria desaparecido?

– Ele ou ela.

– O quê?

– Não sei nada sobre a pessoa: idade, sexo, endereço, nada. Mas Jeremy não está bem e a chance de encontrar outro doador a tempo é quase nula. – Ela tentava se controlar, mas Myron podia ver sua expressão prestes a desmoronar. – Precisamos encontrar esse doador.

– Foi por isso que você me procurou? Para que eu o encontre?

– Você e Win encontraram Greg quando ninguém conseguia. Assim que ele desapareceu, Clip foi logo até você. Por quê?

– Essa é uma história muito longa.

– Nem tão longa assim, Myron. Você e Win são especialistas nesse tipo de coisa. Vocês têm talento para isso.

– Mas não num caso desses – objetou ele. – Greg é um atleta famoso. Tem acesso à mídia, pode oferecer recompensas, pagar detetives particulares.

– Já estamos fazendo isso. Greg tem uma entrevista coletiva marcada para amanhã.

– Então pronto.

– Mas não vai dar certo. Eu disse ao médico de Jeremy que pagaríamos o preço que fosse ao doador, mesmo sendo uma prática ilegal. Mas tem alguma coisa errada. Tenho medo de que essa exposição toda cause o efeito contrário. Que faça com que o doador se esconda ainda mais, não sei.

– O que Greg acha disso tudo?

– Não conversamos muito, Myron. E, quando isso acontece, a discussão não costuma ser muito agradável.

– Greg sabe que você está me contando isso agora?

– Ele odeia você tanto quanto você o odeia. Talvez mais ainda.

Myron resolveu interpretar aquilo como um "não". Emily mantinha os olhos fixos nele, examinando-lhe o rosto como se houvesse alguma resposta ali.

– Não posso ajudar você, Emily.

Ela pareceu ter levado uma bofetada.

– Me solidarizo com você, mas estou superando alguns problemas particulares.

– Está dizendo que não tem tempo?

– Não é isso. Um detetive particular teria mais chance...

– Greg já contratou quatro. Não conseguem nem descobrir o nome do doador.

– Duvido que eu possa fazer melhor.

– É a vida do meu filho, Myron.

– Eu entendo, Emily.

– Não dá para você pôr de lado a animosidade que sente por mim e pelo Greg?

Ele não tinha certeza.

– Não é esse o caso. Sou um empresário esportivo, e não detetive.

– Isso não o impediu de investigar outras vezes.

– E veja como as coisas terminaram. Sempre que me meto, é um desastre.

– Meu filho tem 13 anos, Myron.

– Lamento...

– Não quero a sua piedade, cacete! – Seus olhos se estreitaram, negros, e ela se inclinou até seus rostos ficarem a centímetros um do outro. – Quero que você faça a conta.

Ele a encarou, confuso.

– O quê?

– Você é um empresário. Sabe tudo sobre números, certo? Faça a conta então.

Myron se afastou um pouco.

– De que diabo você está falando?

– O aniversário de Jeremy é dia 18 de julho. Faça a conta.

– Que conta?

– Mais uma vez: ele tem 13 anos, nasceu no dia 18 de julho e eu me casei em 10 de outubro.

Nada. Por alguns segundos, ficou ouvindo as mães conversando entre si, um bebê chorando, um barista gritando uma ordem para outro. Então compreendeu. Myron sentiu o coração congelar, o peito comprimido de forma insuportável, tornando quase impossível respirar. Abriu a boca, mas nada saiu. Era como se alguém tivesse batido com um taco de beisebol no seu plexo solar. Emily o observava, balançando a cabeça.

– Isso mesmo – falou ela. – Ele é seu filho.

capítulo 3

– NÃO HÁ COMO TER CERTEZA – disse Myron.

Emily parecia extremamente exausta.

– Eu tenho.

– Você também estava dormindo com Greg, lembra?

– Sim.

– E só ficamos juntos naquela noite nessa época. Com Greg, foram várias.

– É verdade.

– Como pode saber...?

– Negação! – exclamou Emily, com um suspiro. – É o primeiro passo.

Ele apontou o dedo para ela.

– Não me venha com essa psicologia idiota, Emily.

– Depois logo vem a raiva – continuou ela.

– Você não tem como saber...

– Eu sempre soube.

Myron se recostou na cadeira. Parecia no controle da situação, mas por dentro podia quase sentir a fissura se abrindo, os alicerces começando a estremecer.

– Quando fiquei grávida, pensei como você: tinha dormido mais vezes com Greg, então provavelmente o filho era dele. Ao menos, foi o que eu disse a mim mesma. – Ela fechou os olhos. Myron permaneceu imóvel, com um frio na barriga. – Quando Jeremy nasceu, ele se parecia comigo, portanto ninguém poderia dizer nada. Sei que isso vai soar um tremendo clichê, mas uma mãe sabe. Não sei dizer como. Tentei negar. Falei para mim mesma que só estava me sentindo culpada pelo que tínhamos feito e que aquela era a forma de Deus me castigar.

– Isso soa como no Velho Testamento.

– O sarcasmo... – falou ela, quase sorrindo. – Sua defesa preferida.

– Sua intuição materna não prova nada, Emily.

– Você perguntou antes sobre Sara.

– Sara?

– A irmã de Jeremy. Perguntou se ela não seria uma doadora compatível. Não, não é.

– Ok, mas você disse que a chance era de 25 por cento entre irmãos.

– Entre irmãos *de pai e mãe*, sim. Mas a compatibilidade entre os dois não era nem próxima. Porque ela é só meia-irmã de Jeremy.

– O médico lhe disse isso?

– Sim.

Myron sentiu o chão se abrir sob ele.

– Então... Greg sabe?

Emily balançou a cabeça.

– O médico me falou à parte. Por causa do divórcio, tenho a guarda de Jeremy. Ele tem o direito de ver as crianças, mas elas moram comigo. Sou responsável pelas decisões médicas.

– Greg ainda acha que...

– Que Jeremy é filho dele.

Myron estava afundando em águas profundas, sem sinal de terra à vista.

– Mas você disse que sempre soube.

– Sim.

– Por que nunca me contou?

– Você está brincando, não é? Eu estava casada com Greg. Eu o amava. Estávamos começando uma vida juntos.

– Mesmo assim, você devia ter me contado.

– Quando, Myron? Quando eu devia ter contado?

– Assim que o bebê nasceu.

– Você não está escutando? Acabei de dizer que não tinha certeza.

– E também disse que "uma mãe sabe".

– Espere aí, Myron. Eu estava apaixonada por Greg. Você, com esse seu senso antiquado de moralidade, ia insistir para que eu me divorciasse, casasse com você e vivesse um conto de fadas suburbano.

– Em vez disso, você preferiu viver uma mentira?

– Foi a decisão certa, baseada no que eu sabia na época. Olhando em retrospectiva – ela fez uma pausa, dando um longo gole –, eu faria muitas coisas de forma diferente.

Myron tentou absorver a notícia, sem sucesso. Outro grupo de mães com carrinhos de bebê entrou no café. Pegaram uma mesa num canto e começaram a conversar sobre os pequenos Brittany, Kyle e Morgan.

– Há quanto tempo você e Greg estão separados? – perguntou ele, com um tom de voz mais ríspido do que pretendia. Ou talvez não.

– Faz quatro anos agora.

– E já não estava mais apaixonada por ele, certo? Quatro anos.

– Certo.

– Mais até, na verdade. Ou seja, você deixou de amá-lo há muito tempo, certo?

– Certo – respondeu ela, confusa.

– Então podia ter me contado antes. Há pelo menos quatro anos. Por que não fez isso?

– Pare de me interrogar.

– Foi você quem detonou essa bomba – rebateu ele. – Como espera que eu reaja?

– Como homem.

– E que diabo isso quer dizer?

– Que preciso da sua ajuda. Jeremy precisa. É nisso que devemos nos concentrar.

– Quero algumas respostas antes. Tenho direito.

Emily hesitou, dando a impressão de que iria discutir, mas depois assentiu, exaurida.

– Se isso ajudar você a passar por isso...

– Passar por isso? Não é uma pedra no rim nem nada do tipo!

– Estou cansada demais para brigar com você. Vá em frente. Faça suas perguntas.

– Por que você não me contou antes?

O olhar de Emily se fixou num ponto além de Myron.

– Quase contei – respondeu ela. – Uma vez.

– Quando?

– Lembra quando você foi lá em casa? Assim que Greg desapareceu?

Myron assentiu; tinha acabado de pensar naquele dia.

– Você estava olhando pela janela para Jeremy, que brincava no quintal com a irmã.

– Lembro – disse Myron.

– Greg e eu estávamos em meio àquela disputa desagradável pela guarda.

– Você o acusou de maltratar as crianças.

– Não era verdade. Você percebeu de cara. Era só uma manobra legal.

– E que manobra... – redarguiu Myron. – Da próxima vez, acuse-o de atrocidades de guerra.

– Quem é você para me julgar?

– Para falar a verdade, acho que sou a pessoa certa.

Emily fuzilou-o com o olhar.

– Essas batalhas pela custódia são uma guerra sem Convenção de Genebra. Greg se tornou cruel, e eu também. A gente faz qualquer coisa para ganhar.

– E isso incluiu revelar que Greg não era o pai de Jeremy?

– Não.

– Por que não?

– Porque ganhei a guarda.

– Isso não é resposta. Você odiava Greg.

– Sim.

– Ainda odeia?

– Sim – respondeu ela, sem nenhuma hesitação.

– Então por que não contou a ele?

– Porque, por mais que eu odeie Greg, meu amor por Jeremy é maior. Eu poderia ter magoado Greg e sentiria um imenso prazer. Mas não podia fazer isso com meu filho... tirar-lhe o pai assim.

– Achei que você faria qualquer coisa para ganhar.

– Faria qualquer coisa contra Greg, mas não contra Jeremy.

O argumento fazia sentido, mas Myron desconfiava que Emily ainda estava escondendo algo.

– Você guardou esse segredo durante treze anos.

– Sim.

– Seus pais sabem?

– Não.

– Você nunca contou a ninguém?

– Nunca.

– Então por que está me contando agora?

– Você está se fingindo de burro, Myron?

Ele pôs as mãos sobre a mesa; não estavam tremendo. Compreendia que aquelas perguntas não eram só curiosidade, mas faziam parte do mecanismo de defesa, do fosso com cerca de arame farpado que havia construído dentro de si para impedir que a revelação de Emily pudesse atingi-lo. Sabia que aquilo que ela estava contando transformava sua vida como nada antes. As palavras *meu filho* flutuavam no seu subconsciente. Eram, porém, nada mais que palavras naquele momento. Iriam acabar penetrando mais fundo, mas por ora o arame farpado e o fosso conseguiam bloqueá-las.

– Você acha que eu queria contar? Praticamente implorei para que me ajudasse, mas você não me deu ouvidos. Estou desesperada.

– Desesperada o suficiente para mentir?

– Sim – respondeu ela, outra vez sem hesitar. – Mas não estou, Myron. Você precisa acreditar em mim.

Ele deu de ombros.

– Talvez o pai de Jeremy seja outra pessoa.

– Como assim?

– Uma terceira pessoa. Você dormiu comigo na noite anterior ao seu casamento. Duvido que eu tenha sido o único. Podia ser um entre dez.

Ela o olhou nos olhos.

– Você quer me humilhar, Myron? Vá em frente, eu encaro. Mas esse não é o seu perfil.

– Ah, você me conhece tanto assim?

– Mesmo quando sentia raiva, quando tinha todo o direito de me odiar, você nunca foi cruel. Não é o seu jeito.

– Estamos navegando em águas desconhecidas, Emily.

– Não importa.

As emoções invadiram Myron, sua respiração ficou difícil. Segurou a xícara, olhou dentro dela como se pudesse haver uma resposta no fundo, pousou-a outra vez. Não conseguia fitar Emily.

– Como você pôde fazer isso comigo?

Ela colocou a mão em seu braço.

– Sinto muito.

Myron se desvencilhou.

– Não sei mais o que dizer. Você perguntou por que nunca contei antes. Minha grande preocupação sempre foi o bem-estar de Jeremy, mas levei você em conta também.

– Conversa fiada.

– Sei como você é, Myron. Sei que não vai fazer vista grossa. Vai acabar ajudando. Precisa encontrar o doador e salvar a vida de Jeremy. Podemos nos preocupar com o resto depois.

– Há quanto tempo Jeremy – ele quase disse *meu filho* – está doente?

– Ficamos sabendo há seis meses. Quando ele estava no basquete. Começou a se machucar com muita frequência. Depois sentia falta de ar sem nenhum motivo. Começou a cair... – Sua voz sumiu.

– Ele está no hospital?

– Não, em casa. Vai à escola e está com uma boa aparência, só um pouco pálido. Não pode praticar esportes nem nada no gênero. Parece bem, mas... é apenas uma questão de tempo. Ele é muito anêmico e as células da medula são tão fracas que algo pode afetá-lo. Pode contrair uma infecção perigosa ou desenvolver uma doença. Está sendo tratado com hormônios, que ajudam, mas são só uma solução temporária, não uma cura.

– E o transplante de medula seria a cura?

– Sim. – Seu rosto se iluminou com um fervor quase religioso. – Se der certo, ele pode ficar completamente curado. Vi isso acontecer com outras crianças.

Myron assentiu, recostou-se na cadeira, cruzou as pernas, descruzou-as.

– Posso conhecê-lo?

Ela olhou para baixo. Ouviu-se o som de um liquidificador, provavelmente fazendo um *frappuccino*, ao mesmo tempo que a máquina de *espresso* emitia seu grito de acasalamento habitual para os vários *lattes*. Emily esperou que os ruídos cessassem para responder:

– Não posso impedi-lo. Mas espero que faça a coisa certa.

– Que seria...?

– Já é muito duro estar com 13 anos e ter uma doença terminal. Você quer realmente lhe tirar o pai também?

Myron não disse nada.

– Sei que você está em choque neste momento. E sei também que tem um milhão de outros problemas. Mas vai ter que esquecê-los por ora. Precisa processar sua confusão, sua raiva, tudo. A vida de um garoto de 13 anos, do nosso filho, está em jogo. Concentre-se nisso, Myron. Encontre o doador, ok?

Ele olhou para trás, na direção das mães com os carrinhos de bebê, ainda tagarelando sobre os filhos. Escutando-as, sentiu uma dor avassaladora.

– Onde posso encontrar o médico de Jeremy?

capítulo 4

QUANDO A PORTA DO ELEVADOR se abriu na recepção da MB Representações Esportivas, Big Cyndi estendeu os braços para Myron, que tinham a circunferência aproximada das colunas de mármore da Acrópole. Ele sentiu vontade de voltar correndo, num reflexo involuntário, mas permaneceu imóvel e fechou os olhos. Quando a secretária o abraçou, Myron pareceu ser envolvido por uma espuma molhada. Ela o levantou e gritou:

– Oh, Sr. Bolitar!

Myron fez uma careta e sobreviveu. Por fim, ela o colocou de volta no chão, como se devolvesse um bibelô a seu lugar na prateleira. Big Cyndi tinha quase 2 metros de altura, mais de 130 quilos e havia sido campeã intercontinental de luta livre ao lado de Esperanza, mais conhecida como Pequena Pocahontas – a secretária, por sua vez, atendia então pelo nome de Grande Chefe-Mãe. Sua cabeça tinha forma de um bloco de concreto e era encimada por um cabelo espetado, lembrando a Estátua da Liberdade numa *bad trip*. Usava mais maquiagem que todo o elenco de *Cats* junto, a roupa era tão justa quanto uma tripa para fazer salsicha e sua carranca podia assustar um lutador de sumô.

– Ahn... tudo bem? – arriscou Myron.

– Oh, Sr. Bolitar!

Big Cyndi parecia prestes a abraçá-lo outra vez, mas algo a deteve, talvez o puro terror nos olhos de Myron. Ela pegou uma mala que, na sua mão do tamanho de um bueiro, parecia uma daquelas vitrolinhas portáteis do início dos anos 1970. A secretária era tão grande que o mundo ao redor parecia o cenário de *Godzilla*, como se ela caminhasse por uma Tóquio em miniatura, derrubando antenas de transmissão e agarrando aviões de combate em pleno ar.

Esperanza apareceu à porta de sua sala, cruzando os braços e se encostando no umbral. Mesmo após a provação recente, ainda tinha uma bela aparência: os cachos negros brilhantes caíam-lhe pela testa, a pele azeitonada, radiante como sempre – parecia agora uma cigana com roupa de camponesa. Ele discerniu, no entanto, novas rugas em torno dos olhos e um ligeiro relaxamento na postura perfeita. Myron insistira para que ela tirasse férias após sair da prisão, mas já sabia que a amiga recusaria. Esperanza adorava a MB, queria salvá-la.

– O que está acontecendo? – perguntou ele.

– Está tudo na carta, Sr. Bolitar – respondeu Big Cyndi.

– Que carta?

– Oh, Sr. Bolitar! – gritou ela de novo.

– O quê?

Contudo, a secretária não respondeu, escondendo o rosto entre as mãos e se encurvando para se enfiar no elevador, como se entrasse numa tenda indígena. A porta se fechou e ela se foi.

Myron esperou um pouco e depois se virou para Esperanza.

– Alguma explicação?

– Ela tirou uma licença.

– Por quê?

– Big Cyndi não é boba, Myron.

– Não falei que era.

– Ela já percebeu o que está acontecendo aqui.

– É apenas temporário. Vamos nos recuperar.

– E, quando isso acontecer, Big Cyndi vai voltar. Ela recebeu uma oferta de trabalho boa.

– Na Couro e Luxúria?

Big Cyndi trabalhava à noite como segurança de um bar sadomasoquista chamado Couro e Luxúria, cujo lema era "Machuque quem você ama". Às vezes – pelo menos foi o que disseram –, ela participava dos shows no palco. O que exatamente a mulher fazia, Myron não tinha ideia e nunca teve coragem de perguntar – outro tabu que sua mente se esforçava ao máximo para evitar.

– Não – respondeu Esperanza. – Está voltando para a ANIL.

Para os não familiarizados com a luta livre, ANIL é a sigla da Associação Nossas Incríveis Lutadoras.

– Big Cyndi vai voltar a lutar?

Esperanza assentiu.

– No circuito sênior.

– Ahn?

– A ANIL queria expandir os negócios. Fizeram uma pesquisa e viram como a Associação dos Profissionais de Golfe está indo bem com o campeonato sênior e... – Ela deu de ombros.

– Um campeonato feminino sênior de luta livre?

– De aposentadas, na maioria – respondeu Esperanza. – Big Cyndi tem só 38 anos. Eles estão promovendo a volta de várias lutadoras antigas e bem-sucedidas: Rainha Kadafi, Connie Guerra Fria, Brejnev Babe, Celia Presidiária, Viúva-Negra...

– Não me lembro da Viúva-Negra.

– É anterior à nossa época. Antes até da época dos nossos pais. Ela deve estar com mais de 70.

Myron se conteve para não fazer uma careta.

– E as pessoas vão pagar para ver uma idosa numa luta livre?

– Não se deve discriminar ninguém por causa da idade.

– Certo, desculpe – replicou Myron, esfregando os olhos.

– E a audiência da luta livre profissional feminina está ruim por causa da concorrência dos talk shows. Eles precisam fazer alguma coisa.

– E a solução foi colocar senhoras lutando corpo a corpo?

– Acho que eles estão mais de olho é na nostalgia.

– Uma chance para aplaudir a lutadora da sua juventude?

– Você não foi a um show do Steely Dan há poucos anos? Essa banda fez sucesso há quanto tempo?

– É diferente, não acha?

– Tanto as lutadoras quanto a banda já passaram do auge e só sobrevivem por causa das recordações das pessoas.

Era assustador, mas fazia sentido.

– E você? – perguntou Myron.

– O que tem eu?

– Eles não querem o retorno da Pequena Pocahontas também?

– Sim.

– Você está tentada?

– A fazer o quê? Voltar ao ringue?

– Sim.

– Ah, claro – disse Esperanza. – Depois de achatar meu lindo traseiro torneado estudando o dia todo na faculdade de Direito, eu podia colocar de novo um biquíni de camurça e lutar contra essas ninfetas diante de uma plateia idiota e asquerosa de gente que mora em trailers. – Ela fez uma pausa. – Ainda assim, eu ficaria um nível acima do meu cargo de empresária esportiva.

– Rá, rá – fez Myron, e foi até a mesa de Big Cyndi.

Lá havia um envelope com o nome dele escrito num laranja fosforescente.

– Ela usou giz de cera?

– Sombra de olho.
– Certo.
– E aí, vai me dizer o que há de errado?
– Nada – respondeu Myron.
– Papo furado. Parece que você acabou de ouvir a notícia de que o Wham! acabou.
– Não toque nesse assunto. Às vezes, no meio da noite, ainda tenho uns flashbacks do dia em que eu soube.
Esperanza examinou-lhe o rosto por mais alguns segundos.
– Tem alguma coisa a ver com a sua namoradinha de faculdade?
– Mais ou menos.
– Ai, meu Deus.
– O quê?
– Como posso dizer isto de uma forma delicada, Myron? Você é um retardado quando se trata de mulheres. Jessica e Emily são exemplos evidentes.
– Você nem conhece Emily.
– Conheço o suficiente – objetou ela. – Pensei que você não queria mais falar com ela.
– E não queria mesmo. Ela me descobriu na casa dos meus pais.
– Apareceu lá de repente?
– Sim.
– O que ela queria, afinal?
Ele balançou a cabeça; ainda não estava pronto para falar sobre o assunto.
– Algum recado? – perguntou.
– Menos do que gostaríamos.
– Win está lá em cima?
– Acho que já foi para casa. – Ela pegou o casaco. – Acho que vou fazer o mesmo.
– Boa noite.
– Se tiver alguma notícia de Lamar...
– Ligo para você.
Esperanza vestiu o casaco, puxando para fora do colarinho a cabeleira negra e brilhante. Myron foi para sua sala e fez umas ligações, a maioria para obter clientes. As coisas não iam bem.

Alguns meses antes, a morte de um amigo o fizera entrar em parafuso, deixando-o meio maluco. Nada muito drástico, nenhuma crise nervosa ou caso de internação. Ele fugiu para uma ilha deserta no Caribe com Terese

Collins, uma bela apresentadora de TV que, até então, lhe era desconhecida. Não contou a ninguém – nem a Win ou Esperanza, nem aos pais – para onde estava indo ou quando voltaria.

Como dizia Win, quando Myron surtava, surtava com estilo.

Ao ser obrigado a voltar, descobriu que os clientes da agência tinham se dispersado como ajudantes de cozinha durante uma batida do departamento de imigração. Agora ele e Esperanza estavam de volta, tentando ressuscitar a MB, que parecia em coma ou mesmo quase morrendo. Não se tratava de uma tarefa fácil. Competindo na área esportiva, Myron lembrava um cristão manco contra dezenas de leões famintos.

O escritório da MB ficava muito bem situado, na esquina da Park Avenue com a Rua 46, no Edifício Lock-Horne, pertencente à família de Win, com quem dividia um apartamento – e compartilhara o quarto na faculdade. O prédio estava num ponto privilegiado, no centro da cidade, e oferecia uma vista quase estonteante de Manhattan. Myron a contemplou por um momento, depois observou as pessoas de terno caminhando apressadas lá embaixo. A visão das formigas operárias sempre o deprimia, fazendo tocar em sua cabeça a música "Is That All There Is?" – isso é tudo que há?

Virou-se para a Parede dos Clientes, com fotos dos atletas em ação representados pela MB, que naquele momento se mostrava falha como um transplante de cabelo malfeito. Queria se importar, porém, por mais injusto que fosse com Esperanza, sua cabeça não estava ali. Gostaria de retroceder no tempo, de amar a MB e sentir aquela antiga avidez, mas suas tentativas de reanimar a fogueira não obtinham sucesso.

Emily ligou cerca de uma hora depois.

– A Dra. Singh não tem horário vago amanhã. Mas você pode encontrá-la entre as visitas aos quartos.

– Onde?

– No Hospital de Bebês e Crianças. Faz parte do Centro Médico Presbiteriano de Colúmbia, que fica na Rua 167. Décimo andar, ala sul.

– A que horas?

– As visitas começam às oito.

– Ok.

Breve silêncio.

– Você está bem, Myron?

– Quero vê-lo.

Emily ficou calada por alguns segundos.

– Como disse antes, não posso impedir você. Mas pense melhor antes, tudo bem?

– Só quero vê-lo. Não vou contar nada. Ainda não, pelo menos.

– Podemos conversar sobre isso amanhã? – perguntou Emily.

– Sim, lógico.

Ela hesitou outra vez.

– Temos um site.

– O quê?

– Um site particular. Tiro fotos e as posto lá. Para os meus pais. Eles se mudaram para Miami ano passado. Acessam toda semana. Para conferir as fotos novas dos netos. Se você quiser ver como é Jeremy...

– Qual é o endereço?

Ela lhe passou e Myron digitou-o no navegador. Ele desligou e apertou Enter. As imagens foram surgindo aos poucos. Myron tamborilava na mesa. No alto da tela, apareceu um banner que dizia OI, VOVÓ E VOVÔ. Ele se lembrou dos pais, mas logo afastou o pensamento.

Viam-se quatro fotos de Jeremy e Sara. Ele engoliu em seco. Colocou o cursor sobre a imagem do garoto, clicou e deu zoom, ampliando o rosto. Fitou-o por um longo tempo sem registrá-lo de fato. A visão acabou ficando borrada. Seu próprio rosto se refletia no monitor, sobre o de Jeremy, fundindo as imagens.

capítulo 5

MYRON OUVIU OS GRITOS DE êxtase do lado de fora do quarto.

Win – nome verdadeiro: Windsor Horne Lockwood III – deixara Myron ficar temporariamente em seu apartamento, no Edifício Dakota, esquina da Rua 72 com a Central Park West. Tratava-se de um antigo marco de Nova York, cuja história de riqueza e exuberância fora eclipsada pelo assassinato de John Lennon. Entrar no prédio significava pisar no lugar onde o ex-beatle havia sangrado antes de morrer no hospital, uma sensação não muito diferente de pisar em uma sepultura. Myron já estava se acostumando.

Visto pelo lado de fora, o Dakota era lindo e sombrio, assemelhando-se a uma casa mal-assombrada que tivesse tomado esteroides. A maioria dos apartamentos, inclusive o de Win, possuía mais metros quadrados que muitos principados europeus. No ano anterior, depois de uma vida morando na casa dos pais no subúrbio, Myron tinha finalmente se mudado do porão para um loft no SoHo, com a namorada, Jessica. Foi um grande passo, o primeiro sinal de que, após mais de uma década, ela estava pronta para comprometer-se. Assim, os pombinhos se deram as mãos e mergulharam na vida em comum. E, como muitos desses mergulhos que as pessoas dão na vida, este acabou numa barrigada feia.

Mais gritos de êxtase.

Myron encostou o ouvido na porta. Gritos, sim, e uma trilha sonora. Nada ao vivo, chegou à conclusão. Abriu a porta. Os gemidos vinham da sala de TV. Win nunca usava aquele ambiente para, ahn, filmagens. Ele suspirou e passou pela soleira.

O amigo usava seu uniforme de mauricinho casual: calça cáqui, mocassim sem meia e camisa de uma cor tão berrante que não se podia olhar diretamente para ela. Os cachos louros haviam sido repartidos com a precisão de um avarento dividindo a conta do almoço; a pele tinha cor de porcelana chinesa, com toques rosados nas bochechas, como se coradas após uma tacada de golfe. Sentava-se em posição de lótus, as pernas num ângulo que o homem não fora feito para atingir. As mãos descansavam sobre os joelhos, os dedos indicador e polegar formando dois círculos. Um yuppie zen. Europeu do Velho Mundo colidindo com o Oriente antigo. O doce aroma do dinheiro misturado ao do forte incenso asiático.

Win inspirou por vinte segundos, prendeu a respiração e expirou pelo mesmo tempo. Estava meditando, é claro, mas à sua maneira. Não escutava sons calmantes da natureza ou sininhos: preferia uma trilha sonora de filmes pornográficos dos anos 1970, que soava como alguém tocando uma guitarra de brinquedo na tentativa de imitar Jimi Hendrix, mas falhando miseravelmente. Ouvir aquilo era o bastante para fazer uma pessoa sair correndo em busca de uma injeção de antibiótico.

Win não ficava de olhos fechados. Não visualizava veados saciando a sede num regato ou quedas-d'água suaves derramando-se em verdes folhagens, nem nada nessa linha. O olhar permanecia fixo na televisão; mais especificamente, em vídeos caseiros dele com um pot-pourri de mulheres no êxtase da paixão.

Myron entrou na sala. Com a mão espalmada, Win fez sinal para que esperasse, então ergueu o indicador a fim de mostrar que precisava de mais um momento. Myron arriscou uma olhada para a tela, viu corpos se contorcendo e deu as costas.

Alguns segundos depois, Win disse:

– Olá.

– Gostaria de deixar registrada minha repugnância.

– Anotado.

Com movimentos fluidos, saiu da posição de lótus e pôs-se de pé. Tirou o vídeo do aparelho e guardou-o numa caixa com a etiqueta *Anon 11*. Myron sabia que *Anon* queria dizer anônima – isso significava que ele havia esquecido o nome da parceira ou nunca soubera.

– Não acredito que você faça isso – disse Myron.

– Outra lição de moral? – perguntou Win, com um sorriso. – Que bonito.

– Me permita perguntar uma coisa.

– Claro, por favor.

– Uma coisa que sempre quis saber.

– Sou todo ouvidos.

– Deixando minha repugnância de lado por um instante...

– Não por mim – interrompeu ele. – Gosto muito quando você se mostra superior.

– Você diz que isso – Myron indicou vagamente o vídeo e a TV – é bem relaxante.

– Sim.

– Mas também... mesmo sendo tão repugnante... não deixa você excitado?

– Nem um pouco.

– É isso que não entendo.

– Ver a relação não me excita. Pensar nela tampouco. Vídeo, revista de mulher pelada, pornografia de internet, nada disso me excita. Para mim, nada substitui a coisa ao vivo. Precisa haver uma parceira presente. O resto apenas me faz cócegas. É por isso que nunca me masturbo.

Myron ficou em silêncio.

– Algum problema? – indagou Win.

– Só estou pensando por que diabo fui perguntar isso.

Win abriu um pequeno armário da dinastia Ming que fora convertido num frigobar, pegou uma lata de achocolatado e jogou-a para o amigo. Para si mesmo, serviu uma dose de conhaque. A sala estava repleta de antiguidades caras, tapeçarias magníficas, tapetes orientais e bustos de homens com cabelo comprido e encaracolado. Não fosse pelos aparelhos eletrônicos de última geração, poderia ser o recinto de um palácio dos Médicis.

Eles sentaram-se nas cadeiras de costume.

– Você parece preocupado – comentou Win.

– Tenho um caso para nós dois.

– Ah.

– Sei que prometi não fazer mais isso. Porém, essa é uma espécie de circunstância especial.

– Entendo – falou Win.

– Você se lembra de Emily?

Ele girou o líquido no copo, como sempre fazia.

– Namorada de faculdade. Costumava fazer sons de macaco durante o sexo. Largou você no início do último ano. Casou com o seu arqui-inimigo, Greg Downing. Abandonou-o também. Provavelmente ainda faz sons de macaco.

– Ela tem um filho que está doente.

Myron explicou rapidamente a situação, deixando de fora a parte sobre sua possível paternidade. Se não conseguia falar sobre isso com Esperanza, com Win, então, não havia como entrar no assunto.

Ao término, Win comentou:

– Não deve ser muito difícil. Você vai conversar com a médica amanhã?

– Vou.

– Descubra o que puder sobre quem toma conta dos registros.

Win pegou o controle remoto e ligou a televisão. Ficou zapeando porque todos os canais mostravam comerciais e porque... bem, era homem. Parou na CNN. Terese Collins estava apresentando o noticiário.

– Essa adorável Srta. Collins vem nos visitar amanhã?

Myron assentiu.

– O voo chega às dez.

– Ela tem vindo bastante.

– É.

– A coisa entre vocês dois está – Win contraiu o rosto, como se alguém lhe tivesse mostrado um caso particularmente asqueroso de micose – ficando séria?

Myron olhou para Terese na tela.

– Ainda é muito recente.

Estava passando uma maratona de *Tudo em família*. Pediram comida chinesa e assistiram a dois episódios. Myron tentou mergulhar na felicidade de Archie e Edith, mas não deu certo. Seus pensamentos ficavam retornando a Jeremy. Ele conseguiu afastar o tema da paternidade, concentrando-se, como Emily lhe pedira, na doença e na tarefa em questão. Anemia de Fanconi... Myron pensou em pesquisar sobre ela na internet.

– Volto daqui a pouco.

– O próximo episódio é o do funeral de Stretch Cunningham – lembrou Win.

– Quero ver uma coisa no computador.

– O episódio em que Archie faz a elegia fúnebre.

– Eu sei.

– Em que ele diz que nunca imaginou que Stretch Cunningham fosse judeu por causa do "ham" no sobrenome. Presunto, porco, saca?

– Conheço o episódio, Win.

– E você vai perder?

– Você tem gravado.

– E daí?

Os dois se encararam, confortáveis em meio ao silêncio. Depois de um tempo, Win disse:

– Desembucha.

Myron nem hesitou:

– Emily contou que sou pai do garoto.

Win aquiesceu.

– Ah.

– Você não parece surpreso.

O amigo pegou outro camarão com os hashis.

– Você acredita nela?

– Sim.

– Por quê?

– Por um motivo simples: é muito difícil mentir sobre isso.

– Mas Emily mente bem, Myron. Sempre mentiu para você. Na faculdade. Quando Greg desapareceu. Mentiu no tribunal sobre o comportamento dele com as crianças. Traiu o noivo na noite anterior ao casamento quando dormiu com você. E, se está dizendo a verdade agora, mentiu por quase treze anos.

Myron refletiu sobre isso e afirmou:

– Acho que agora está dizendo a verdade.

– Você *acha*, Myron.

– Vou fazer um exame de sangue.

Win deu de ombros.

– Se você acha imprescindível...

– Como assim?

– Vou deixar minha frase falar por si mesma.

Myron fez uma careta.

– Você não acabou de dizer que preciso ter certeza?

– De jeito nenhum – respondeu Win. – Só estava mostrando o óbvio. Não disse que isso faria diferença.

– Você está me deixando confuso.

– E se você for realmente o pai biológico do garoto? Que diferença isso faz?

– Espere aí, Win. Nem você pode ser tão frio assim.

– Pelo contrário. Por mais estranho que pareça, estou falando de coração.

– Não estou entendendo.

Win girou outra vez o conhaque no copo, estudou sua cor de âmbar e deu um gole. Suas bochechas ficaram um pouco coradas.

– Mais uma vez, vou falar com toda clareza: não importa o que o exame diga, pois você continuará não sendo o pai de Jeremy Downing. Greg é o pai dele. Você pode ser o doador do esperma. Pode ser um acidente da luxúria e da biologia. Pode ter fornecido uma simples estrutura celular microscópica que se combinou com outra, ligeiramente mais complexa. Mas não é o pai desse garoto.

– Não é tão simples assim, Win.

– É, sim, meu amigo. O fato de que você resolveu misturar as coisas não muda nada. Posso demonstrar se você quiser.

– Estou escutando.

– Você ama seu pai, certo?

– Você sabe a resposta.

– Sei. Mas o que faz dele seu pai? O fato de que um dia subiu na sua mãe e ficou gemendo depois de tomar uns drinques? Ou a forma como ele amou e cuidou de você nos últimos 35 anos?

Myron olhou para a lata de achocolatado.

– Você não deve nada a esse garoto – continuou Win – e ele não deve nada a você. Vamos tentar salvar a vida dele, se é isso que você quer, mas nada além.

Myron ficou pensando. A única coisa mais assustadora do que um Win irracional era quando ele fazia sentido.

– Talvez você esteja certo.

– Mas você ainda não acha que seja tão simples assim.

– Não sei.

Na televisão, Archie aproximava-se do púlpito, com um solidéu na cabeça.

– Já é um começo – retrucou Win.

capítulo 6

MYRON MISTUROU NUMA TIGELA O cereal infantil Froot Loops com o bastante adulto All-Bran e acrescentou leite desnatado. Para quem não percebeu o forte simbolismo: essa ação denota que ainda há muito do garoto no homem. Muito pungente.

O trem deixou Myron numa plataforma da Rua 168, tão distante da superfície que os passageiros precisavam tomar um elevador impregnado de urina para chegar a céu aberto. Era grande, escuro, sacolejante e fazia lembrar um documentário sobre minas de carvão produzido por uma emissora educativa.

Localizado em Washington Heights – a um pulo do Harlem e bem em frente ao Audubon Ballroom, onde Malcolm X morrera baleado –, o prédio da famosa ala pediátrica do Centro Médico Presbiteriano de Colúmbia era conhecido como Hospital de Bebês e Crianças. Antigamente, só usavam "Bebês", mas formou-se um comitê de médicos especialistas e, após horas de profundo estudo, decidiu-se acrescentar "Crianças". Moral da história: os comitês são bastante importantes.

Enfim, o nome reflete a realidade: o hospital é estritamente pediátrico e obstetrício, um edifício já gasto, de doze andares, com onze deles ocupados por crianças doentes. Há algo de muito errado nisso, mas nada além do teologicamente óbvio.

Myron parou em frente à entrada e ergueu a cabeça, fitando os tijolos marrons de poluição. Muito da tristeza da cidade ia parar ali. Ele foi se registrar no balcão da segurança. Disse seu nome a um guarda, que lhe atirou um crachá, mal levantando os olhos da sua revista de notícias televisivas. Myron esperou um longo tempo pelo elevador, lendo a Declaração dos Direitos do Paciente, impressa em inglês e espanhol. A placa indicando a localização do Burger King do hospital ficava bem ao lado da que mostrava o caminho para o Centro Cardiológico Sol Goldman. Myron não sabia se era coincidência ou um aviso sobre as consequências.

O elevador parou no décimo andar. Bem em frente a ele, via-se um mural com as cores do arco-íris e os dizeres "Salvem a Floresta Tropical". De acordo com uma placa, fora pintado pelos "pacientes pediátricos" do hospital. Como se aquelas crianças já não tivessem com o que se preocupar.

Myron perguntou a uma enfermeira onde poderia encontrar a Dra.

Singh. Ela apontou para uma mulher conduzindo uns dez residentes pelo corredor. Como o sobrenome já indicava, a médica era indiana. Trinta e poucos anos, imaginou ele, o cabelo mais claro do que o indiano comum. A maioria dos jovens ao seu redor aparentava ter 14 anos e seus jalecos se assemelhavam a guarda-pós, como se fossem pintar algo com os dedos ou, talvez, dissecar uma rã numa aula de biologia do ensino fundamental. Alguns mantinham uma expressão grave, quase risível em seus rostos de querubim, mas a maior parte evidenciava aquela exaustão do residente de hospital, causada pelas muitas noites de plantão.

Apenas dois eram homens – garotos, na verdade –, ambos usando jeans, gravatas coloridas e tênis branco. As garotas preferiam o avental cirúrgico. Tão novinhos... Bebês tomando conta de bebês.

Ele seguiu o grupo a uma distância um tanto quanto discreta. Vez por outra, olhava para dentro de um quarto e se arrependia no mesmo instante. As paredes dos corredores eram festivas e pintadas com cores vivas, repletas de personagens de desenhos animados, colagens e móbiles, mas Myron via tudo preto. Um andar cheio de crianças morrendo. Garotinhos e garotinhas sem cabelo, sofrendo, as veias escurecidas por toxinas e venenos. A maioria parecia calma e destemida, corajosa de uma forma sobrenatural. Quem desejasse conhecer o pavor precisava fitar os olhos dos pais, como se eles atraíssem o horror para que os filhos não o sentissem.

– Sr. Bolitar?

A Dra. Singh olhou-o nos olhos e estendeu a mão.

– Sou Karen Singh.

Myron quase perguntou como ela conseguia fazer aquilo, ficar naquele andar dia e noite assistindo a crianças morrerem. Porém, ficou calado. Os dois trocaram as amabilidades habituais. Ele havia esperado um sotaque indiano, mas a única coisa que detectou foi um pouco de Bronx.

– Podemos conversar ali dentro – disse ela.

A Dra. Singh abriu uma porta enorme e pesada, endêmicas nos hospitais e clínicas de repouso, e eles entraram numa sala vazia com camas nuas. Aquela aridez atiçou a imaginação de Myron. Quase podia ver um ente querido correndo para o hospital, apertando várias vezes o botão do elevador, desabalando numa carreira pelo corredor até aquele quarto silencioso, os lençóis da cama sendo retirados por uma enfermeira e, depois, o súbito grito de dor...

Myron sacudiu a cabeça: andava vendo televisão demais.

Karen Singh sentou-se numa extremidade do colchão e ele estudou seu rosto por um instante. Tinha traços longos e pronunciados. Tudo nela apontava para baixo – nariz, queixo, sobrancelhas. Uma expressão dura.

– O senhor está me encarando.

– Desculpe, não era a minha intenção.

A médica apontou para a própria testa.

– Esperava que eu tivesse um ponto pintado aqui?

– Não...

– Muito bem, vamos direto ao assunto então.

– Ok.

– A Sra. Downing quer que eu lhe conte tudo o que deseja saber.

– Eu apreciaria muito a gentileza.

– O senhor é detetive particular?

– Mais um amigo da família.

– Jogava basquete com Greg Downing?

Myron sempre se surpreendia com a memória do público. Depois daqueles anos todos, as pessoas ainda se lembravam dos seus jogos importantes, dos lances, às vezes com mais clareza que ele próprio.

– A senhora gosta de basquete?

– Não. Detesto esportes, na verdade.

– Como, então...

– Mera dedução. O senhor é alto, tem mais ou menos a mesma idade e disse que é amigo da família.

Ela deu de ombros.

– Bela dedução.

– É o que fazemos aqui o tempo todo. Alguns diagnósticos são fáceis. Outros precisam ser deduzidos com base nas evidências. Já leu algum livro de Sherlock Holmes?

– Claro.

– Sherlock dizia que nunca se deve teorizar antes de se ter os fatos, senão os fatos são distorcidos para se adaptar às teorias, e não o contrário. Quando se vê um diagnóstico malfeito, nove entre dez vezes foi porque se ignorou o axioma de Sherlock.

– Isso aconteceu com Jeremy Downing?

– Para falar a verdade, sim.

Em algum lugar do corredor, uma máquina começou a emitir um bipe. O som dava nos nervos, como uma arma de eletrochoque.

– Então o primeiro médico errou?

– Não vou entrar nessa questão. Mas a anemia de Fanconi não é comum. E, como se parece com outras doenças, costuma ser mal diagnosticada.

– Me fale sobre Jeremy.

– O que dizer? Ele tem a doença. Em termos simples, sua medula óssea está comprometida.

– Comprometida?

– Para usar um termo leigo, está uma merda. Isso o torna suscetível a uma série de infecções e até ao câncer. Em geral, acaba se transformando em LMA. – Ela percebeu a expressão intrigada de Myron e acrescentou: – Leucemia mieloide aguda.

– Mas a senhora pode curá-lo?

– "Cura" é uma palavra otimista. Mas com um transplante de medula óssea e o tratamento com um composto de fludarabina, sim, creio que o prognóstico seria excelente.

– Fluda... o quê?

– Não é o mais importante. Precisamos de um doador de medula que seja compatível com Jeremy. Isso é o que conta.

– E a senhora não tem nenhum.

A Dra. Singh se remexeu.

– Correto.

Myron percebeu a resistência e decidiu recuar e experimentar outra tática:

– A senhora pode me contar como é o processo do transplante?

– Passo a passo?

– Se não for muito inconveniente.

– O primeiro passo é encontrar um doador.

– Como se faz isso?

– Entre os familiares, é claro. Os irmãos são os que têm mais chance de compatibilidade. Depois os pais. E, por fim, pessoas com antecedentes similares.

– Quando a senhora diz antecedentes similares...

– Negros com negros, judeus com judeus, latinos com latinos... É muito comum em doação de medula. Se o paciente for, por exemplo, judeu hassídico, a campanha de doação vai se concentrar nas suas sinagogas. O sangue mestiço é geralmente o mais difícil de encontrar compatibilidade.

– E o sangue de Jeremy, ou seja lá o que a senhora precise encontrar de compatível, é meio raro?

– Sim.

Emily e Greg eram descendentes de irlandeses. A família de Myron vinha da mistura habitual da Rússia e da Polônia antigas, com um pouco de Palestina no meio. Sangue mestiço. Ele pensou nas implicações da paternidade.

– Então, depois de esgotar as possibilidades dentro da família, como se procuram doadores compatíveis?

– É preciso ir até o cadastro nacional.

– Onde fica isso?

– Em Washington. O senhor está registrado?

Myron assentiu.

– Eles mantêm registros computadorizados. Procuramos doadores preliminares lá, no banco de dados.

– Certo. Agora, supondo que se encontre uma compatibilidade no computador...

– Uma compatibilidade *preliminar* – corrigiu ela. – O centro local liga para os doadores em potencial e lhes pede que vão até lá. Eles fazem uma bateria de exames. Mas as chances ainda são pequenas.

Myron percebeu que Karen Singh começava a relaxar, sentindo-se confortável com o assunto familiar; exatamente o que ele queria. Os interrogatórios são um território esquisito: algumas vezes parte-se para o ataque frontal; em outras, aproxima-se devagarzinho, com simpatia, obtendo-se o desejado de modo furtivo. Win explicaria de forma mais simples: às vezes, pegam-se mais formigas usando mel, mas deve-se ter sempre à mão uma lata de inseticida.

– Suponhamos que se encontre um doador totalmente compatível... – falou Myron. – O que acontece depois?

– O centro obtém a permissão do doador.

– Quando a senhora fala "centro", está se referindo ao cadastro nacional de doadores em Washington.

– Não, me refiro ao centro local. O senhor está com o seu cartão de doador?

– Sim.

– Deixe-me vê-lo.

Myron pegou a carteira e o procurou entre mais de dez cartões de supermercados, três outros de videoclube, dois cupons de "compre cem cafés e ganhe dez centavos de desconto no centésimo", esse tipo de coisa. Por fim, encontrou-o e lhe entregou.

– Veja aqui – disse a médica, mostrando o verso. – Seu centro local é em East Orange, Nova Jersey.

– Então esse centro me chamaria?

– Sim.

– E se eu me revelasse totalmente compatível?

– Assinaria alguns documentos e doaria sua medula.

– É como doar sangue?

Karen Singh lhe devolveu o cartão e se remexeu outra vez.

– Recolher medula óssea é um procedimento mais invasivo.

“Invasivo”: cada profissão tem suas palavras clichês.

– Como assim?

– Para começar, é necessário estar inconsciente.

– Anestesia?

– Sim.

– E o que eles fazem depois?

– O médico enfia uma agulha no osso e retira a medula com uma seringa.

– Ai.

– Como expliquei, a pessoa não fica acordada durante o procedimento.

– Mesmo assim, parece muito mais complicado que doação de sangue.

– E é – concordou a médica. – Mas é seguro e relativamente indolor.

– Mas as pessoas devem hesitar. Quero dizer, provavelmente a maioria se cadastrou como eu porque tinham um amigo doente. Por um conhecido de que se gosta todo mundo está disposto a fazer um sacrifício, claro. Mas por um estranho?

Os olhos de Karen Singh encontraram os dele e fitaram-nos com firmeza.

– Trata-se de salvar uma vida, Sr. Bolitar. Pense nisso. Quantas oportunidades existem de se fazer isso?

Ele havia atingido um ponto sensível. Ótimo.

– A senhora está dizendo que as pessoas não hesitam?

– Não é que isso nunca aconteça, mas a maioria faz a coisa certa.

– O doador se encontra com a pessoa que ele ou ela está salvando?

– Não, é totalmente anônimo. A confidencialidade é muito importante nessa questão. Tudo acontece sob sigilo total.

Eles estavam chegando ao assunto de fato e Myron podia sentir que as defesas da médica começavam outra vez a se erguer. Ele resolveu retroceder de novo, deixá-la se estabelecer em solo confortável.

– E o que acontece com o paciente durante tudo isso?

– Em que estágio?

– Enquanto a medula está sendo coletada. Como ele é preparado?

Myron dissera "preparado", como um médico de verdade. Quem disse que assistir a seriados e filmes era perda de tempo?

– Depende do que se está tratando – respondeu a Dra. Singh. – Mas, para a maioria das doenças, o receptor passa por cerca de uma semana de quimioterapia.

Quimioterapia. Era uma dessas palavras que silenciam uma sala, feito a carranca de uma freira.

– Eles fazem químio antes do transplante?

– Sim.

– Pensei que isso os enfraqueceria – comentou Myron.

– De certa forma, sim.

– Por que vocês fazem isso então?

– É necessário. Antes de dar uma medula óssea nova ao receptor, é preciso matar a antiga. Na leucemia, por exemplo, o número de sessões de quimioterapia é alto porque toda a medula tem que morrer. No caso da anemia de Fanconi, é possível ser menos agressivo porque a medula já está muito fraca.

– E isso não é perigoso?

A Dra. Singh o encarou outra vez.

– É um procedimento perigoso, Sr. Bolitar: estamos substituindo a medula de uma pessoa.

– E depois?

– O paciente recebe a medula nova de forma intravenosa. Ele fica isolado num ambiente esterilizado durante as primeiras duas semanas.

– Em quarentena?

– Praticamente. O senhor se lembra de um filme antigo chamado *O menino da bolha de plástico*?

– Quem não se lembra?

A Dra. Singh sorriu.

– O paciente fica vivendo numa coisa dessas? – perguntou Myron.

– Uma espécie de quarto-bolha.

– Não fazia ideia... E isso funciona?

– Há sempre a possibilidade de rejeição, é claro. Mas a porcentagem de êxitos é bem alta. No caso de Jeremy Downing, ele pode ter uma vida normal e ativa com o transplante.

– E sem?

– Podemos continuar tratando-o com hormônios masculinos e fatores de crescimento, mas sua morte prematura seria inevitável.

Silêncio, a não ser pelo bipe constante da máquina que vinha do corredor.

Myron pigarreou.

– Quando a senhora disse que tudo envolvendo o doador é confidencial...

– Quis dizer que é totalmente confidencial.

Era hora de acabar com as evasivas:

– E como a senhora vê isso, Dra. Singh?

– Como assim?

– O cadastro nacional de doadores localizou um que é compatível com Jeremy, não?

– Parece que sim.

– E o que aconteceu?

Ela bateu no queixo com o dedo indicador.

– Posso falar francamente?

– Por favor.

– Acredito na necessidade de sigilo e confidencialidade. A maioria das pessoas não entende como é fácil, indolor e importante colocar o nome no cadastro. Tudo que precisam fazer é doar um pouco de sangue. Uma pequena quantidade, menos do que para uma doação comum. Basta realizar esse ato simples e uma vida pode ser salva. O senhor entende o significado disso?

– Acho que sim.

– Nós da comunidade médica devemos fazer tudo ao nosso alcance para encorajar as pessoas a participarem do cadastro de medula óssea. A instrução, é claro, é importante. Assim como o sigilo. Ele tem que ser preservado. Os doadores precisam confiar em nós.

Ela parou, cruzou as pernas e se apoiou nas mãos.

– Mas, neste caso, criou-se um dilema. A importância do sigilo está indo contra o bem-estar do meu paciente. Para mim, é um dilema fácil de resolver. O juramento de Hipócrates se sobrepõe a tudo. Não sou advogada nem autoridade religiosa. Minha prioridade deve ser salvar vidas, e não proteger sigilos. Acho que não sou a única médica a compartilhar essa opinião. Talvez seja por isso que não temos contato com os doadores. O centro hematológico... no seu caso, o de East Orange... faz tudo. Recolhem a medula e nos enviam.

– Então a senhora não sabe quem é o doador.

– Exatamente.

– Nem se é homem ou mulher, onde mora, nada?

Karen Singh balançou a cabeça.

– Só sei que o cadastro nacional encontrou um doador. Me ligaram para informar. Depois recebi outro telefonema falando que o doador não estava mais disponível.

– O que isso significa?

– Foi o que perguntei.

– E deram uma resposta?

– Não. Enquanto eu vejo as coisas de uma perspectiva micro, o cadastro nacional tem que permanecer no macro. Eu respeito isso.

– A senhora desistiu, então?

Ela se retesou. Os olhos ficaram pequenos e negros.

– Não, Sr. Bolitar, não desisti. Protestei contra a o sistema. Mas os funcionários do cadastro nacional não são monstros. Entendem que essa é uma questão de vida e morte. Se um doador se arrepende, fazem o possível para trazê-lo de volta ao rebanho a fim de convencê-lo a continuar.

– Mas nada funcionou neste caso?

– Parece que não.

– Deviam dizer ao doador que ele está sentenciando um garoto de 13 anos à morte.

– Sim – concordou ela sem hesitar.

Myron ergueu as mãos.

– A que conclusão devemos chegar então, doutora? Que o doador é um monstro insensível?

Karen Singh refletiu sobre isso por um momento.

– Talvez. Ou talvez a resposta seja mais simples.

– Como o quê?

– Talvez o centro não consiga encontrá-lo.

Myron se endireitou.

– Como assim, "não consiga encontrá-lo"?

– Não sei o que aconteceu. O centro não me contou, e esse deve ser o costume. Defendo os interesses do paciente. Lidar com os doadores é tarefa deles. Mas acho que eles ficaram – ela se deteve, buscando a palavra certa – perplexos.

– O que a faz dizer isso?

– Nada de concreto. Só uma sensação de que este caso pode ser mais que um doador medroso.

– Como descobrir?

– Não sei.

– Como podemos descobrir o nome do doador?

– Não podemos.

– Deve haver um jeito... Digamos que seja possível. Como eu poderia fazer isso?

– Entrando no sistema deles. É a única forma que conheço.

– O sistema de Washington?

– Eles estão em rede com os centros locais. Mas o senhor teria que saber os códigos e as senhas. Talvez um bom hacker consiga, não sei.

Hackers, Myron sabia, funcionavam melhor no cinema que na vida real. Alguns anos antes, talvez fossem úteis, mas a maioria dos sistemas atuais estava protegida contra essas invasões.

– Quanto tempo temos, doutora?

– Não há como dizer. Jeremy está reagindo bem aos hormônios e fatores de crescimento. Mas não sei até quando.

– Então temos que encontrar um doador.

– Sim.

Karen encarou Myron, depois desviou o olhar.

– Tem algo mais? – perguntou ele.

– Existe outra possibilidade remota – respondeu ela, sem fitá-lo.

– Qual?

– Lembre-se do que eu disse antes. Defendo os interesses do paciente. É meu dever explorar todos os caminhos possíveis para salvá-lo – respondeu a médica com uma voz estranha.

– Estou escutando.

Karen esfregou a palma das mãos na perna da calça.

– Se os pais biológicos de Jeremy tivessem outro filho, existiria uma chance de 25 por cento de que o bebê fosse compatível.

Ela olhou para Myron.

– Não acho que essa seja uma possibilidade – disse ele.

– Mesmo que seja a única forma de salvar a vida de Jeremy?

Myron ficou sem resposta. Um servente passou, olhou para dentro da sala, murmurou um pedido de desculpas e foi embora. O agente se levantou e agradeceu.

– Vou levá-lo até o elevador – falou a Dra. Singh.

– Obrigado.

– Há um laboratório no primeiro andar, no Pavilhão Harkness. – Ela lhe entregou um pedaço de papel. Myron olhou-o: era um pedido. – Talvez o senhor queira fazer um certo exame de sangue confidencial.

Os dois caminharam em silêncio até os elevadores. Algumas crianças em cadeiras de rodas estavam sendo empurradas pelo corredor. A Dra. Singh sorriu para elas, os traços pronunciados suavizando-se de forma quase celestial. Mais uma vez, pareciam destemidas. Myron se perguntou se aquela calma advinha da ignorância ou da resignação. Será que não compreendiam a gravidade do que estava acontecendo ou tinham uma compreensão tranquila da situação que os pais jamais teriam? Essas questões filosóficas, Myron sabia, serviam mais aos eruditos. Contudo, talvez a resposta fosse mais simples do que imaginava: o sofrimento delas seria relativamente curto; o dos pais seria eterno.

Quando chegaram ao elevador, ele perguntou:

– Como a senhora consegue?

Ela logo entendeu o que ele queria dizer:

– Eu poderia dar uma resposta pomposa sobre encontrar consolo em ajudar, mas a verdade é que bloqueio e compartimentalizo. É o único jeito.

A porta do elevador se abriu, mas, antes de se mover, Myron ouviu uma voz familiar:

– Que diabo você está fazendo aqui?

Greg Downing veio em sua direção.

capítulo 7

NA ÚLTIMA VEZ EM QUE os dois haviam se encontrado, Myron estava montado sobre o peito de Greg, tentando matá-lo, socando repetidas vezes seu rosto, até Win – logo ele – vir apartá-los. Três anos antes. Não o tinha visto desde então, exceto no noticiário noturno.

Greg Downing encarou Myron, depois Karen Singh, voltando o olhar então ao rival, como se esperasse que ele já tivesse evaporado.

– Que diabo você está fazendo aqui? – perguntou outra vez.

Greg vestia uma camisa de flanela sobre uma camiseta de malha tricotada, dessas que se vê na Baby Gap, jeans desbotados e botas de trabalho absurdamente gastas. Um lenhador suburbano.

Uma espécie de fagulha se acendeu no peito de Myron, incendiando-o.

Desde o dia em que brigaram por um rebote, no sexto ano, ele e Greg se tornaram a definição perfeita do que era uma rivalidade. No ensino médio, os dois tiveram oito confrontos, quatro vitórias para cada um. Já circulavam rumores de que havia inimizade entre os superastros nascentes, mas não passava de hipérbole esportiva corriqueira. A verdade era que Myron mal conhecia Greg fora das quadras. Faziam qualquer coisa para vencer, claro, mas, assim que soava o apito final, os garotos apertavam-se as mãos e a rivalidade hibernava até o próximo jogo.

Ou assim sempre pensara Myron.

Quando aceitou a bolsa de estudos na Duke e Greg preferiu a Universidade da Carolina do Norte, os fãs de basquete comemoraram. A aparentemente modesta rivalidade entre eles estava pronta para estrear nos jogos da liga universitária americana, no horário nobre. Myron e Greg não decepcionaram. As partidas entre os times tiveram audiências fantásticas, nenhum jogo foi decidido por mais de três pontos de diferença. Os dois fizeram carreiras espetaculares nas equipes. Os dois foram escolhidos para a hipotética seleção universitária, entre os melhores de cada ano. Os dois estrelaram capas da *Sports Illustrated*, chegando mesmo a dividi-la certa vez. A rivalidade, no entanto, permanecia na quadra. Lutavam até o fim, mas a competição nunca passava para o campo pessoal.

Até Emily surgir.

Antes do começo do último ano da faculdade, Myron levantou o assunto do casamento. No dia seguinte, ela segurou as mãos dele, olhou nos seus olhos e disse:

– Não tenho certeza se amo você.

Na lata. Ele ainda se perguntava o que teria acontecido. Algo tão grandioso tão cedo, pensou. Talvez houvesse um pouco a necessidade de fazer coisas novas, namorar outras pessoas, sabe-se lá o que mais. O tempo passou. Três meses, pela conta de Myron. Emily começou um relacionamento com Greg. Ele o ignorou publicamente – mesmo quando o rival e a ex ficaram noivos, um pouco antes da formatura. A convocação para a NBA também aconteceu na mesma época. Os dois foram para o primeiro round, embora, de maneira surpreendente, Greg tenha sido escolhido antes de Myron.

Foi quando tudo começou.

O resultado final?

Quase quinze anos depois, Greg Downing estava terminando sua carreira no basquete. As pessoas o aplaudiam. Ganhava milhões e era famoso. Praticava o esporte que adorava. Para Myron, o sonho de sua vida havia acabado antes mesmo de começar. Durante o primeiro jogo da pré-temporada, no Celtics, num choque com Big Burt Wesson, seu joelho ficara espremido entre o adversário e outro jogador. Houve um estalo, uma crepitação, um estouro – e depois uma dor lancinante, excruciante, como se garras de metal rasgassem sua rótula.

O joelho nunca se recuperou.

Todos acharam que tinha sido um acidente bizarro, inclusive Myron. Por mais de dez anos, ele acreditara que a contusão fora mero acaso, resultado de um capricho do destino. Agora, não mais. Sabia que o homem de pé na sua frente causara tudo aquilo, que a rivalidade aparentemente ingênua da adolescência se tornara algo monstruoso, se banqueteara de seus sonhos, destruíra o casamento de Greg e Emily e, era quase certo, levara ao nascimento de Jeremy Downing.

Myron cerrou os punhos.

– Já estava de saída.

Greg pôs a mão no peito dele.

– Fiz uma pergunta a você.

Ele olhou para aquela mão.

– Isso é bom.

– O quê?

– Não haverá perda de tempo com transporte. Já estamos num hospital.

Greg sorriu com escárnio.

– Você me socou da última vez.

– Quer mais?

– Me desculpem – interveio Karen Singh –, mas vocês estão falando sério?

Greg continuava fuzilando o rival com o olhar.

– Pare com isso ou vou ficar todo melado – falou Myron.

– Você é um filho da puta.

– E você não está na minha lista de pessoas para mandar cartão de Natal também, Greggy Cocô.

Quanta maturidade...

Greg chegou mais perto.

– Sabe o que eu gostaria de fazer com você, Bolitar?

– Me beijar na boca? Me comprar flores?

– Flores para a sua sepultura, talvez.

Myron balançou a cabeça.

– Essa é boa, Greg. Agora fiquei magoado, poxa!

Karen Singh interrompeu outra vez:

– Só porque aqui é a ala infantil não significa que vocês dois tenham que agir como crianças.

Greg deu um passo para trás, sem tirar os olhos do rival.

– Emily – vociferou ele de repente. – Ela chamou você, não foi?

– Não tenho que dizer nada para você, Greg.

– Pediu que você encontrasse o doador.

– Você sempre foi um garoto inteligente.

– Convoquei uma entrevista coletiva para hoje. Vou fazer um apelo direto ao doador. Oferecer uma recompensa.

– Ótimo.

– Então não precisamos de você, Bolitar.

Myron o encarou e, por um momento, era como se estivessem de volta à quadra, os rostos empapados de suor, a multidão torcendo, o tempo acabando, a bola quicando. Nirvana. Acabado para sempre. A vida roubada por Greg. Por Emily. E, talvez mais que tudo, quando pensava naquilo com honestidade, por sua própria burrice.

– Tenho que ir.

Greg deu um passo atrás. Myron passou por ele e apertou o botão do elevador.

– Ei, Bolitar.

Ele se virou.

– Vim aqui para falar com a doutora sobre o meu filho, e não para discutir o passado.

Myron não disse nada. Voltou-se para o elevador.

– Você acha que pode ajudar a salvar meu garoto?

A boca de Myron ficou seca.

– Não sei.

O elevador chegou e a porta se abriu. Não houve nenhum adeus, aceno de cabeça ou qualquer outro tipo de comunicação. Myron entrou e deixou que a porta se fechasse. Quando chegou ao térreo, dirigiu-se ao laboratório e arregaçou a manga da camisa. Uma mulher coletou o sangue, soltou o torniquete e informou:

– Sua médica vai entrar em contato com o senhor sobre o resultado.

capítulo 8

Já que estava entediado, Win decidiu levar Myron ao aeroporto para buscar Terese. O pé parecia ofendido com o acelerador, tamanha a força com que pisava nele. O Jaguar voava. Como sempre fazia quando andava de carro com o amigo, Myron desviava o olhar.

– Parece que a melhor opção seria localizar uma clínica de transplante de medula num lugar remoto – começou Win. – No interior do estado ou no oeste de Jersey. Depois entraríamos à noite com um perito em computador.

– Não daria certo.

– *Pour quoi?*

– A central de Washington desconecta a rede de computadores às seis horas. Mesmo que entrássemos, não conseguiríamos acessar o mainframe.

Win fez um muxoxo.

– Não se preocupe – falou Myron. – Tenho um plano.

– Quando você fala assim, meus mamilos endurecem.

– Pensei que só o ato em si o excitasse.

– E isso não é um ato?

Eles pararam o carro no estacionamento do aeroporto JFK e chegaram à área de desembarque da Continental Airlines dez minutos antes de o avião tocar o solo. Quando os passageiros começaram a aparecer, Win avisou:

– Vou ficar ali no canto.

– Por quê?

– Não quero atrapalhar o encontro. E, ficando ali, tenho uma visão melhor do traseiro de Srta. Collins.

Win...

Dois minutos depois, Terese Collins desembarcou. Estava vestida de modo casual, com uma blusa branca e calça verde. O cabelo castanho encontrava-se preso num rabo de cavalo. As pessoas davam ligeiras cotoveladas umas nas outras, cochichando e gesticulando de forma sutil, lançando-lhe olhares disfarçados, do tipo "reconheço você, mas não quero parecer interessado".

Terese se aproximou de Myron e lhe deu seu sorriso "pausa para os comerciais". Era pequeno e tenso, tentando ser simpático, mas lembrando aos telespectadores que estava falando sobre guerra, pestilência, tragédia, e que talvez um sorriso grande e feliz parecesse algo mórbido. Os dois se deram um abraço um pouco apertado demais e Myron sentiu uma tristeza familiar tomar conta dele. Isso acontecia sempre que se abraçavam – a sensação de que algo em seu interior estava outra vez desmoronando. Percebia que o mesmo se dava com ela.

Win juntou-se a eles.

– Olá, Win – cumprimentou ela.

– Olá, Terese.

– Olhando de novo para o meu rabo?

– Prefiro o termo "traseiro". E a resposta é sim.

– Ainda está bonito?

– Nota dez.

Myron pigarreou.

– Por favor, esperem a opinião do inspetor de carnes.

Win e Terese se encararam e reviraram os olhos.

Myron se enganara: Emily não era a favorita do amigo e, sim, Terese – embora isso se devesse exclusivamente ao fato de ela morar muito longe.

"Você é o tipo lastimável, carente, que se acha incompleto sem uma namorada firme", dissera Win certa vez. "Que coisa melhor que uma mulher independente que vive a milhares de quilômetros?"

Win foi para o Jaguar enquanto eles esperavam pela bagagem. Terese observou-o se afastando.

– O rabo dele é melhor que o meu? – perguntou Myron.

– Nenhum rabo é melhor que o seu.

– Eu já sabia. Só estava testando você.

Terese continuou a olhar.

– Win é um camarada interessante.

– Sim, claro – concordou ele.

– Por fora, é frio e reservado. Mas, por baixo dessa carapaça, bem lá no fundo, ele é mesmo frio e reservado.

– Você decifra bem as pessoas, Terese.

Win deixou-os no Dakota e retornou para o escritório. Quando Myron e Terese entraram no apartamento, ela o beijou com ardor. Notava-se uma urgência permanente nela. Um desespero no sexo. Agradável, claro. Espantoso às vezes. Porém, havia sempre uma aura de tristeza, que não ia embora durante o ato, mas, por um breve momento, erguia-se, como uma névoa que pairasse.

Tinham se conhecido num evento beneficente alguns meses antes, ambos arrastados até lá por amigos bem-intencionados. Foi uma infelicidade mútua o que os atraiu. Fugiram na mesma noite para o Caribe, num ato de ousadia. Para o previsível Myron, essa atitude espontânea pareceu surpreendentemente acertada. Passaram três semanas num torpor abençoado, sozinhos numa ilha particular, tentando manter a dor longe. Quando Myron foi obrigado a voltar para casa, os dois acharam que seria o fim. Enganaram-se. Ao menos, assim parecia.

Ele sentia que sua recuperação finalmente estava em curso. Ainda não estava a pleno vapor ou de volta à normalidade, nada disso. E duvidava que um dia isso viesse a acontecer. Ou que desejasse realmente que acontecesse. Mãos gigantescas o haviam deformado. O mundo ia pouco a pouco ganhando sua forma anterior, mas ele sabia que jamais retornaria à posição original.

Outra vez um pensamento pungente.

No entanto, o que acontecera a Terese – o que provocara aquela tristeza, retorcera seu mundo, por assim dizer – permanecia firme, recusando-se a ir embora.

A cabeça de Terese estava pousada sobre o peito de Myron, os braços em torno dele. Não podia ver o seu rosto. Ela nunca o mostrava depois que acabavam de transar.

– Quer falar sobre aquilo? – perguntou ele.

Terese ainda não tinha dito nada e Myron raramente perguntava, pois sabia que desrespeitaria uma regra tácita, embora primordial.

– Não.

– Não estou forçando. Só queria que você soubesse que, quando se sentir pronta, estarei aqui.

– Eu sei – falou ela.

Myron quis dizer algo mais. Porém, ela ainda se encontrava num lugar onde as palavras eram supérfluas ou dolorosas. Permaneceu calado, acariciando-lhe o cabelo.

– Nosso relacionamento é bizarro – comentou Terese.

– Também acho.

– Alguém me disse que você namora Jessica Culver, a escritora.

– Terminamos.

– Ah. – Ela não se mexeu, ainda abraçando-o um pouco forte demais. – Posso saber quando?

– Um mês antes de nos conhecermos.

– E quanto tempo ficaram juntos?

– Treze anos, com intervalos.

– Entendo... Eu sou a cura?

– E eu sou a sua?

– Talvez – respondeu Terese.

– A mesma coisa comigo.

Ela refletiu sobre isso por um instante.

– Mas Jessica Culver não foi a razão de você ter fugido comigo.

Ele se lembrou do cemitério que dava para o pátio da escola.

– Não, não foi.

Terese finalmente se virou para ele.

– Não temos chance nenhuma. Você sabe disso, certo?

Myron ficou calado.

– Não que isso seja incomum – continuou ela. – Muitos relacionamentos não têm a menor chance. Mas as pessoas continuam juntas porque é divertido. Este, nem isso.

– Fale só por você.

– Não me entenda mal, Myron. Você é ótimo de cama.

– Você poderia colocar isso numa declaração juramentada?

Ela riu, mas sem alegria.

– E o que temos aqui?

– Sinceramente?

– De preferência.

– Sempre analiso demais – disse Myron. – É da minha natureza. Conheço uma mulher e já vou imaginando uma casa no subúrbio, com uma cerquinha branca na frente e dois filhos, um garoto e uma garota. Mas desta vez não estou fazendo isso. Estou deixando acontecer. Então, para responder à sua pergunta... não sei. E acho que não me importo.

Ela abaixou a cabeça.

– Você já percebeu que estou destroçada.

– Acho que sim.

– Tenho mais bagagem que a maioria.

– Todos nós trazemos bagagem – observou Myron. – A questão é: a sua bagagem combina com a minha?

– Quem disse isso?

– Estou parafraseando um musical da Broadway.

– Qual?

– *Rent.*

Ela franziu a testa.

– Não gosto de musicais.

– Lamento ouvir isso – comentou Myron.

– Sério?

– Claro.

– Você tem 30 e poucos anos, é solteiro, sensível e gosta de musicais. Caso se vestisse um pouco melhor, eu diria que era gay.

Terese lhe deu um beijo forte, rápido e os dois se abraçaram um pouco mais. Myron teve vontade de perguntar de novo o que acontecera, porém se conteve. Ela contaria um dia. Ou não. Resolveu mudar de assunto:

– Preciso da sua ajuda com uma coisa.

Ela o encarou.

– Tenho que invadir um sistema de computador de uma central de transplantes de medula óssea – explicou ele. – E acho que você pode me ajudar.

– Eu?

– Sim.

– Você foi escolher justo uma tecnófoba.

– Não é da tecnófoba que preciso, mas da apresentadora famosa.

– Entendi. E você está pedindo esse favor pós-coito?

– Faz parte do plano. Amoleci você. Agora não pode me negar nada.

– Diabólico.

– De fato.

– E se eu negar?

Myron moveu as sobrancelhas.

– Vou usar outra vez meu corpo musculoso e minha técnica patenteada de fazer amor até você sucumbir.

– "Sucumbir"... – repetiu ela, puxando-o mais para perto. – Que palavra empolada.

capítulo 9

NUM TEMPO SURPREENDENTEMENTE CURTO, ELES organizaram tudo. Myron contou seu plano a Terese, que o escutou sem interrupções. Ao término, ela começou a dar telefonemas. Em nenhum momento perguntou por que ele estava procurando o doador ou qual ligação havia entre os dois. A regra tácita de novo, pensou Myron.

Em uma hora, um furgão equipado com uma câmara portátil de cinegrafista chegou ao Dakota. O diretor do centro hematológico de Bergen County – uma central próxima de transplantes de medula, em Nova Jersey – concordara em desmarcar quaisquer compromisso para uma entrevista imediata com Terese Collins, a extraordinária apresentadora de TV. Ah, o poder daquela caixa de plástico idiota...

Eles tomaram a Harlem River Drive até a ponte George Washington, cruzaram o Hudson e saíram na Jones Road, em Englewood, Nova Jersey. Após estacionarem, Myron pegou a câmera. Mais pesada do que imaginara. Terese mostrou a ele como segurá-la, encostá-la ao ombro e mirar. Havia um quê de bazuca naquele procedimento todo.

– Você acha que eu deveria usar um disfarce? – perguntou Myron.

– Por quê?

– As pessoas ainda me reconhecem da época de jogador.

Ela fez uma careta.

– Sou muito famoso em alguns círculos.

– Caia na real, Myron. Você é um ex-atleta universitário. Se alguém, por um milagre, reconhecer você, vai achar que teve sorte e não terminou na sarjeta, como vários outros.

– É justo.

– Outra coisa, que vai ser quase impossível para você.

– O quê?

– Você vai ter que manter fechada essa boca grande – respondeu Terese.

– Hum.

– Você é só o câmera aqui.

– Preferimos ser chamados de "artistas fotográficos".

– Faça o seu papel apenas. Confie em mim para lidar com ele.

– Posso ao menos usar um pseudônimo? – Ele encostou o olho no aparelho. – Pode me chamar de Lens. Ou Scoop. Entendeu? Lente da câmera e furo de reportagem...

– Que tal Bozo? Não, espera, seria sinônimo.

Todo mundo gosta de bancar o engraçadinho.

Quando os dois entraram na recepção da clínica, as pessoas se viraram para Terese e deram outra vez aquele olhar disfarçado. Myron percebeu que aquele era o primeiro dia em que saía com ela em público. Nunca imaginara que fosse tão famosa.

– É assim em todos os lugares a que você vai? – sussurrou ele.

– Em geral, sim.

– Isso incomoda você?

– Besteira.

– O quê?

– Essas celebridades que se queixam das pessoas olharem para elas. Sabe como uma celebridade fica irritada? Quando ela vai a um lugar e não é reconhecida.

Myron sorriu.

– Você deve se sentir realizada, então.

– É alguma nova forma de demonstrar cinismo?

A recepcionista anunciou:

– O Sr. Englehardt vai recebê-la agora.

Ela conduziu-os por um corredor com paredes finas de gesso mal pintadas. O diretor estava sentado atrás de uma mesa de madeira plástica. Devia ter quase 30 anos, era esmirrado e tinha um queixo pequeno.

Myron logo notou os computadores: um sobre a mesa, outro numa espécie de aparador. Hum...

Englehardt deu um pulo, como se acabasse de descobrir que a cadeira estava com pulga. Os olhos se esbugalharam e se fixaram em Terese. Myron foi ignorado e sentiu-se como, bem, como um câmera. Ela deu ao diretor um largo sorriso, deixando-o perdido.

– Sou Terese Collins – disse ela, estendendo a mão. Ele só faltou ajoelhar-se para beijá-la. – Este é meu câmera, Malachi Throne.

Myron abriu um meio sorriso. Depois da discussão sobre musicais da Broadway, tinha ficado preocupado. Mas Malachi Throne? Genial. Realmente genial.

Todos trocaram amabilidades. Englehardt não parava de mexer no cabelo, tentando fazer isso com o máximo de sutileza, não como se estivesse se preparando para enfrentar uma câmera. Só que estava muito na cara. Por fim, Terese sinalizou que estavam prontos para começar.

– Onde prefere que eu me sente? – perguntou Englehardt.

– Atrás da mesa está bom. Você não concorda, Malachi?

– Atrás da mesa – repetiu Myron. – É, é o melhor lugar.

A entrevista teve início. Terese encarava o diretor do centro, que, maravilhado, não conseguia tirar os olhos dela. Myron encostou o rosto na câmera. Um profissional consumado. Artista das lentes.

Terese perguntou a Englehardt como havia entrado no ramo, seu histórico, toda aquela baboseira, para deixá-lo relaxado, numa posição confortável, não muito diferente da técnica que Myron usara com a Dra. Singh. Mantinha a postura de sempre diante das câmeras. A voz era diferente, o olhar mais firme.

– Então a central nacional de cadastro, em Washington, rastreia todos os doadores? – perguntou ela.

– Correto.

– Mas o senhor pode acessar os dados?

Englehardt deu um tapinha no computador sobre a mesa. Eles só viam a parte de trás do monitor e a tela estava virada para o diretor. Ok, pensou Myron, então é esse que está na mesa. Isso tornava as coisas um pouco mais difíceis, porém não impossíveis.

Terese olhou para seu "câmera".

– Por que você não faz uma imagem da frente, Malachi? – Virando-se para Englehardt, acrescentou: – Se o senhor não se opuser.

– Não, não tem nenhum problema.

Myron se colocou em posição. O monitor estava apagado. Nenhuma surpresa.

Terese continuava a prender o olhar do diretor.

– Alguém no centro tem acesso ao computador do cadastro nacional?

Englehardt balançou a cabeça com firmeza.

– Sou o único.

– Por quê?

– As informações são confidenciais. Não quebramos o sigilo sob circunstância nenhuma.

– Entendo – falou ela. Myron já estava em posição. – Mas como impedir que alguém entre aqui quando o senhor não estiver por perto?

– Sempre tranco a porta da minha sala – respondeu ele, abanando o rabinho e louco para agradar. – E só se pode acessar a rede com uma senha.

– O senhor é o único que conhece essa senha?

Englehardt tentou não parecer convencido, mas não com muito afinco.

– Correto.

Quem já não viu esses programas com câmera escondida? Elas sempre filmam de ângulos estranhos e em preto e branco. A verdade é que qualquer leigo pode comprar uma facilmente, até mesmo uma que filme em cores. Não é difícil encontrar lojas que as vendem em plena Manhattan ou procurar por "lojas de espião" na internet. É possível ocultar câmeras em relógios, canetas, maletas e – as mais comuns – em detectores de fumaça, disponíveis para qualquer um com cacife suficiente. Myron tinha uma que parecia um daqueles potinhos onde se guardava negativo de filme e a colocou no peitoril da janela, com a lente apontada para o computador.

Quando estava pronta, Myron tocou o nariz com o dedo, à la Robert Redford em *Golpe de mestre*. Era o sinal combinado. *Bolitar. Myron Bolitar. Um achocolatado. Batido, não mexido.* Teresa entendeu a deixa. O sorriso desapareceu de seu rosto num passe de mágica.

Englehardt pareceu surpreendido:

– Srta. Collins? Sente-se bem?

Por um momento, ela não suportou encará-lo.

– Sr. Englehardt – disse Terese por fim, com uma voz de sepultura da Guerra do Golfo. – Tenho que confessar uma coisa.

– Como assim?

– Estou aqui sob um falso pretexto.

O diretor pareceu confuso. Ela estava atuando tão bem que até Myron ficou confuso.

– Acredito sinceramente que o senhor está fazendo um trabalho importante aqui. Mas há pessoas que não estão tão certas disso.

Englehardt arregalou os olhos.

– Não estou entendendo.

– Preciso da sua ajuda, Sr. Englehardt.

– Billy – corrigiu ele.

Myron fez uma careta. Billy?

Terese não perdeu o embalo:

– Alguém está tentando prejudicar seu trabalho, Billy.

– Meu trabalho?

– O trabalho do cadastro nacional.

– Ainda não estou entendendo o que...

– Está a par do caso de Jeremy Downing?

O diretor balançou a cabeça.

– Nunca sei o nome dos pacientes.

– Ele é filho de Greg Downing, o astro do basquete.

– Ah, sim, ouvi falar nele. O garoto está com anemia de Fanconi.

– Correto.

– O Sr. Downing não vai dar uma coletiva de imprensa hoje? Para encontrar o doador?

– Exatamente, Billy. Esse é o problema.

– Como assim?

– O Sr. Downing já encontrou o doador.

– Isso é um problema?

– Não, claro que não. Quer dizer, se a pessoa for mesmo a doadora. Se estiver dizendo a verdade.

Englehardt olhou para Myron, que deu de ombros e voltou para a frente da mesa, deixando a câmera no peitoril.

– Não estou entendendo, Srta. Collins.

– Terese, por favor. Apareceu um homem alegando que é o doador compatível.

– E você acha que ele está mentindo?

– Deixe-me terminar. Ele não só alega ser o doador, como também diz que a razão pela qual se recusou a doar a medula foi o tratamento terrível que recebeu neste centro.

Englehardt quase caiu para trás.

– O quê?

– Ele falou que foi muito maltratado, que a equipe de vocês é grosseira e que está pensando até em entrar com um processo.

– Isso é ridículo.

– Provavelmente.

– Está mentindo.

– Provavelmente – repetiu ela.

– Mas ele vai ser desmascarado – insistiu o diretor. – Vamos examinar o sangue dele e provar que é um impostor.

– Mas quando, Billy?

– Ahn?

– Quando vocês vão fazer isso? Daqui a um dia? Uma semana? Um mês? Aí o mal já vai ter sido feito. Ele vai aparecer na coletiva hoje, com Greg

Downing. A mídia vai estar lá em peso. Mesmo se tudo acabar se revelando falso, ninguém vai se lembrar da retratação, só da acusação.

Englehardt se endireitou na cadeira.

– Meu Deus.

– Vou ser franca com você, Billy. Muitos dos meus colegas acreditam nele. Eu, não. Sinto cheiro de publicidade. Mandei alguns dos meus melhores investigadores mergulharem no passado desse homem. Até agora não descobriram nada, e o tempo está se esgotando.

– E o que posso fazer?

– Preciso *saber* que não é verdade. Não posso impedir nada só porque *acho* que não é verdade. Tenho que saber com certeza.

– Como?

Terese mordeu o lábio inferior, como se imersa em pensamentos.

– A sua rede de computadores.

Englehardt balançou a cabeça.

– As informações aqui são confidenciais. Já expliquei isso. Não posso dizer a você...

– Não preciso saber o nome do doador. – Ela se inclinou para a frente. Myron se distanciou o máximo que pôde, tentando não parecer nenhum tipo de ameaça. – Preciso saber qual o nome que *não* é.

Englehardt pareceu hesitar.

– Estou sentada aqui – insistiu ela. – Não consigo ver o monitor. Malachi está perto da porta. – Terese se virou para Myron. – A câmera está desligada?

– Sim – respondeu ele, baixando-a como garantia.

– O que sugiro é o seguinte. Você procura por Jeremy Downing no seu computador. Vai aparecer o doador. Eu lhe dou o nome. Você me diz se é o mesmo. Simples, não?

Englehardt ainda não parecia convencido.

– Você não estaria violando o sigilo de ninguém – falou ela. – Não podemos ver a sua tela. Podemos até sair da sala enquanto verifica, se preferir.

O diretor não disse nada. Tampouco Terese. Ela esperava por ele. A entrevistadora perfeita. Por fim, virou-se para Myron.

– Pegue suas coisas.

– Espere.

O olhar de Englehardt perscrutava o monitor.

– Você disse Jeremy Downing?

– Sim.

Ele se encurvou sobre o teclado e digitou rápido. Segundos depois, perguntou:

– Qual é o nome do suposto doador?

– Victor Johnson.

Englehardt olhou para o monitor e sorriu.

– Não é ele.

– Tem certeza?

– Absoluta.

Terese retribuiu o sorriso.

– Era tudo de que precisávamos saber.

– Vai impedi-lo?

– Ele nem vai aparecer na coletiva.

Myron pegou o "rolo de filme" e a câmera e os dois saíram a passos rápidos pelo corredor. Lá fora, ele se virou para ela e questionou:

– Malachi Throne?

– Sabe quem é?

– Fez o papel do Face Falsa em *Batman*.

Terese sorriu e assentiu.

– Muito bom.

– Posso dizer uma coisa?

– O quê?

– Você me excita quando fala do Batman – respondeu ele.

– E quando não falo também.

– Você está tentando me convencer?

Cinco minutos depois, os dois assistiam à fita no furgão.

capítulo 10

SR. DAVIS TAYLOR

North End Avenue, 221

Waterbury, Connecticut

Os números da previdência social e do telefone também estavam lá. Myron discou. Após dois toques, caiu na secretária eletrônica e uma voz robótica lhe pediu que deixasse uma mensagem após o sinal. Ele deixou o nome e o celular e pediu ao Sr. Taylor que retornasse.

– O que você vai fazer então? – perguntou Terese.

– Acho que vou pegar o carro e tentar falar com o Sr. Davis Taylor.

– Mas a clínica já não tentou?

– Provavelmente.

– Você é mais persuasivo?

– Algo questionável.

– Tenho que cobrir o Waldorf esta noite – falou ela.

– Eu sei. Vou sozinho. Ou talvez leve Win.

Ainda sem encará-lo, Terese perguntou:

– Esse garoto que precisa do transplante... não é nenhum estranho, é?

Myron não sabia como responder.

– Acho que não.

Terese assentiu de uma forma que lhe dizia para não falar mais nada. Ele assim o fez. Pegou o telefone e ligou para Emily. Ela atendeu ao primeiro toque:

– Alô?

– A que horas Greg vai dar a coletiva?

– Daqui a duas horas.

– Preciso falar com ele.

Myron escutou-a ofegar, esperançosa.

– Você encontrou o doador de Jeremy?

– Ainda não.

– Mas descobriu alguma coisa.

– Vamos ver.

– Não seja condescendente, Myron.

– Não estou sendo.

– É da vida do meu filho que estamos falando.

E meu também?

– Tenho uma pista, Emily. É tudo.

Ela deu o número de Greg.

– Myron, por favor, me ligue se...

– Assim que souber de algo.

Ele desligou e telefonou para Greg.

– Preciso que você cancele a coletiva de imprensa.

– Por quê?

– Me dê até amanhã.

– Conseguiu alguma coisa?

– Talvez sim.

– Ou talvez não – retrucou Greg. – Você conseguiu algo ou não?

– Tenho um nome e um endereço. Pode ser o nosso homem. Quero checar antes de você fazer um pedido público.

– Onde ele mora?

– Em Connecticut.

– Você está indo para lá?

– Sim.

– Agora?

– Exato.

– Quero ir com você – disse Greg.

– Não é uma boa ideia.

– Ele é meu filho, dane-se.

Myron fechou os olhos.

– Entendo.

– Então vai entender isto também: não preciso pedir sua permissão. Eu vou. Pare de perder tempo e me diga onde você quer que eu o busque.

◆ ◆ ◆

Greg dirigia. Tinha uma dessas caminhonetes caras, com tração nas quatro rodas, que fazem furor entre os suburbanos de Nova Jersey, cuja ideia de off-road é passar por um quebra-molas no estacionamento do shopping. *Très chic.* Durante um longo tempo, nenhum dos dois falou. A tensão no ar era tal que pressionava as janelas do carro, oprimia Myron, deixava-o cansado e sombrio.

– Como você conseguiu esse nome? – perguntou Greg.

– Não importa.

Greg desistiu. Eles rodaram um pouco mais. No rádio, Jewel insistia com seriedade que suas mãos eram pequenas, ela sabia, mas eram dela e de mais ninguém. Myron franziu a testa. Não era exatamente "Blowin' in the Wind", de Dylan, era?

– Você sabia que quebrou meu nariz? – disse Greg.

Myron continuou em silêncio.

– E que a minha visão já não é a mesma? Que tenho problemas para focalizar a cesta?

Myron não conseguia acreditar no que estava ouvindo.

– Você está me culpando pela sua péssima temporada, Greg?

– Só estou dizendo que...

– Você está ficando velho, Greg. Já disputou catorze campeonatos, e não participar da greve de jogadores não ajudou você em nada.

Greg fez um gesto de desdém com a mão.

– Você não entende.

– Exatamente. Nunca fui jogador profissional.

– Certo, e nunca trepei com a mulher de um amigo meu.

– Ela não era sua mulher – objetou Myron. – E não éramos amigos.

Os dois se calaram outra vez. Greg mantinha os olhos na estrada. Myron ficou observando a paisagem pela janela do carona.

Waterbury é uma dessas cidades de passagem. Myron já havia percorrido aquele trecho da I-84 centenas de vezes. Ao longe, o lugar parecia horroroso. Agora, no entanto, que tinha a oportunidade de vê-lo de perto, percebeu que subestimara seu caráter ofensivo inerente, impossível de ser avaliado a distância. Ele balançou a cabeça. E as pessoas falavam mal de Nova Jersey...

Myron pesquisara o trajeto na internet. Com uma voz que mal reconhecia como sendo a sua, foi lendo-as para Greg, que as seguia em silêncio. Cinco minutos depois, pararam em frente a uma casa precária de madeira em meio a uma rua de casas precárias de madeira. Eram irregulares e tão apinhadas que lembravam uma dentadura necessitada de um extenso trabalho ortodôntico.

Os dois saltaram do carro. Myron quis dizer a Greg que ficasse esperando, mas seria inútil. Bateu à porta e, quase imediatamente, uma voz áspera perguntou:

– Daniel? É você, Daniel?

– Estou procurando Davis Taylor – respondeu Myron.

– Daniel?

– Não! – contestou Myron, berrando através da porta. – Davis Taylor! Mas talvez ele chame a si próprio de Daniel.

– Do que está falando?

Um velho abriu a porta e os encarou com total desconfiança, estreitando os olhos. Usava óculos pequenos demais para o seu rosto, de forma que as hastes de metal encontravam-se enterradas nas dobras que a pele fazia sobre as têmporas, e uma peruca loura feia adornava-lhe a cabeça. Calçava um pé de chinelo e um pé de sapato, e o roupão parecia ter sido pisoteado durante a Guerra dos Bôeres.

– Pensei que fosse Daniel – disse, tentando reajustar os óculos, mas eles não saíram do lugar. O homem semicerrou os olhos. – Você se parece com ele.

– São os seus olhos – replicou Myron.

– O quê?

– Não importa. O senhor é Davis Taylor?

– O que quer?

– Estamos procurando Davis Taylor.

– Não conheço ninguém com esse nome.

– Aqui não é North End Drive, 221?

– Sim.

– E não mora nenhum Davis Taylor aqui?

– Só eu e meu garoto Daniel. Mas ele está fora. No exterior.

– Espanha? – perguntou Myron, pronunciando o nome de forma afetada. Elton John ficaria orgulhoso com a referência à sua música "A World in Spanish".

– O quê?

– Nada.

O velho se virou para Greg, tentando outra vez ajeitar os óculos e estreidando os olhos.

– Conheço você. Joga basquete, certo?

Greg abriu um sorriso gentil, algo superior – como Moisés contemplando um cético depois da travessia do mar Vermelho.

– Certo.

– Você é Dolph Schayes.

– Não.

– Parece Dolph. Grande arremessador. Vi-o jogando em St. Louis ano passado. Que toque!

Myron e Greg se entreolharam: Dolph Schayes se aposentara em 1964.

– Desculpe – disse o agente esportivo –, não gravamos seu nome.

– Vocês não estão usando uniforme – rebateu o velho.

– Não, senhor, ele só usa uniforme na quadra.

– Não esse tipo de uniforme.

– Ah – fez Myron, embora não soubesse por quê.

– Então não estão aqui por causa do Daniel. É isso que estou querendo dizer. Estava com medo de que vocês fossem do Exército e... – A voz dele sumiu.

Myron percebeu para onde a conversa se encaminhava.

– Seu filho está lotado no exterior?

– Vietnã.

Myron assentiu, sentindo-se culpado pela provocação anterior.

– Ainda não pegamos seu nome.

– Nathan. Nathan Mostoni.

– Sr. Mostoni, estamos procurando uma pessoa chamada Davis Taylor. É muito importante que o encontremos.

– Não conheço nenhum Davis Taylor. Ele é amigo do Daniel?

– Talvez.

O velho se pôs a pensar.

– Não, não conheço.

– Quem mais mora aqui?

– Só eu e meu garoto.

– E não tem mais ninguém?

– Não. Mas meu garoto está no exterior.

– Então no momento o senhor vive aqui sozinho?

– De quantas formas diferentes você vai fazer a mesma pergunta, garoto?

– É só porque é uma casa muito grande – respondeu Myron.

– E daí?

– Já alugou quartos alguma vez?

– Claro. Acaba de sair daqui uma universitária.

– Como era o nome dela?

– Stacy alguma coisa. Não lembro.

– Quanto tempo ela morou aí?

– Uns seis meses.

– E antes dela?

Nathan Mostoni teve que pensar bem. Coçou o rosto como um cachorro coça a barriga e respondeu:

– Um cara chamado Ken.

– O senhor já teve algum inquilino chamado Davis Taylor? Ou algum nome parecido?

– Não. Nunca.

– Essa Stacy tinha namorado?

– Creio que não.

– Sabe o sobrenome dela?

– Minha memória não é muito boa. Mas ela está na faculdade.

– Qual faculdade?

– Waterbury State.

Myron se virou para Greg e um pensamento o inquietou.

– O senhor já tinha ouvido o nome Davis Taylor alguma vez antes?

O velho semicerrou os olhos.

– Como assim?

– Alguma pessoa o visitou ou o procurou perguntando por Davis Taylor?

– Não, senhor. Nunca escutei esse nome antes.

Myron olhou novamente para Greg, depois para o velho.

– Ninguém da central de transplantes de medula entrou em contato com o senhor?

O velho inclinou a cabeça de lado e pôs a mão em concha na orelha.

– Central de quê?

Myron fez mais algumas perguntas, porém Nathan começou outra vez a divagar. Não havia mais nada a descobrir ali. Os dois agradeceram e retornaram pelo caminho de cimento repleto de rachaduras.

Quando já estavam no carro, Greg perguntou:

– Por que a central de transplantes não entrou em contato com esse cara?

– Talvez tenham entrado, e ele esqueceu.

Greg não gostou daquilo. Nem Myron.

– O que vamos fazer agora?

– Uma checagem completa de Davis Taylor. Para descobrir tudo que pudermos.

– Como?

– Hoje em dia é fácil. Tenho um parceiro que, com alguns cliques, vai descobrir tudo.

– Parceiro? Você está falando daquele maluco violento que era seu colega de quarto na faculdade?

– Primeiro: é perigoso se referir a Win como "maluco violento", mesmo quando parece que ele não está por perto. Segundo: não, estou falando da minha sócia na MB, Esperanza Diaz.

Greg olhou outra vez para a casa.

– E o que eu faço?

– Vá para casa.

– E...?

– E fique com o seu filho.

– Só posso vê-lo no fim de semana.

– Tenho certeza de que Emily não vai se importar.

– É, certo – falou Greg, dando um sorriso torto e balançando a cabeça. – Você já não a conhece tão bem, Myron.

– Acho que não.

– Se depender dela, nunca mais volto a ver Jeremy.

– Você está sendo um pouco duro, não?

– Não, Myron. Estou sendo até generoso.

– Emily disse que você é um bom pai.

– Ela contou também do que me acusou na disputa pela guarda?

Myron assentiu.

– Que você maltratava as crianças.

– Não só que eu maltratava, mas que abusava *sexualmente* delas.

– Ela queria ganhar de qualquer jeito.

– E isso é desculpa?

– Não, é deplorável.

– Mais do que isso: é doentio. Você não tem ideia do que Emily é capaz de fazer para conseguir o que quer.

– Por exemplo?

Greg apenas balançou a cabeça e ligou o carro.

– Vou perguntar de novo: o que posso fazer para ajudar?

– Nada, Greg.

– Ah, não vou ficar sentado enquanto meu filho está morrendo, dá para entender?

– Sim, dá.

– Você não tem mais nada além desse nome e endereço?

– Não.

– Certo. Vou deixar você na estação de trem, então. Quero ficar por aqui e vigiar a casa.

– Você acha que o velho está mentindo?

Greg deu de ombros.

– Talvez só esteja confuso e esquecido. Ou talvez eu vá perder meu tempo. Mas preciso fazer alguma coisa.

Myron não disse nada. Greg continuou a dirigir.

– Você me liga se ficar sabendo de algo?

– Claro.

Durante a viagem de trem, retornando a Manhattan, Myron ficou pensando no que Greg dissera. Sobre Emily. E o que tinha feito – e o que faria – para salvar o filho.

capítulo 11

MYRON E TERESE COMEÇARAM O dia seguinte tomando banho juntos. Ele controlava a temperatura, mantendo a água quente. Impedindo, digamos, qualquer flacidez.

Quando saíram do boxe embaçado de vapor, ajudou-a a se secar.

– Perfeito – disse ela.

– Serviço completo, madame – falou Myron, esfregando a toalha um pouco mais nela.

– Já notei uma coisa que acontece toda vez que tomo banho com um homem.

– O quê?

– Meus seios ficam sempre imaculadamente limpos.

Win já tinha saído horas antes; estava indo para o escritório às seis nos últimos dias, por causa do mercado externo ou algo do gênero. Terese preparou um *bagel* enquanto Myron colocava seus cereais Quisp numa tigela. Já quase não se via mais essa marca em Nova York, mas Win mandava trazer de um lugar chamado Woodsman's, em Wisconsin. Myron comeu uma colherada enorme; a torrente de glicose o atingiu com tanta força que ele quase ficou paralisado.

– Tenho que voltar amanhã de manhã – comentou Terese.

– Já sei.

Myron tomou outra colherada, sentindo os olhos dela fixos nele.

– Fuja outra vez comigo – pediu Terese.

Ele levantou a cabeça e a encarou. Parecia menor, mais distante.

– Posso conseguir a mesma casa na ilha. É só pegarmos um avião e...

– Não posso – interrompeu ele.

– Ah. Você tem mesmo que encontrar esse tal de Davis Taylor?

– Sim.

– Entendo. E depois...?

Myron balançou a cabeça. Os dois comeram um pouco mais, em silêncio.

– Sinto muito – desculpou-se ele.

Ela assentiu.

– Fugir nem sempre é a solução, Terese.

– Myron?

– O quê?
– Eu pareço estar no clima para clichês?
– Sinto muito.
– É, você já falou isso.
– Só estou tentando ajudar.
– Às vezes não tem como ajudar. A única solução é fugir.
– Para mim, não.
– Não – concordou Terese. – Para você, não.

Não parecia chateada nem preocupada, apenas indiferente e resignada, e aquilo o assustava muito.

◆ ◆ ◆

Uma hora depois, Esperanza entrava na sala de Myron sem bater.

– Ok – começou ela, pegando uma cadeira –, eis o que conseguimos sobre Davis Taylor.

Myron se recostou e pôs as mãos atrás da cabeça.

– Primeiro, ele nunca preencheu um formulário de imposto de renda.
– Nunca?
– Fico contente por você estar prestando atenção – replicou Esperanza.
– Você está dizendo que ele nunca pagou imposto?
– Posso terminar?
– Desculpe.
– Segundo, ele praticamente não tem documentos. Não tem carteira de motorista. Apenas um cartão de crédito Visa, emitido há pouco pelo banco, pouquíssimo usado. Só tem uma conta bancária, com saldo atual de menos de 200 dólares.
– Estranho – comentou Myron.
– Sim.
– Quando ele abriu a conta?
– Três meses atrás.
– E antes disso?
– Nada. Pelo menos, nada que eu tenha descoberto até agora.

Myron coçou o queixo.

– Ninguém voa assim tão longe do radar. Deve ser um nome falso.
– Pensei a mesma coisa.
– E...?
– A resposta é sim e não.

Myron ficou esperando a explicação. Ela prendeu uma mecha de cabelo atrás da orelha.

– Parece ser um caso de troca de nome.

Myron franziu a testa.

– Mas temos o número da previdência social, certo?

– Certo.

– E a maioria dos registros é feita com esse número, e não com o nome, certo?

– Certo de novo.

– Então não entendo... Não se pode trocar o número da previdência. Uma mudança de nome pode dificultar encontrar a pessoa, mas não apaga o passado dela. Tem o imposto de renda e outras coisas.

Esperanza ergueu as mãos com as palmas para cima.

– É isso que estou querendo dizer com "sim e não".

– Então também não há nenhuma documentação anexada ao número da previdência?

– Correto.

Myron tentou digerir isso.

– Então qual é o nome verdadeiro de Davis Taylor?

– Ainda não sei.

– Pensei que fosse fácil descobrir.

– Seria, se ele tivesse algum registro. Mas não tem. O número da previdência não tem nenhuma entrada. É como se essa pessoa nunca tivesse feito nada a vida inteira.

Myron refletiu.

– Só tem uma explicação.

– Qual?

– A carteira de identidade deve ser falsa.

Esperanza balançou a cabeça.

– O número da previdência existe.

– Não estou duvidando disso. Mas acho que alguém andou usando o truque clássico da identidade falsa de sepultura.

– Como é isso?

– Você vai até um cemitério e procura o túmulo de uma criança morta – explicou Myron. – De alguma que teria a sua idade se estivesse viva. Anota o nome, depois pede a certidão de nascimento e qualquer outra documentação que houver e, *voilà*, já se tem uma identidade falsa perfeita. É um dos golpes mais velhos do mundo.

Esperanza lançou-lhe o olhar que guardava para os momentos mais idiotas do amigo.

– Não.

– Não?

– Você acha que a polícia não vê TV, Myron? Isso não funciona mais. Há anos, só nos programas policiais. Mas, para ter certeza, chequei.

– Como?

– Nos registros de mortos. Tem um site com o número da previdência de todo mundo que já morreu.

– E o número não está lá.

– Bingo!

Myron se inclinou para a frente.

– Isso não faz o menor sentido. Criar essa identidade deve ter dado a maior trabalheira para o nosso falso Davis Taylor ou, no mínimo, para voar longe do radar, certo?

– Certo.

– Ele não quer saber de registros, documentos, nada.

– Certo.

– Chegou a mudar de nome.

– Muito bem, garoto.

Myron abriu os braços.

– Por que então se cadastraria como doador de medula óssea?

– Myron?

– O quê?

– Não sei do que você está falando.

Era verdade. Havia ligado para ela na noite anterior e pedido que checasse as informações sobre Davis Taylor, mas ainda não lhe dissera por quê.

– Acho que devo uma explicação a você – falou ele.

Esperanza deu de ombros.

– Meio que prometi que não faria mais isso – desculpou-se Myron.

– Investigação.

– Certo. E estava falando sério. Queria que esta agência fosse mais profissional de agora em diante.

Esperanza não respondeu. Myron olhou para a esparsa Parede dos Clientes atrás dela. Talvez devesse pintá-la com um produto para crescimento capilar.

– Você se lembra da ligação de Emily?

– Foi ontem, Myron. Às vezes consigo me recordar de coisas que aconteceram há uma semana.

Ele explicou tudo. Alguns homens, que Myron invejava, guardam tudo, enterram os segredos, escondem o sofrimento, esses clichês todos. Ele raramente conseguia. Não era do tipo que caminhava sozinho pela rua da amargura – gostava que Win o seguisse. Não pegava uma garrafa de uísque e afogava as mágoas – discutia-as com Esperanza. Não era algo lá muito macho, mas ele era assim.

A amiga se manteve em silêncio enquanto Myron falava. Na hora em que ele revelou ser o pai de Jeremy, ela soltou um pequeno gemido, fechou os olhos e permaneceu assim por um longo tempo. Ao abri-los, perguntou:

– E o que você vai fazer?

– Vou encontrar o doador.

– Não é disso que estou falando.

Ele tinha entendido, é claro.

– Não sei.

Esperanza refletiu sobre o assunto e balançou a cabeça, incrédula.

– Você tem um filho.

– Parece que sim.

– E não sabe o que fazer?

– Exatamente.

– Mas está tendendo a fazer algo.

– Win me convenceu a não contar ao Jeremy.

– Claro que ele faria isso.

– Ele alega estar falando com o coração.

– Como se ele tivesse um.

– Você não concorda?

– Não – respondeu ela. – Não concordo.

– Você acha que devo contar?

– Acho que, em primeiro lugar, e antes de mais nada, você tem que deixar de lado esse seu complexo de Batman.

– Que diabo você quer dizer com isso?

– Que você sempre tenta ser um pouco heroico demais.

– E isso é ruim?

– Às vezes você não raciocina direito. Ser herói nem sempre é uma boa ideia.

– Jeremy já tem uma família. Tem mãe e pai...

– O que ele tem – interrompeu Esperanza – é uma mentira.

Eles ficaram sentados, encarando-se. O telefone, em geral tão ativo, estava silencioso, como se tornara habitual ultimamente. Myron se perguntou como argumentaria de forma que ela entendesse. Esperanza continuava esperando.

– Nós dois temos muita sorte com nossos pais.

– Os meus já morreram, Myron.

– Não é isso... – falou ele, respirando fundo. – Quantos dias se passam sem que você sinta falta deles?

– Nenhum – respondeu ela sem hesitar.

– Nós dois recebemos amor incondicional e amamos nossos pais da mesma forma.

Os olhos de Esperanza começaram a ficar marejados.

– E daí?

– Então, não é isso que fazem uma mãe e um pai? As pessoas que nos criaram e amaram, e não um mero acidente biológico? Foi isso que Win argumentou.

Ela se recostou na cadeira.

– Win disse isso?

Myron sorriu.

– Ele tem seus momentos.

– Verdade.

– Pense no seu pai, aquele que criou e amou você. O que aconteceria com ele?

Os olhos de Esperanza ainda estavam marejados.

– Meu amor por ele é forte o suficiente para sobreviver à verdade. O seu não?

Ele recuou, como se aquelas palavras fossem socos no seu queixo.

– Claro. Mas ainda assim ele ficaria magoado.

– Seu pai ficaria magoado?

– Claro.

– Entendo... – falou Esperanza. – Então agora você está preocupado com o pobre Greg Downing?

– Até parece. Quer ouvir uma coisa terrível?

– Adoraria.

– Quando Greg se refere a Jeremy como "meu filho", sinto vontade de gritar a verdade bem na cara de convencido dele. Só para ver a reação. Ver seu mundo desmoronar.

– E lá se foi o seu complexo de Batman – comentou Esperanza.

Myron espalmou as mãos.

– Também tenho meus momentos.

Ela se levantou e se dirigiu para a porta.

– Aonde você vai?

– Não quero mais falar sobre isso.

Ele se recostou na cadeira.

– Você está bloqueado – falou ela. – Sabia disso?

Myron assentiu devagar.

– Quando você conseguir superar isso, e você vai superar, voltamos a conversar. Caso contrário, estaremos perdendo tempo aqui, ok?

– Ok.

– Não seja tão burro.

– "Não seja tão burro"... – repetiu ele. – Sim, senhora.

O sorriso de despedida de Esperanza foi breve.

capítulo 12

MYRON PASSOU O RESTO DO dia ao telefone, andando de um lado para outro. Conversou com treinadores de times universitários, garimpando atletas. Contatou clientes e escutou seus problemas, reais e imaginários, dando uma de psicanalista – o que era também parte de seu trabalho. Examinou seu cadastro de empresas, tentando obter alguns contratos de publicidade.

Um cliente em potencial ligou espontaneamente:

– Sr. Bolitar? Sou Ronny Angle, da Rack Enterprises. Conhece nossa empresa?

– Vocês administram uns bares de topless, certo?

– Preferimos chamá-los de casas noturnas exóticas para clientes de alto nível.

– E eu prefiro que me chamem de garanhão bem-dotado – retrucou Myron. – O que posso fazer pelo senhor?

– Ronny, por favor. Posso chamá-lo de Myron?

– Pode.

– Ótimo, Myron. A Rack Enterprises está iniciando um empreendimento.

– Certo.

– Você já deve ter lido sobre ele: uma cadeia de cafés chamada La, La, Latte.

– Sério?

– Perdão?

– Bem, acho que vi alguma coisa, mas pensei que fosse piada.

– Não é nenhuma piada, Sr. Bolitar.

– Então vocês vão mesmo abrir cafés de topless?

– Preferimos chamá-los de experiências com cafés eróticos.

– Entendo. Mas as suas, ahn, baristas vão fazer topless, correto?

– Correto.

– Você não acha que pedir leite vai ganhar um duplo sentido?

– Que engraçado, Myron.

– Obrigado, Ronny.

– Queremos começar com uma festa de arromba.

– Ahn... Acho que vocês não deveriam usar essa expressão nesse contexto.

– Você realmente é hilário, Myron.

– Obrigado mais uma vez, Ronny.

– Vou direto ao assunto, ok? Nós gostamos de Suzze T.

Suzze T era Suzze Tamirino, uma jogadora do circuito de tênis profissional.

– Vimos a foto dela de traje de banho na *Sports Illustrated* e, bem, ficamos bastante impressionados. Gostaríamos que ela fizesse uma aparição para nosso evento de abertura.

Myron esfregou a ponte do nariz com o polegar e o indicador:

– Quando você diz aparição...

– Uma rápida performance.

– Rápida como?

– Não mais que cinco minutos.

– Não quero saber do tempo, mas da roupa.

– Vamos pedir um nu frontal completo.

– Bem, obrigado por ter pensado em nós, Ronny, mas acho que Suzze não vai se interessar.

– Estamos oferecendo 200 mil dólares.

Myron se endireitou na cadeira. Era fácil desligar, mas, com uma grana daquelas, tinha a responsabilidade de prosseguir:

– E se ela usar um top pequeno?

– Não.

– Um biquíni.

– Não.

– Um biquinizinho mínimo quase invisível?

– Vou ser o mais claro possível: os mamilos precisam estar à mostra.

– Os mamilos?

– Esse ponto é inegociável.

Myron prometeu retornar a chamada ao longo da semana. Os dois desligaram. Mamilos à mostra... Que negócio!

Esperanza entrou sem bater, com os olhos arregalados e brilhantes.

– Lamar Richardson está na linha um.

– Em pessoa?

Ela assentiu.

– Não é nenhum parente, secretário particular ou astrólogo favorito?

– O próprio Lamar.

Uma notícia maravilhosa.

Myron tirou o fone do gancho.

– Alô.

– Vamos nos encontrar – falou Lamar.
– Claro.
– Quando?
– Você manda.
– Quando você está livre?
– Você manda – repetiu Myron.
– Estou em Detroit agora.
– Pego o próximo voo então.
– Sério?
– Sério.
– Você não devia fingir que está muito ocupado?
– Vamos ter um encontro romântico?
Lamar riu.
– Não, creio que não.
– Então vou pular a parte de me fazer de difícil. Esperanza e eu queremos que você assine contrato com a MB. Fazemos um bom trabalho. Vamos dar prioridade a você. E não tentaremos manipulá-lo.
Myron sorriu para Esperanza. Ele era bom naquilo, não era?
Lamar informou que estaria em Manhattan naquela semana e gostaria de se encontrar com ele. Marcaram a hora e Myron desligou. Ele e Esperanza ficaram sentados, sorrindo um para o outro.
– Nós temos uma chance – disse ela.
– Sim.
– Qual vai ser nossa estratégia?
– Pensei em impressioná-lo com meu raciocínio ágil.
– Hum... Talvez eu deva usar algo mais decotado.
– Eu já estava meio que contando com isso.
– Impressioná-lo com inteligência e beleza.
– Isso. Mas quem vai oferecer o quê?

◆ ◆ ◆

Quando Myron retornou ao Dakota, Win estava saindo com a bolsa de couro que usava para ir à academia e Terese já tinha ido embora.
– Ela deixou um bilhete – avisou o amigo, entregando-o a Myron.

Tive que ir mais cedo. Te ligo.
Terese

Myron leu outra vez a mensagem, mas ela não mudou. Dobrou o papel e o deixou de lado.

– Você está indo para o mestre Kwon?

Mestre Kwon era o professor de artes marciais dos dois.

Win assentiu.

– Ele tem perguntado por você.

– E o que você responde?

– Que você surtou.

– Obrigado.

Win fez uma leve mesura e ergueu a bolsa da academia.

– Posso dar uma sugestão?

– Manda.

– Já faz muito tempo que você não vai ao *dojang*.

– Eu sei.

– Você está muito estressado – continuou Win. – Precisa de uma válvula de escape. Um foco. Um pouco de equilíbrio. Estrutura.

– Você vai ficar com uma pedrinha na mão me desafiando a pegá-la?

– Não, hoje não. Mas venha comigo.

Myron deu de ombros.

– Vou pegar minhas coisas.

Os dois já estavam saindo quando Esperanza ligou.

– Para onde você está indo? – perguntou ela.

– Para a academia do mestre Kwon.

– Encontro você lá.

– Por quê? O que aconteceu?

– Tenho informações sobre Davis Taylor.

– E...?

– E são mais do que estranhas. Win está indo com você?

– Sim.

– Pergunte se ele sabe alguma coisa sobre a família de Raymond Lex.

Silêncio.

– Raymond Lex já morreu, Esperanza.

– Myron, eu disse a *família*.

– Isso tem a ver com Davis Taylor?

– Vai ser mais fácil explicar pessoalmente. Vejo vocês daqui a uma hora.

Ela desligou.

Um dos manobristas já tinha buscado o Jaguar de Win e estava esperando por eles na Central Park West. Ah, os ricos... Myron sentou-se no couro macio. O amigo pisou no acelerador. Era muito bom em acelerar; só tinha problemas com o freio.

– Você conhece a família de Raymond Lex?

– Eram meus clientes – respondeu Win.

– Você está brincando?

– Sim, sou comediante.

– Você esteve diretamente envolvido naquela discussão sobre a herança?

– Chamar aquilo de discussão é como chamar uma catástrofe nuclear de fogueira de acampamento.

– É difícil dividir bilhões, né?

– De fato. Mas por que estamos falando sobre o clã dos Lex?

– Esperanza vai nos encontrar no *dojang*. Tem informações sobre Davis Taylor. A família Lex está envolvida de alguma forma.

Win arqueou as sobrancelhas.

– Agora a história está ficando interessante.

– Me fale um pouco sobre o caso.

– A maior parte saiu na mídia. Raymond Lex escreveu um best-seller controverso, chamado *Confissões à meia-noite*, que virou filme, fenômeno de bilheteria, ganhador de Oscar. De repente, passou de professor de faculdade a milionário. Ao contrário da maioria dos seus colegas artistas, entendia de negócios. Investiu e comprou propriedades, reunindo um patrimônio líquido substancial, embora sigiloso.

– Os jornais falam em bilhões.

– Não posso discordar.

– É muito dinheiro.

– Da maneira como você fala – disse Win –, parece um trecho de Proust.

– Ele nunca escreveu outro livro?

– Não.

– Estranho.

– Na verdade, não. Margaret Mitchell também não. E Lex ao menos se manteve ocupado. É difícil construir uma das maiores corporações particulares do mundo e organizar noites de autógrafos ao mesmo tempo.

– Agora que ele morreu, a família está, digamos, em estado de catástrofe nuclear?

– Quase isso.

Mestre Kwon tinha transferido seu quartel-general e *dojang* principal para o segundo andar de um prédio na Rua 23, perto da Broadway. Cinco estúdios com piso de madeira, paredes espelhadas, sistema de som de alta qualidade, aparelhos de musculação novos e reluzentes – ah, e alguns daqueles pôsteres orientais de papel de arroz, que davam ao lugar um toque de Velho Mundo asiático.

Os dois vestiram o *dobok*, um uniforme branco, e amarraram as faixas pretas. Myron vinha aprendendo tae kwon do e *hapkido* desde que Win os apresentara para ele na faculdade, mas não estivera num *dojang* mais que cinco vezes nos últimos três anos. O amigo, por outro lado, permanecia devotamente fiel. Não se deve puxar a capa do Super-Homem, cuspir no vento, tirar a máscara do Cavaleiro Solitário nem se meter com Win.

Mestre Kwon estava com mais de 70 anos, mas parecia ter vinte a menos. Win o conhecera durante suas viagens pela Ásia, aos 15 anos. Pelo pouco que Myron sabia, o mestre fora sumo sacerdote ou algo do gênero num pequeno monastério budista, saído diretamente de algum filme de vingança feito em Hong Kong. Quando emigrou para os Estados Unidos, falava muito pouco inglês. Agora, mais ou menos vinte anos depois, não falava quase nada. Assim que chegou àquelas bandas, abriu uma cadeia de academias excelentes de tae kwon do – com apoio financeiro de Win, óbvio. Após ver os filmes do *Karatê Kid*, passou a fazer o papel de velho sábio em tempo integral. Começou a se vestir como o Dalai-Lama e a iniciar cada frase com "Confúcio dizia", ignorando o detalhe de que o filósofo era chinês, não coreano.

Win e Myron foram até a sala do mestre Kwon. À entrada, os dois fizeram uma profunda reverência.

– Entrar, por favor – disse ele.

A mesa era de um carvalho de qualidade; a cadeira, de couro fino e aparência ortopédica. O mestre estava parado num canto, segurando um taco de golfe e vestindo um terno esplêndido, feito sob medida. Seu rosto se iluminou quando ele viu Myron, e os dois se abraçaram.

Ao se separarem, Kwon perguntou:

– Você melhor?

– Melhor – respondeu Myron.

O velho sorriu e segurou a própria lapela.

– Armani.

– Já desconfiava.

– Gosta?

– É lindo.

Satisfeito, mestre Kwon falou:

– Vão.

Os dois fizeram uma mesura. Depois, no *dojang*, assumiram os papéis costumeiros: Win guiava e Myron seguia. Começaram a meditação. O amigo rico adorava meditar, como já pudemos confirmar. Sentou-se em posição de lótus, as palmas viradas para cima, mãos sobre o joelho, costas eretas, ponta da língua encostada nos dentes superiores frontais. Inspirava o ar pelo nariz, forçando-o para baixo, deixando o abdômen fazer o trabalho. Myron tentava imitá-lo – havia anos –, mas não levava jeito. Mesmo durante períodos menos caóticos, sua mente se perdia. O joelho ruim se contraía. Ele ficava inquieto.

O alongamento foi abreviado para apenas dez minutos. Win, mais uma vez, realizava tudo sem esforço, abrindo as pernas no solo, depois tocando os dedos do pé com facilidade, ossos e juntas flexíveis como o histórico de votos de um político. Myron nunca fora um cara naturalmente ágil. Na época em que treinava com seriedade, conseguia fazer tudo aquilo sem dificuldade, mas isso parecia ter ocorrido muito tempo antes.

– Já estou dolorido – comentou Myron com um gemido.

Win inclinou a cabeça.

– Estranho.

– O quê?

– Foi isso que a garota de ontem me disse de noite.

Praticaram um pouco de boxe e Myron logo notou como estava fora de forma. O pugilato é a atividade mais cansativa do mundo. Não acredita? Encontre um saco de pancadas e soque-o durante um round de três minutos apenas. E é um saco que não revida os golpes. Tente, só um round. Você verá.

Quando Esperanza chegou, o treinamento de boxe felizmente cessou e Myron ficou encurvado, apoiado nos joelhos, arfando. Então, fez uma reverência para Win, jogou a toalha sobre o ombro e pegou uma garrafinha d'água. A amiga cruzou os braços e esperou. Alguns alunos passaram pela porta e olharam-na duas vezes para se certificar.

Esperanza entregou uma folha de papel a Myron.

– A certidão de nascimento de Davis Taylor, batizado como Dennis Lex.

– Lex – repetiu Myron. – Como...

– Sim.

Ele examinou a fotocópia. Segundo o documento, Dennis Lex teria 37 anos. O nome do pai era Raymond Lex e o da mãe, Maureen Lehman Lex. Local de nascimento: East Hampton, Nova York.

Myron passou o papel para Win.

– Eles tiveram outro filho?

– Aparentemente sim – respondeu Esperanza.

Myron olhou para Win, que deu de ombros.

– Ele deve ter morrido jovem.

– Se é que morreu – interveio Esperanza. – Não consigo encontrar essa informação em lugar nenhum. Não existe certidão de óbito.

– Ninguém na família jamais mencionou outro filho? – perguntou Myron a Win.

– Não – respondeu ele e, voltando-se para Esperanza, indagou: – O que mais você conseguiu?

– Não muito. Dennis Lex mudou o nome para Davis Taylor oito meses atrás. Também encontrei isto – acrescentou ela, entregando-lhe uma fotocópia de um recorte de jornal.

Era um pequeno anúncio de nascimento na *Hampton Gazette*, datado de 37 anos antes:

> *Raymond e Maureen Lex, de Wister Drive, em East Hampton, têm o prazer de anunciar o nascimento do filho, Dennis, com 2 quilos e 95 gramas, no dia 18 de junho. Dennis junta-se à irmã, Susan, e ao irmão, Bronwyn.*

Myron balançou a cabeça.

– Como é que ninguém sabe disso?

– Não é tão surpreendente assim – comentou Win.

– O que você acha que aconteceu?

– Nenhuma das empresas da família Lex é pública. Eles são obcecados por privacidade. Mantêm a segurança em volta o dia inteiro, e do melhor tipo que o dinheiro pode comprar. Todo mundo que trabalha para a família é obrigado a assinar um acordo de confidencialidade.

– Até você?

– Não assino acordos desse tipo. Por mais dinheiro que esteja envolvido.

– E eles nunca pediram que você assinasse nada?

– Sim, pediram. Eu me recusei e nos desligamos.

– Você desistiu deles como clientes?

– Sim.

– Seria um grande negócio. Você sempre mantém sigilo de qualquer forma.

– Exatamente. Os clientes me contratam não só por causa do meu brilhantismo no mundo financeiro, mas também porque sou um modelo de discrição.

– Nunca negligencie essa sua modéstia espantosa – comentou Myron.

– Não preciso assinar um contrato dizendo que não vou revelar nada. Isso já está implícito. É o equivalente a assinar um documento afirmando que não vou incendiar a casa deles.

Myron assentiu.

– Boa analogia.

– Sim, obrigado, mas estou tentando ilustrar a que ponto essa família chega para manter a privacidade. Até essa disputa pela herança surgir, a mídia não fazia a menor ideia da extensão das empresas de Raymond Lex.

– Mas estamos falando do filho dele. Você saberia de sua existência.

Win apontou para o recorte de jornal.

– Veja quando ele nasceu: *antes* de o livro do pai ser publicado, quando Lex era só um professorzinho de cidade pequena. Não era uma notícia importante.

– Você acha mesmo?

– Tem uma explicação melhor?

– Então onde está o garoto agora? Como pode o filho de uma das famílias mais ricas dos Estados Unidos não ter documentos? Nem cartão de crédito, carteira de motorista, registro no imposto de renda, nenhum rastro? Por que trocou de nome?

– A última resposta é fácil.

– É?

– Ele está se escondendo.

– De quê?

– Dos irmãos, talvez – arriscou Win. – Como disse antes, a disputa pela herança é meio suja.

– Isso faria sentido... e eu enfatizo a palavra *faria*, não *faz*... se ele estivesse por aí antes. Mas como pode não existir documentação sobre ele? Do que está se escondendo? E por que cargas-d'água pôs o nome no cadastro de doadores de medula?

– Boas perguntas.

– Muito boas – concordou Esperanza.

Myron leu outra vez o anúncio e olhou para os amigos.

– Que bom que entramos num consenso.

capítulo 13

O CELULAR O DESPERTOU COMO UM tiro de espingarda. Myron esticou o braço às cegas, os dedos tateando a mesa de cabeceira até encontrar o telefone.

– Alô? – resmungou.

– É Myron Bolitar quem fala? – A voz era apenas um sussurro.

– Quem é?

– Você me ligou.

Ainda sussurrando, como o som de folhas sendo levadas pela calçada.

Myron sentou-se ereto, os batimentos cardíacos acelerando um pouco.

– Davis Taylor?

– Plante as sementes. Continue plantando. E abra as persianas. Deixe a verdade entrar. Deixe os segredos enfim murcharem à luz do dia.

Ahn... ok.

– Preciso da sua ajuda, Sr. Taylor.

– Plante as sementes.

– Sim, claro, vamos plantar.

Myron acendeu a luz: duas e dezessete da madrugada. Verificou o visor de LCD do telefone, mas o número estava bloqueado. Droga.

– Precisamos nos encontrar.

– Plante as sementes. É a única forma.

– Entendo, Sr. Taylor. Podemos nos encontrar?

– Alguém tem que plantar as sementes. Alguém tem que abrir as correntes.

– Vou levar a chave. Basta me dizer onde o senhor está.

– Por que quer me ver?

O que dizer?

– É uma questão de vida ou morte.

– Toda vez que se plantam as sementes, é uma questão de vida ou morte.

– O senhor doou sangue para uma campanha de doação de medula óssea. Tem um paciente com quem o senhor é compatível. O garoto vai morrer se não ajudar.

Silêncio.

– Sr. Taylor?

– A tecnologia não pode ajudá-lo. Pensei que fosse um dos nossos – disse, ainda sussurrando, mas parecendo triste agora.

– E sou. Ou quero ser, ao menos...

– Vou desligar agora.

– Não, espere...

– Adeus.

– Dennis Lex – falou Myron.

Silêncio, exceto pelo som da respiração. Myron não sabia se era a dele ou a de Taylor.

– Por favor – pediu. – Faço o que o senhor quiser. Mas temos que nos encontrar.

– Vai se lembrar de plantar as sementes?

Myron sentiu um calafrio.

– Sim, vou lembrar.

– Muito bom. Então sabe o que precisa fazer.

– Não – falou ele, segurando o telefone com mais força. – O que preciso fazer?

– O garoto – sussurrou a voz. – Dê um último adeus a ele.

capítulo 14

– PLANTAR AS SEMENTES? – falou Esperanza.

Estavam na sala de Myron. O sol da manhã que passava pela veneziana formava tiras de luz no chão, duas cortando o rosto da sócia, que parecia não se importar.

– Sim – disse Myron. – E alguma coisa nessa frase está me atormentando.

– Era o nome de uma música do Tears for Fears, "Sow the Seeds" – observou Esperanza.

– Plantando as sementes do amor... Eu lembro.

– Não foi o nome da turnê também? Nós os vimos no Meadowlands em... 1988?

– Foi em 1989.

– Que fim levaram esses caras?

– Eles se separaram – respondeu Myron.

– Por que todos fazem isso?

– Também não entendo.

– Supertramp, Steely Dan, Doobie Brothers...

– Sem falar no Wham!.

– Eles se separam e depois nunca mais fazem nada decente sozinhos. Seguem aos tropeços por aí e terminam numa reportagem do tipo "Por onde anda?".

– Estamos fugindo do assunto.

Esperanza lhe entregou um pedaço de papel.

– Esse é o telefone do escritório de Susan Lex, a irmã mais velha.

Myron leu o número como se fosse um código que quisesse dizer algo.

– Tive uma ideia.

– O quê?

– Se Dennis Lex existe, deve ter frequentado uma escola, certo?

– Talvez.

– Vamos ver se conseguimos descobrir onde os filhos da família Lex estudaram... Ensino público, privado, o que for.

Esperanza franziu a testa.

– Você quer dizer a faculdade?

– É, comece por aí. Não que irmãos necessariamente estudem no mesmo lugar, mas quem sabe. Ou talvez frequentassem a Ivy League. Algo do gênero. Talvez você queira começar com o ensino médio. É mais provável que tenham estudado na mesma escola.

– E se eu não encontrar nenhum registro dele no ensino médio?

– Retroceda mais ainda.

Ela cruzou as pernas e os braços.

– Retroceder até quando?

– O máximo que você puder.

– E em que esse exercício de futilidade nos beneficia?

– Quero saber quando Dennis Lex saiu do radar. As pessoas o conheciam no ensino médio? Na faculdade? Na escola técnica?

Esperanza não pareceu impressionada.

– E supondo que eu consiga descobrir algo, digamos, em qual escola ele cursou o ensino fundamental, em que exatamente isso vai nos ajudar?

– Sei lá. Estou me agarrando a qualquer coisa.

– Não, você está pedindo que *eu* me agarre a qualquer coisa.

– Então não precisa fazer nada, Esperanza, ok? Foi só uma ideia.

– Não – contestou ela, abanando a mão para descartar o que ele falara. – Talvez você esteja certo.

Myron apoiou as mãos na mesa, encurvado, olhou para a esquerda e para a direita, para cima e para baixo.

– O que foi? – perguntou ela.

– Você disse que talvez eu esteja certo. Estou esperando que o mundo acabe.

– Muito engraçado – replicou Esperanza, erguendo-se. – Vou ver o que consigo descobrir.

Ela saiu da sala. Myron digitou o número de Susan Lex. A recepcionista transferiu a ligação e uma mulher que se identificou como secretária da Srta. Lex atendeu. Sua voz lembrava um pneu de palha de aço rodando sobre um chão de cascalho.

– A Srta. Lex não recebe pessoas que não conhece.

– É um assunto muito grave – alegou Myron.

– Talvez o senhor não tenha me ouvido direito. – Uma verdadeira machadinha de guerra. – A Srta. Lex não recebe pessoas que não conhece.

– Diga a ela que é sobre Dennis.

– Perdão?

– Apenas diga isso a ela.

Sem mais palavras, Machadinha deixou Myron em espera. Ele ficou escutando uma versão de música de elevador de "Time Passages", de Al Stewart. Ele já achava a original meio brega, aquela então...

Machadinha retornou:

– A Srta. Lex não recebe pessoas que não conhece.

– Fiquei pensando nisso, mas realmente não faz sentido.

– Perdão?

– Em algum momento ela deve receber pessoas que não conhece, senão jamais vai conhecer alguém novo. Se seguirmos a lógica dela, como a senhora a viu pela primeira vez? Ela quis recebê-la antes de a conhecer, certo?

– Vou desligar agora, Sr. Bolitar.

– Diga a ela que sei sobre Dennis.

– Eu...

– Diga que, se não concordar em me receber, vou aos jornais.

Silêncio.

– Um momento.

Ele ouviu um clique e a música de elevador voltou. O tempo foi passando. Felizmente, "Time Passages" deu lugar a "Time", do Alan Parsons Project. Sentia-se quase em coma.

Machadinha voltou:

– Sr. Bolitar?

– Sim?

– A Srta. Lex vai lhe conceder cinco minutos do seu tempo. Posso encaixá-lo no dia 15 do mês que vem.

– Não serve – replicou Myron. – Tem que ser hoje.

– A Srta. Lex é uma mulher muito ocupada.

– Hoje.

– Não vai ser possível.

– Às onze. Se não me deixarem entrar, vou aos jornais.

– O senhor está sendo extremamente grosseiro.

– Aos jornais – repetiu Myron. – Está entendendo?

– Sim.

– A senhora vai estar aí?

– Que diferença isso faz?

– Toda essa tensão sexual está me deixando louco. Talvez mais tarde possamos nos encontrar para tomarmos um *latte*.

Ele ouviu o telefone ser desligado e sorriu. O charme, pensou, está de volta.

Esperanza ligou da outra sala:

- Tênis de topless, alguém quer?

- O quê?

- Suzze T está na linha um.

Ele apertou um botão e atendeu:

- Ei, Suzze.

- Oi, Myron, qual é a novidade?

- Tenho uma proposta que você vai recusar.

- Você vai me passar uma cantada?

O charme sofreu um abalo.

- Onde você vai estar hoje à tarde?

- No mesmo lugar em que estou agora. No Morning Mosh. Conhece?

- Não.

Ela deu o endereço e Myron combinou de encontrá-la lá dali a algumas horas. Ele desligou e se recostou na cadeira.

- "Plantar as sementes"... - falou em voz alta.

Fitou a parede. Faltava uma hora para ir até o Lex Building, na Quinta Avenida. Poderia ficar sentado pensando na vida e, talvez, olhar para o próprio umbigo. Não, já bastava daquilo. Girou a cadeira na direção do computador e entrou na internet. Tentou o primeiro buscador, digitando *plantar as sementes*. Um resultado apenas: o site da Liga de Jardineiros Urbanos de São Francisco. Usavam a sigla SLUG. Lesmas... Deviam ser caras durões. Uma gangue. Deviam usar bandanas verdes e regar as plantas passando de carro.

Tentou um segundo buscador e apareceram 2.501 páginas. Era como a história de *Cachinhos Dourados*: a quantidade de resultados de um era muuuuito pequena, a do outro era muuuuito grande. Myron tentou um buscador menos poderoso. Digitou as mesmas três palavras.

www.nyherald.com/archives/9800322

Ele clicou no link e um artigo surgiu:

The New York Herald

A MENTE TERRORISTA - SEU MEDO MAIS PROFUNDO

Stan Gibbs

Myron conhecia aquele nome. Stan Gibbs fora um colunista de grande sucesso, o tipo de cara que pontificava (leia-se: fazia perguntas demais) regularmente nos talk shows, embora fosse menos irritante que a maioria – o que equivale a dizer que sífilis incomoda menos que gonorreia. Até que um escândalo o atingiu.

Myron continuou a ler:

> A ligação telefônica veio do nada.
>
> – Qual é seu medo mais profundo? – sussurra a voz. – Feche os olhos e imagine. Você consegue visualizar? A agonia mais terrível?
>
> Após uma longa pausa, digo:
>
> – Sim.
>
> – Ótimo. Agora imagine algo muito mais terrível...

Myron respirou fundo. Lembrou-se da série de artigos. Stan Gibbs havia divulgado a história de um sequestrador bizarro. Contara a saga comovente de três raptos que a polícia supostamente queria manter em segredo, segundo Gibbs, por vergonha. Nenhum nome era mencionado. Ele tinha conversado com as famílias sob a condição de manter tudo no anonimato. E, o golpe de misericórdia, o sequestrador lhe dera uma entrevista:

> Pergunto a ele por que faz isso. É pelo resgate?
>
> – Nunca pego o dinheiro do resgate. Em geral, deixo explosivos no lugar e o queimo. Mas às vezes ele me ajuda a plantar as sementes. É o que estou tentando fazer. Plantar as sementes...

Myron sentiu o sangue gelar nas veias.

> – ... Vocês todos pensam que estão a salvo no seu casulo tecnológico. Mas não. A tecnologia nos fez esperar respostas fáceis e finais felizes. Mas comigo não existe resposta nem fim.
>
> Ele já sequestrou no mínimo quatro pessoas: o pai de duas crianças pequenas, de 41 anos; uma estudante universitária, de 20; um casal jovem, recém-casado, de 27 e 28. Todos raptados na área da cidade de Nova York.
>
> – A ideia – diz ele – é manter o terror vivo. Fazê-lo crescer, não com violência ou derramamentos de sangue óbvios, mas com a imagina-

ção. A tecnologia está tentando destruir nossa capacidade de imaginar. Mas, quando alguém que se ama é levado, a mente pode evocar horrores mais terríveis do que qualquer máquina, do que qualquer coisa que eu mesmo possa fazer. Algumas mentes não conseguem ir tão longe. Algumas travam e impõem uma barreira. Minha tarefa é fazê-las passar por essa barreira.

Pergunto-lhe como faz isso.

– Planto as sementes. Elas são plantadas ao longo do tempo.

Ele explica que plantar as sementes significa dar esperança e retirá-la durante um determinado período de tempo. A primeira ligação para a família da vítima é devastadora, mas apenas o começo de um longo e torturante processo.

Ele dá início ao telefonema com um alô normal e pede ao parente que espere. Após uma pausa, o familiar ouve o ente querido dar um grito aterrorizante.

– Só um – conta ele – e muito rápido. Corto-o pela metade. É a última coisa que ouvirão do ente querido. Imagine como esse grito ecoa.

Para a família da vítima, contudo, a situação não acaba aí. O sequestrador exige um resgate que não tem a intenção de pegar. Liga após a meia-noite e pede que imaginem seu medo mais profundo. Convence os parentes de que dessa vez vai realmente soltar o ente querido, mas só está oferecendo esperança a quem já não a tem mais, revivendo a agonia.

– Tempo e esperança plantam as sementes do desespero.

O pai das duas crianças está desaparecido há três anos. A jovem universitária, há 27 meses. Os recém-casados, há quase dois anos. Até hoje, nenhum vestígio deles foi encontrado. Raramente se passa uma semana sem que as famílias não recebam uma ligação do torturador.

Quando pergunto se as vítimas estão vivas ou mortas, ele se torna reticente:

– A morte é um término e os términos impedem o plantar.

O sequestrador quer falar sobre como a sociedade, os computadores e a tecnologia estão pensando por nós, sobre como o que ele faz nos deixa ver o poder da inteligência humana.

– É aí que Deus existe. Onde todas as coisas de valor existem. A verdadeira felicidade só pode ser encontrada dentro de nós mesmos. O significado da vida não está no home theater novo nem no carro esportivo. As pessoas precisam compreender seu potencial ilimitado. Como fazê-las ver? Imaginem pelo que essas famílias estão passando neste momento.

Sua voz é suave, ele me convida a tentar.

– A tecnologia nunca poderia evocar os horrores que você está imaginando agora. Plante as sementes. Plantá-las nos mostra esse potencial.

O coração de Myron martelava. Ele se recostou, balançou a cabeça e voltou a ler. O sequestrador louco continuava a elucubrar suas teorias dementes, uma espécie de Exército Simbionês de Libertação sob a ótica do Unabomber. A matéria de Stan Gibbs continuava no jornal do dia seguinte. Myron clicou no link e seguiu lendo. O repórter abria a segunda parte com algumas citações dolorosas das famílias das vítimas. Depois fazia mais questionamentos ao sequestrador:

Pergunto como conseguiu manter esses sequestros longe da mídia.

– Plantando as sementes.

Quero um exemplo e ele responde:

– Peço à esposa que vá até a garagem e abra a mala de ferramentas vermelha que está na terceira prateleira. Ordeno que pegue o alicate preto com cabo emborrachado. Depois a mando até o porão, para que fique em frente à poltrona de madeira que compraram no último verão, numa oferta de móveis usados. Imagine, digo, seu marido amarrado nessa cadeira, nu. Imagine o alicate na minha mão. E, finalmente, imagine o que eu faria se visse algo sobre ele nos jornais.

No entanto, não para por aí:

– Pergunto sobre as crianças. Menciono os nomes, as escolas, os professores e o cereal favorito no café da manhã.

Questiono como ele sabe dessas coisas.

A resposta é simples:

– O pai me conta.

Myron caiu para trás.

– Meu Deus – murmurou.

Respire profundamente, disse a si mesmo. Inspire e expire. Isso. Pense. Devagar. Com cuidado. Ok, primeira questão: por mais terrível que seja, o que isso tem a ver com Davis Taylor? Provavelmente nada. O pior tipo de palpite. E, mais uma vez, por mais terrível que fosse, Myron sabia que tinha algo a mais naquela história. Aliás, a menos.

Os artigos de Gibbs receberam grande atenção e críticas também durante semanas – até, Myron lembrava, tudo vir abaixo em público. O que acontecera exatamente? Deu início a uma busca por matérias que tivessem como assunto Stan Gibbs. Elas começaram a aparecer por ordem cronológica:

> FEDERAIS EXIGEM QUE GIBBS REVELE SUA FONTE
>
> O FBI, que nas últimas semanas vem negando as alegações das matérias de Stan Gibbs, mudou de tática hoje e exigiu que o jornalista mostrasse suas anotações e informações.
>
> "Não sabemos nada sobre esses crimes", afirmou Dan Conway, porta-voz do órgão, "mas, se Sr. Gibbs está falando a verdade, tem informações importantes sobre um provável sequestrador e serial killer, e talvez o esteja acobertando ou ajudando. Temos direito a elas".
>
> Stan Gibbs, conhecido colunista e jornalista de TV, manifestou-se: "Não estou protegendo assassino nenhum. As famílias das vítimas, assim como o autor dos crimes, conversaram comigo sob a condição de eu manter o mais estrito sigilo. É um direito tão antigo quanto o nosso país: não vou revelar minhas fontes."
>
> O *The New York Herald* e a União Americana pelas Liberdades Civis já denunciaram o FBI e planejam defender o Sr. Gibbs. O juiz ordenou que o processo corra sob sigilo de justiça.

Myron continuou lendo. Os argumentos de ambos os lados estavam dentro dos padrões. Os advogados de Gibbs se calcaram na Primeira Emenda, ao passo que os federais contestaram dizendo que ela não é incondicional, que não se pode gritar "fogo!" num teatro lotado e que a liberdade de expressão não inclui proteger prováveis criminosos. O país também debateu a questão, que foi assunto na CNBC, MSNBC, CNN e em vários outros canais da TV a cabo, congestionando as linhas telefônicas, assim como nos programas radiofônicos de prêmios. O juiz já ia dar o veredito quando a história toda veio à tona de uma forma que ninguém esperava.

Myron clicou no link:

GIBBS ESTÁ MENTINDO?

Repórter é acusado de plágio

Myron leu o final daquela novela. Alguém havia descoberto um romance policial publicado por uma pequena editora, com uma tiragem ínfima, em 1978. O livro, *Do sussurro ao grito*, de F. K. Armstrong, espelhava a história de Gibbs. Com muita fidelidade. Certos trechos de diálogos eram copiados quase *ipsis litteris*. Os crimes da obra – sequestros sem solução – eram muito semelhantes aos que Gibbs escrevera para serem considerados apenas coincidência.

Os fantasmas dos plágios famosos de jornalistas como Mike Barnicle e Patricia Smith se ergueram de suas tumbas e decidiram não se dispersar. Cabeças rolaram. Houve pedidos de demissão, choro e ranger de dentes. Stan Gibbs se recusou a comentar, o que não pegou bem. Ele acabou "tirando uma licença", eufemismo dos dias de hoje para *ser demitido*. A União Americana para as Liberdades Civis publicou uma declaração ambígua e bateu em retirada. O *The New York Herald* parou de publicar a história com discrição, afirmando que a questão "estava sendo analisada internamente".

Depois de um tempo, Myron deu um telefonema.

– Redação. Bruce Taylor falando.

– Que tal me encontrar para um drinque?

– Eu sei que isso está fora de moda atualmente, Myron, mas sou heterossexual convicto.

– Sei como fazer você mudar.

– Não creio, amigo.

– Várias mulheres que namorei eram hétero, mas, depois de uma noite comigo, mudaram de time.

– Adoro quando você é autodepreciativo. Soa muito real.

– Então, o que me diz? – insistiu Myron.

– Estou atolado.

– Você sempre está atolado.

– Você vai pagar?

– Citando meus irmãos judeus durante o Seder, por que essa noite tem que ser diferente das outras?

– Às vezes eu pago.

– Você ao menos tem carteira?

– Ei, não sou eu quem está pedindo um favor – retrucou Bruce. – Às quatro. No Rusty Umbrella.

capítulo 15

OS PORTÕES DE FERRO FORJADO do Lex Building se erguiam ao longo da fachada na Quinta Avenida, com uma vegetação tão densa que não deixaria passar luz nem se uma supernova explodisse do outro lado. O famoso edifício era uma antiga mansão de Manhattan, que tinha um pátio no padrão europeu, um exterior magnífico em *art déco* e seguranças o bastante para que ali fosse sediada uma luta de Mike Tyson. A construção ostentava maravilhosas linhas num estilo antigo e minuciosos toques de Veneza, porém, por uma questão de privacidade, as janelas eram escuras como as de uma limusine. O resultado acabava sendo uma combinação artificial que incomodava.

Quatro guardas de paletó azul e calça cinza estavam parados no portão – guardas mesmo, notou Myron, com olhos vigilantes de policial e tiques faciais da KGB, e não aqueles contratados que se via em lojas de departamento e aeroportos. Os quatro permaneceram em silêncio, encarando-o como se estivessem no Vaticano e ele houvesse aparecido com um top.

Um deles se adiantou.

– Posso ver algum documento de identificação, por favor?

Myron pegou a carteira e mostrou um cartão de crédito e a habilitação.

– Não tem foto na habilitação – comentou o guarda.

– Em Nova Jersey não é necessário.

– Preciso de um documento com foto.

– Tenho o cartão da academia.

Suspiro de policial paciente.

– Não serve, senhor. Está com seu passaporte?

– Em plena Manhattan?

– Sim, senhor. Por motivos de identificação.

– Não. Além disso, é um retrato horrível, não capta completamente o azul radiante dos meus olhos.

Ele tremelicou os cílios para dar mais ênfase.

– Espere aqui, senhor.

Myron aguardou. Os outros três guardas franziram a testa, cruzaram os braços, estudaram-no como se de repente ele pudesse começar a beber a água do vaso sanitário. Ouviu-se um barulho e Myron levantou a cabeça.

Uma câmera de segurança o focalizava naquele momento. Ele acenou, sorriu para a lente e fez umas poses que tinha aprendido assistindo a eventos de fisiculturismo no ESPN 2. Terminou com um alongamento dramático do músculo trapézio e acenou para a multidão que assistia. Os paletós azuis mantiveram-se indiferentes.

– É tudo natural – garantiu Myron. – Nunca tomei esteroide.

Nenhuma resposta.

O guarda voltou e pediu:

– Siga-me, por favor.

Pisar no pátio era como entrar no guarda-roupa de C. S. Lewis, um outro mundo. Ali, no meio de Manhattan, o barulho da rua ficava de repente muito distante, abafado. O jardim era exuberante, os caminhos azulejados formavam padrões não muito diferentes de tapetes orientais. Havia um chafariz no meio, com a estátua de um cavalo empinado.

Uma nova série de paletós azuis recebeu-o na ornamentada porta da frente. Esse lugar deve gastar uma fortuna com lavagem a seco, pensou Myron. Fizeram-no esvaziar os bolsos, confiscaram o celular, revistaram-no, passaram um detector de metais duas vezes nele e apalparam-no outra vez com um prazer um pouco excessivo.

– Se vocês tocarem no meu piu-piu de novo – falou Myron –, vou contar para a mamãe.

Nenhuma resposta outra vez. Talvez os Lex exigissem não apenas sigilo, mas um senso de humor diferenciado.

– Siga-me, senhor – disse o paletó azul falante.

A quietude do lugar – uma mansão no meio de Manhattan, caramba! – era enervante; o único som que se ouvia era o eco das passadas no mármore frio. Parecia que caminhavam por um museu velho à noite, uma experiência saída de um livro infantojuvenil. Os guardas formavam uma comitiva presidencial pobre – o paletó azul falante, um colega três passos à frente e mais dois paletós três passos atrás. Para se divertir, Myron diminuía ou apertava o passo, só para vê-los fazer o mesmo, como numa coreografia mal executada. À certa altura, quase fez um *moonwalk*, à la Michael Jackson, mas aqueles caras já achavam que era um pedófilo em potencial.

A escadaria de mogno era larga e cheirava um pouco a óleo de peroba. Viam-se tapeçarias enormes na parede, retratando espadas, cavalos e banquetes hedonistas com leitões. No segundo andar, havia mais dois paletós azuis. Foi a vez de eles inspecionarem Myron, como se nunca tivessem visto um homem antes. Ele girava para ajudá-los na tarefa, mas os guardas permaneceram indiferentes.

– Vocês deviam ter me visto flexionando os músculos.

A porta dupla se abriu e Myron entrou numa sala um pouco maior que uma arena esportiva. Dois guardas o seguiram e tomaram posição nos cantos dos fundos do aposento. Um homem grande estava sentado à direita, numa poltrona. Ou talvez o móvel é que fosse pequeno. Aparentava 40 e poucos anos. A cabeça e o pescoço formavam um trapézio quase perfeito e o cabelo ostentava um corte militar. O nariz era achatado, as mãos mais pareciam pernis e os dedos lembravam salsichões. Devia ser ex-boxeador, ex-fuzileiro naval ou as duas coisas. Um homem de ângulos retos e blocos de granito.

O Homem de Granito também lhe lançou olhares duros, porém de um jeito mais relaxado, como se Myron o divertisse tanto quanto um gatinho puxando a perna da sua calça. Não se levantou, preferindo encará-lo e estalar os dedos, um de cada vez.

Myron olhou para o Homem de Granito, que estalou outro dedo.

– Que arrepio – disse o agente.

Ninguém lhe falou para se sentar. Aliás, ninguém falava nada. Myron ficou parado, esperando, com os três pares de olhos pousados nele.

– Ok, já estou intimidado. Podemos ir para a próxima etapa, por favor?

O Homem de Granito fez um sinal para os dois paletós, que foram embora. Quase na mesma hora, uma porta do outro lado da sala se abriu e duas mulheres entraram. Estavam bem longe, mas Myron supôs que a primeira era Susan Lex. O cabelo se achava preso num coque impossivelmente perfeito, cheio de laquê; ela apertava os lábios como se tivesse acabado de engolir um besouro vivo. A outra mulher, que parecia não ter nem 20 anos, só podia ser a filha, pois era sua cópia, com os mesmos lábios comprimidos, mas com 25 anos a menos de uso, além de um cabelo mais bem tratado.

Myron começou a atravessar a sala com a mão estendida, mas Susan Lex levantou a sua, indicando-lhe que devia parar. O Homem de Granito se inclinou para a frente em sua poltrona, quase se colocando em seu caminho. Ele balançou ligeiramente a cabeça, uma tarefa nada fácil para alguém que não tem pescoço. Myron se deteve.

– Não gosto de ser ameaçada – falou Susan Lex do outro lado da sala.

– Peço desculpas, mas precisava vê-la.

– E isso justifica me ameaçar e chantagear?

Myron não tinha uma resposta rápida para aquilo, por isso apenas disse:

– Preciso falar com a senhora sobre seu irmão Dennis.

– O senhor já comentou isso ao telefone.

– Onde ele está?

Susan olhou para o Homem de Granito, que franziu a testa e estalou de novo os dedos.

– Simples assim, Sr. Bolitar? – questionou a mulher. – O senhor liga para o meu escritório, me ameaça, insiste em que eu altere a minha agenda para recebê-lo, depois entra aqui e faz exigências?

– Não tenho a intenção de ser rude. Mas é uma questão de vida ou morte.

Toda vez que dizia "uma questão de vida ou morte" esperava ouvir uma música melodramática de fundo.

– Isso não explica nada – replicou Susan Lex.

– Seu irmão se cadastrou na central de doadores e a medula dele revelou ser compatível com a de uma criança doente.

Depois daquela conversa sinistra da noite anterior sobre dizer adeus ao garoto, ele tinha decidido não especificar mais o gênero do paciente.

– Sem esse transplante, a criança vai morrer – concluiu.

Susan Lex arqueou as sobrancelhas. Os ricos são muito bons nisso: conseguem erguê-las sem alterar mais nada do rosto. Myron perguntou-se se aprendiam aquilo nos acampamentos de verão para abonados. Ela olhou novamente para o Homem de Granito, que estava tentando sorrir.

– O senhor está enganado – afirmou ela.

Myron esperou que continuasse, mas, como não foi o que aconteceu, ele perguntou:

– Enganado como?

– Se está falando a verdade, cometeu um engano. Não vou dizer mais nada.

– Com o devido respeito, isso não é o bastante.

– Vai ter que ser.

– Onde está seu irmão, Srta. Lex?

– Por favor, retire-se, Sr. Bolitar.

– Ainda posso ir até os jornais.

O Homem de Granito cruzou as pernas e começou a estalar outra vez os dedos. Myron se virou para ele.

– Muito bem. Você consegue fazer isso? – indagou, batendo na cabeça com uma das mãos e coçando a barriga com a outra.

O Homem de Granito não gostou nada disso.

– Veja bem – prosseguiu Myron –, não quero causar nenhum problema. Vocês são pessoas discretas. Entendo isso. Mas preciso encontrar esse doador.

– Ele não é meu irmão – contestou Susan.

– Então onde ele está?

– Ele não é o doador que está procurando. Mais que isso não é da sua conta.

– O nome "Davis Taylor" significa alguma coisa para a senhora?

Susan comprimiu novamente os lábios, como se outro besouro tivesse conseguido entrar. Virando-se, foi embora. A filha fez o mesmo. Outra vez, de forma sincronizada, a porta atrás de Myron se abriu e os dois paletós azuis reapareceram. Mais olhares carrancudos. O Homem de Granito ficou de pé, algo que tomou certo tempo. Ele era realmente grande. Muito grande.

Os guardas se aproximaram de Myron.

– Vamos agora para os jurados – disse o agente. – Charles Nelson Reilly, qual é a sua nota?

O Homem de Granito parou na frente dele, os ombros retos, os olhos calmos.

– O fato de não ter se apresentado – continuou Myron, fazendo sua imitação do ator Charles Nelson Reilly, que não era muito boa – me pareceu algo muito machão. E o silêncio do personagem combinado com o olhar de divertimento... Muito bem-feito mesmo. Profissional. Mas o estalar de dedos... Foi disso que não gostei. Ora, Gene, ficou excessivo, você não acha? Minha nota é oito. Um conselho: seja mais sutil.

– Já terminou? – perguntou o Homem de Granito.

– Sim.

– Myron Bolitar. Nascido em Livingston, Nova Jersey. Filho de Ellen e Al...

– Eles gostam de ser chamados de El-Al. Como a companhia de aviação israelense.

– Quando estava na Duke, foi considerado um dos melhores jogadores universitários. Classificou-se em oitavo para disputar a NBA pelo Boston Celtics. Ferrou o joelho no primeiro jogo da pré-temporada, encerrando a carreira. Atualmente é dono da MB Representações Esportivas, uma firma que representa atletas. Namorava a escritora Jessica Culver desde que terminou a faculdade, mas separaram-se recentemente. Quer que eu continue?

– Você deixou de fora um detalhe: sei dançar com muito estilo. Posso fazer uma demonstração se quiser.

O Homem de Granito deu um sorriso torto.

– Você quer que eu dê uma nota para você agora?

– Sinta-se à vontade.

– Você é um piadista exagerado. Sei que faz isso para aparentar confiança, mas está se esforçando além da conta. Já que falou em sutileza, essa sua história sobre uma criança doente precisando de um transplante foi comovente. Só faltou um quarteto de cordas.

– Você não acredita em mim?

– Não, não acredito.

– E por que eu estaria aqui, então?

O Homem de Granito espalmou as mãos de antena parabólica.

– É o que eu gostaria de saber.

Os três homens formaram um triângulo, Granito em frente e os dois paletós atrás. Ele fez um ligeiro meneio de cabeça. Um dos guardas sacou uma arma e mirou a cabeça de Myron.

Isso não era nada bom.

Existem formas de se desarmar um homem com um revólver, mas há um problema inerente: pode ser que não dê certo. Se o cálculo for malfeito ou se o inimigo for melhor do que se pensa – algo bem provável quando se trata de um adversário que sabe manejar uma arma –, pode-se acabar levando um tiro. Esse é um inconveniente sério. E, naquela situação em particular, havia dois oponentes a mais, que pareciam bons e deviam estar armados também. Existe uma palavra que os peritos usam para um movimento súbito nessas condições: *suicídio*.

– Quem fez a pesquisa sobre mim deixou de fora uma coisa – falou Myron.

– O que seria?

– Meu relacionamento com Win.

O Homem de Granito permaneceu impassível.

– Você está falando de Windsor Horne Lockwood III? A família é dona da Lock-Horne Seguros e Investimentos, situada à Park Avenue. Foi seu colega de quarto na Duke. Desde que saiu do loft na Spring Street que dividia com Jessica Culver, você está morando no apartamento dele, no Dakota. Vocês têm negócios em comum e ligações pessoais, podem até ser chamados de melhores amigos. É desse relacionamento que você está falando?

– Exatamente – respondeu Myron.

– Estou sabendo. Também sei dos... – ele fez uma pausa, procurando a palavra certa – talentos do Sr. Lockwood.

– Então sabe que, se esse idiota aí se tornar desagradável – Myron fez um gesto com a cabeça em direção ao paletó com a arma –, você morre.

O Homem de Granito lutou contra os músculos faciais e, dessa vez, conseguiu sorrir, mas com muito esforço. A canção "Barracuda", do Heart, tocava na cabeça de Myron: ele sorria mesmo como o sol.

– Também tenho os meus, ahn, talentos, Sr. Bolitar.

– Se acredita nisso, então é porque não conhece o suficiente os, ahn, talentos de Win.

– Não vou discutir isso. Mas gostaria de observar que ele não tem um exército como este à sua disposição. Vai me dizer agora porque está perguntando sobre Dennis Lex?

– Já disse.

– Vai continuar com essa história da criança à beira da morte?

– É a verdade.

– E como descobriu o nome de Dennis Lex?

– No centro de doação de medula.

– Eles deram essa informação para você?

Era a vez de Myron:

– Eu também tenho os meus, ahn, talentos.

De alguma forma, a frase não soava bem quando dizia respeito a ele.

– O centro de doação de medula lhe informou que Dennis Lex era o doador? É isso?

– Não foi o que eu disse – respondeu Myron. – Ouça, estamos numa espécie de via de mão dupla aqui. Quero algumas informações também.

– Errado: é uma via de mão única. Sou um caminhão Mack e você é um ovo no meio da rua.

Myron assentiu.

– Que mordaz. Mas, se não me disser nada, também não vou dizer.

O cara com a arma chegou mais perto. Myron sentiu um tremor nas pernas, mas não piscou. Talvez tivesse exagerado nas piadas, mas não podia demonstrar medo.

– Vamos parar de fingir que vocês vão me dar um tiro por causa disso. Sabemos que não. Não são tão burros assim.

O Homem de Granito sorriu.

– Eu podia bater um pouquinho em você.

– Você não quer problemas, eu não quero problemas. Não me importo nem um pouco com essa família e o dinheiro deles nem nada disso. Só estou tentando salvar a vida de uma criança.

O Homem de Granito fingiu tocar um violino.

– Dennis Lex não vai ser a sua salvação.

– E acha que acredito em você?

– Ele não é o seu doador. Isso eu posso garantir.

– Ele morreu?

O Homem de Granito cruzou os braços.

– Se está dizendo a verdade, o pessoal do centro de doação ou mentiu para você ou cometeu um engano.

– Ou você está mentindo para mim. Ou cometendo um engano.

– Os guardas vão levar você até a saída.

– Ainda posso ir até os jornais.

O Homem de Granito afastou-se dizendo:

– Sei muito bem que você não vai. Também não é tão burro assim.

capítulo 16

BRUCE TAYLOR ESTAVA EM TRAJES de jornalista – como se tivesse ido até o cesto de roupa suja e escolhido as peças que estivessem mais embaixo. Sentou-se ao balcão, pegou alguns palitinhos de "cortesia" e enfiou-os na boca com tanta avidez que parecia querer comer a mão.

– Odeio essas coisas – disse ele a Myron.

– É, nota-se.

– Estou num bar, pelo amor de Deus. Tenho que comer alguma coisa. Ninguém mais serve amendoim. É muito engordativo ou qualquer besteira dessas. Em vez disso, dão palitinhos, umas porcarias microscópicas. – Ele ergueu um para Myron ver. – Olhe só isto.

– E os políticos perdendo tempo discutindo o controle de armas.

– O que você quer beber? Não me peça aquele troço achocolatado. É constrangedor.

– O que você vai tomar?

– O mesmo que peço sempre que você paga. Um scotch doze anos.

– Quero uma *club soda* com limão.

– Fracote. – Bruce fez o pedido ao garçom – Vamos lá, o que você quer saber?

– Você conhece Stan Gibbs?

– Uau.

– Por que "uau"?

– Porque você deve estar metido numa merda cabeluda. Stan Gibbs? Que diabo você quer com ele?

– Provavelmente nada.

– Aham.

– Pode me contar alguma coisa sobre ele?

Bruce deu de ombros e tomou um gole do uísque.

– Um filho da puta ambicioso que foi longe demais. O que você quer saber mais?

– A história toda.

– Começando de onde?

– O que ele fez exatamente?

– Plagiou uma história, o bundão. Bom, isso não é tão raro assim. Mas ele foi muito burro.

– Você acha que ele foi muito burro? – perguntou Myron.

– Como assim?

– Plagiar um romance não só é antiético, como uma idiotice.

– E daí?

– Não é idiotice demais?

– Você acha que ele é inocente, Myron?

– *Você* acha?

Bruce engoliu mais alguns palitinhos.

– Não. Stan Gibbs é totalmente culpado. E conheço um monte de gente mais burra ainda. Mike Barnicle, por exemplo. O cara resolve roubar piadas do livro de um comediante para escrever sua coluna!

– Foi uma burrice, realmente – concordou Myron.

– E ele não é o único. Veja bem, todas as profissões têm seu lado sujo, certo? Aquilo que todo mundo quer varrer para debaixo do tapete. Os policiais são condecorados quando derrubam um suspeito. Os médicos livram a cara dos colegas que tiram a vesícula de um paciente por engano, ou qualquer coisa do tipo. Os advogados... Bom, não quero nem começar a falar sobre seus segredinhos sujos.

– E o plágio é o lado sujo do jornalismo?

– Não só – respondeu Bruce. – As falsificações de tudo quanto é tipo. Sei de repórteres que inventam fontes. Caras que criam frases, até conversas inteiras. Publicam histórias sobre mães viciadas em crack e líderes de gangues de periferia que nunca existiram. Já leu alguma matéria dessas? Entende por que tantos drogados soam tão comoventes em entrevistas quando na verdade não conseguem nem assistir a *Teletubbies* sem a ajuda de um cuidador?

– Você está dizendo que isso acontece a torto e a direito?

– Quer saber a verdade?

– De preferência.

– É uma praga. Uns caras são preguiçosos. Outros são ambiciosos demais. E existem os mentirosos patológicos. Você conhece o tipo. Aqueles que mentem até sobre o que comeram no café da manhã, porque é algo natural para eles.

As bebidas chegaram. Bruce apontou para a tigela vazia de palitinhos. O barman trouxe outra.

– Mas, se isso é uma praga tão grande – falou Myron –, como é que tão poucos são pegos?

– Em primeiro lugar, porque é difícil pegá-los. Os jornalistas se escondem atrás de fontes anônimas, alegam que as pessoas mudaram de endereço, esse tipo de coisa. Segundo, é como eu disse antes: é o nosso segredinho sujo. E o deixamos enterrado.

– Parece que você gostaria muito de fazer uma limpeza.

– Ah, claro. Assim como os policiais. E os médicos.

– Mas você não é assim, Bruce.

– Me deixe dar um exemplo, ok? – Bruce terminou o uísque e apontou para o copo, pedindo outro. – Você é editor, digamos, do *New York Times*. Alguém lhe entrega uma matéria. Você publica, depois descobre que ela foi inventada, plagiada ou apenas imprecisa, o que for. O que fazer então?

– Retratar-se.

– Mas você é o editor. O idiota responsável por aquela publicação. Provavelmente foi você mesmo quem contratou o articulista, para começo de conversa. Em quem você acha que os seus superiores vão pôr a culpa? E você acha que eles vão ficar felizes em saber que o jornal deles publicou um artigo falso? Acha que o *Times* quer perder negócio para o *Herald*, o *Post* ou qualquer outro? E os outros jornais também não querem saber disso. O público já não confia mais em nós como instituição, entende? E se a verdade vem à tona, quem é o prejudicado? Resposta: todo mundo.

– Aí vocês despedem o cara na surdina – falou Myron.

– Talvez. Se você é o editor do *New York Times* e despede, digamos, um colunista, não acha que os superiores vão querer saber o motivo?

– Então você simplesmente deixa pra lá?

– Fazemos como a Igreja fazia em relação à pedofilia. Tentamos controlar o problema sem nos prejudicarmos. Transferimos o cara para outro departamento. Passamos o problema adiante. Às vezes o colocamos para trabalhar com outro jornalista. Fica mais difícil fazer merda quando tem alguém olhando o seu trabalho.

Myron deu um gole na *club soda*. Estava choca.

– Ok, me deixe fazer a pergunta óbvia então. Como Stan Gibbs foi pego?

– Porque foi otário, muito otário, extremamente otário. O conteúdo era muito impactante para se plagiar daquela forma. Além do mais, Stan enfiou a cara dos federais num vaso de banheiro público e deu descarga. Não se faz isso sem se ter os fatos, em especial quando se trata deles. Para mim, ele pensou que tinha se safado porque o romance teve uma tiragem mínima, paga pelo próprio autor e publicada por uma editorazinha de merda, no

Oregon. Acho que eles publicaram menos de quinhentas cópias, e isso há mais de vinte anos. O autor já tinha até morrido.

– Mas alguém descobriu.

– Claro.

Myron ficou pensando naquilo.

– Estranho, não acha?

– Na maioria das vezes eu responderia que sim, mas não quando o caso tem essa notoriedade. E quando se descobriu a verdade, foi o fim para Stan. Todos os veículos de comunicação soltaram uma nota anônima. Os federais deram uma entrevista coletiva. Fizeram quase uma campanha contra ele. Alguém, provavelmente o FBI, queria se vingar. E conseguiu.

– Talvez os federais tenham ficado tão furiosos que armaram alguma para cima dele.

– O que lhe parece? O romance existia. As passagens que Stan copiou existiam. Não tinha como escapar.

Myron ficou digerindo aquilo, pensando em alguma explicação alternativa. Não vinha nada.

– Stan Gibbs chegou a se defender?

– Nunca fez um comentário sequer.

– Por que não?

– O cara é jornalista. Não é bobo. Veja bem, matérias como essa são o pior tipo de incêndio. A única forma de apagar é parando de alimentar as chamas. Por pior que seja, se não há nada mais para contar, para alimentar o fogo, a coisa morre. As pessoas sempre cometem o erro de pensar que podem extinguir as labaredas com palavras, que são tão espertas que suas explicações vão funcionar como água, sei lá. É sempre um erro falar com a imprensa. Qualquer coisa que se diga, por mais belas que sejam as palavras, vai alimentar as chamas e mantê-las acesas.

– Mas o silêncio não faz a pessoa parecer mais culpada?

– Ele *era* culpado, Myron. Stan só arranjaria mais problemas se resolvesse falar. E se ficasse por aí tentando se defender, alguém ia revirar o passado dele também. Em especial, as matérias antigas. Todas. Checar cada fato, cada citação, tudo. E quando se plagia uma história, é porque já se plagiou várias. Ninguém faz isso pela primeira vez na idade de Stan.

– Você acha então que ele tentou minimizar o prejuízo?

Bruce sorriu e deu mais um gole.

– Essa sua formação da Duke... Você soube aproveitar. – Ele pegou mais palitinhos. – Tem problema se eu pedir um sanduíche?

– Como quiser.

– Vai valer a pena – falou Bruce, com um largo e repentino sorriso. – Porque ainda não mencionei o último fato que o convenceu a ficar calado.

– E o que foi?

– Foi sério, Myron. – O sorriso desapareceu. – Muito sério.

– Ótimo, pede batata frita então.

– Não quero que isso se torne público, está entendendo?

– Ora, Bruce, você me conhece.

Ele deu as costas para o balcão, pegou um guardanapo de papel e o rasgou pela metade.

– Você sabe que os federais levaram Stan ao tribunal para descobrir as fontes dele.

– Sei.

– Os documentos apresentados no julgamento foram mantidos em sigilo, mas houve um pouco de pressão. Veja bem, eles queriam que Stan corroborasse as informações. Qualquer coisa mostrando que ele não tinha inventado a história toda. Mas ele não apresentou nada. Durante um tempo, alegou que só as famílias poderiam confirmar os fatos, mas que ele não as exporia. Só que o juiz insistiu. Stan admitiu por fim que outra pessoa podia comprovar tudo.

– Os fatos inventados?

– Sim.

– Quem?

– A amante – respondeu Bruce.

– Stan era casado?

– Acho que a palavra "amante" diz tudo. Ele era. Ainda é, tecnicamente, mas está separado agora. Era natural que Stan relutasse em dar o nome dela. Amava a esposa, tinha dois filhos, empregada, casa com quintal, essas coisas. Mas no final revelou o nome, sob a condição de que ficasse em sigilo.

– E a amante confirmou tudo?

– Sim. A tal de Melina Garston declarou que ia junto quando ele se encontrava com o tal psicopata do "Plante as sementes".

Myron franziu a testa.

– Por que esse nome não me é estranho?

– Porque Melina Garston morreu. Amarrada, torturada e nem queira imaginar o resto.

– Quando foi isso?

– Três meses atrás. Logo depois de a merda de Stan ser jogada no ventilador. Pior ainda, a polícia achou que tinha sido ele.

– Para impedir que ela dissesse a verdade?

– Ah, essa sua formação da Duke!

– Mas isso não faz sentido. Ela foi morta após a descoberta do plágio, certo?

– Logo depois.

– Já era tarde demais, então. Todo mundo achava que Stan era culpado. Ele tinha perdido o emprego. Caído em desgraça. Se a amante aparecesse e dissesse "Ok, menti", não ia mudar nada. O que Stan ganharia com a morte dela?

Bruce deu de ombros.

– Talvez uma retratação por parte dela afastasse qualquer dúvida.

– Mas não há nenhuma dúvida aí.

O barman se aproximou. Bruce pediu um sanduíche. Myron o dispensou.

– Você consegue descobrir onde Stan Gibbs está escondido?

– Já descobri.

– Como?

– Ele era meu amigo.

– Era ou é?

– É, acho.

– Você gosta dele?

– Sim, gosto.

– Mesmo assim, você ainda acha que ele fez o que fez?

– Matar, provavelmente não. Plagiar... – Bruce encolheu os ombros. – Sou um cara cínico. Só porque alguém é meu amigo não significa que não possa fazer uma burrice.

– Você me dá o endereço dele?

– Você vai me dizer por quê?

Myron deu um gole na *club soda*.

– Ok, esta é a parte em que você quer saber o que tenho. Digo que não tenho nada e, quando tiver, você vai ser o primeiro a saber. Aí você fica meio chateado, fala que estou em dívida, que não é o suficiente, mas no final aceita o trato. Por que não pulamos isso tudo e você me dá o endereço?

– Ainda vou comer meu sanduíche?

– Claro.

– Ótimo, então – respondeu Bruce. – Não importa. Stan não fala com ninguém desde que perdeu o emprego, nem com os amigos mais próximos. O que o faz pensar que vai falar com você?

– Porque sou um conviva espirituoso e me visto bem.

– Claro, claro. – Ele se virou para Myron e o encarou com seriedade. – Agora vem a parte em que lhe digo que, se descobrir alguma coisa, qualquer coisa, que sugira que Stan Gibbs caiu numa armadilha, você vai me contar, porque sou amigo dele e um repórter ávido por uma matéria sensacional.

– E ávido por um sanduíche.

Bruce não sorriu.

– Deu para entender?

– Claro.

– Tem algo que você queira me contar agora?

– Bruce, tenho menos que nada. Só um fio que preciso puxar.

– Você conhece Cross River, em Englewood?

– Um condomínio dos anos 1980 que parece locação de *Poltergeist*.

– Acre Drive, número 24. Stan acabou de se mudar para lá. Imóvel alugado.

capítulo 17

MORNING MOSH NÃO ERA DE FATO o nome do estabelecimento. Localizado num antigo armazém do centro do West Side, tinha um letreiro de neon que ia mudando à medida que o dia passava. A palavra *Mosh* ficava iluminada o tempo todo, mas de manhã dizia *Morning Mosh*, depois *Mid-Day Mosh* (como naquele momento) e, mais tarde, *Midnight Mosh.*

Uma placa na porta da frente exibia MÍNIMO DE QUATRO PIERCINGS PARA ENTRAR (ORELHAS NÃO CONTAM).

Myron parou na calçada e ligou para o número do Mosh. Uma voz atendeu:

– Fala, camarada.

– Suzze T, por favor.

– Demorou.

"Demorou"?

Suzze atendeu dois minutos depois:

– Alô?

– É o Myron. Estou aqui fora, na calçada.

– Entre. Ninguém aqui morde. Exceto o cara que arrancou com os dentes as pernas de uma rã viva ontem à noite. Cara, foi incrível.

– Suzze, me encontre aqui fora, ok?

– Tudo bem.

Myron desligou, sentindo-se um velho. Suzze saiu alguns segundos depois. Vestia jeans boca de sino com uma cintura tão baixa que desafiava a gravidade. Um top rosa mínimo revelava não só uma barriga chapada, como uma sugestão daquilo que interessava ao pessoal impecável da Rack Enterprises. Exibia uma tatuagem apenas – uma raquete cujo cabo era uma cobra – e nenhum piercing, nem nas orelhas.

Myron apontou para a placa.

– Você não satisfaz o requisito mínimo de piercings.

– Satisfaço, sim, Myron.

Silêncio.

– Ah – fez Myron.

Os dois se puseram a caminhar pela rua. Outra parte estranha de Manhattan. Crianças e sem-teto convivendo. Bares e casas noturnas ao lado de creches. A cidade moderna. Myron passou pela frente de uma loja com a placa ESPERE ENQUANTO TE TATUAM. Parou para ler outra vez e franziu a testa: não é sempre assim?

– Recebemos uma proposta estranha de patrocínio. Você conhece os Rack Bars?

– Tipo, topless de alto nível?

– Bom, é topless.

– O que tem eles?

– Eles estão abrindo agora uma cadeia de cafés de topless.

– Maneiro: tira a popularidade da Starbucks e mistura com Scores e Goldfingers. Muito inteligente.

– Ahn... certo. Eles vão fazer uma grande inauguração. Querem causar sensação, atrair a atenção da mídia, essas coisas todas. Então gostariam que você fizesse uma, ahn, participação especial.

– Fazendo topless.

– Como eu disse ao telefone, é uma oferta que eu achei que você recusaria.

– Topless total?

– Eles insistem que os mamilos estejam à mostra.

– Quanto estão dispostos a pagar?

– Duzentos mil dólares.

Ela estacou.

– Você está de sacanagem?

– Nunca sacaneio você.

Suzze assobiou.

– É muita grana.

– Sim, mas ainda acho que...

– Essa foi, tipo, a primeira oferta?

– Sim.

– Você acha que consegue que eles paguem mais?

– Não, acho que isso seria com você.

Suzze parou e olhou para ele. Myron deu de ombros, desculpando-se.

– Diga para eles que aceito.

– Suzze...

– Duzentos mil dólares para mostrar um pouco de peito? Meu Deus, ontem à noite pensei em fazer isso ali dentro de graça.

– Não é a mesma coisa.

– Você viu o que usei na *Sports Illustrated*? Estava quase nua.

– Também não é a mesma coisa.

– É a Rack, Myron, e não um lugar sórdido. É topless de alto nível.

– Falar em "topless de alto nível" é como dizer "peruca de qualidade".

– Quê?

– Pode ser de qualidade, mas continua sendo uma peruca.

Ela inclinou a cabeça.

– Tenho 24 anos, Myron.

– Eu sei.

– Na contagem das tenistas, isso equivale a ter 107. Estou em trigésimo primeiro lugar no ranking mundial. Não ganhei nem 200 mil nos últimos dois anos de campeonato. Essa é uma superproposta, Myron. E, cara, vai mudar minha imagem.

– Foi exatamente o que pensei.

– Não, escute aqui, o tênis está procurando atrações. Vou causar controvérsia. Receber uma cobertura gigantesca da mídia. Vou virar um grande nome de repente. Você tem que admitir: meu cachê vai quadruplicar.

Ela iria receber só para fazer aparições, não importando se ganharia ou perderia. A maioria dos jogadores de nome recebe muito mais com esses cachês que com os prêmios. É onde reside a grana preta, sobretudo para uma tenista em trigésimo primeiro lugar no ranking.

– Provavelmente – disse Myron.

Ela parou e segurou seu braço.

– Adoro jogar tênis.

– Eu sei – respondeu ele em voz baixa.

– Isso vai estender minha carreira. Significa muito para mim, ok?

Meu Deus, ela parecia tão jovem.

– Pode ser que você tenha razão, mas, no fim das contas, você ainda vai se exibir num bar de topless. E, uma vez feito, não tem volta. Vai ser sempre lembrada como a tenista que fez topless.

– Existem coisas piores.

– Sim. Mas não me tornei empresário a fim de entrar para o negócio de strippers. Vou satisfazer seu desejo. Você é minha cliente. Quero o melhor para você.

– Mas não acha que isso seja o melhor para mim?

– Acho difícil aconselhar uma jovem a fazer topless.

– Mesmo que faça sentido?

– Mesmo que faça sentido.

Suzze sorriu.

– Sabe de uma coisa, Myron? Você fica uma gracinha quando banca o puritano.

– Aham, adorável.

– Diga a eles que aceito.

– Pense nisso por uns dias, ok?

– Não tem o que pensar, Myron. Basta fazer o que você sabe fazer tão bem.

– O quê?

– Elevar o preço. E dizer a eles que sim.

capítulo 18

O CROSS RIVER ERA UM DESSES condomínios que parecem cenográficos, como se prédios inteiros pudessem desmoronar se alguém encostasse neles. Era um projeto arquitetônico apertado, com edifícios exatamente iguais. Caminhar por ali era como entrar no País das Maravilhas: as ruas pareciam se espelhar, deixando a pessoa tonta. Se alguém bebesse demais, iria acabar enfiando a chave na fechadura errada.

Myron estacionou perto da piscina do complexo. O lugar até que era bonito, mas ficava perto demais da Rota 80, a maior artéria que ligava Nova Jersey à Califórnia, e os sons do tráfego reverberavam no muro. Ele localizou a entrada do número 24 da Acre Drive. Caso tivesse identificado direito, as luzes estavam acesas e a televisão, ligada. Ele bateu à porta e viu um rosto espreitar pela janela ao lado, em silêncio.

– Sr. Gibbs?

Pelo vidro, o rosto perguntou:

– Quem é você?

– Meu nome é Myron Bolitar.

Uma breve hesitação.

– O jogador de basquete?

– É, já fui.

O homem o encarou por mais alguns segundos antes de abrir a porta. O odor de muitos cigarros escapou pela fresta e se insinuou pelas narinas de Myron. Stan Gibbs estava com um cigarro na boca – algo nada surpreendente. Sua barba por fazer estava grande demais para um episódio de *Miami Vice*. Usava um conjunto de moletom, de casaco amarelo e calça verde-escura, além de meia, tênis e um boné dos Colorado Rockets: o padrão de elegância comum compartilhado por quem faz jogging e por sedentários. Myron desconfiou de que se tratava do último caso.

– Como me descobriu? – perguntou Stan Gibbs.

– Não foi difícil.

– Isso não é resposta.

Myron deu de ombros.

– Não importa – falou Stan. – Não tenho nenhum comentário a fazer.

– Não sou repórter.

– E o que é então?

– Um agente esportivo.

Stan deu uma tragada no cigarro e o manteve na boca.

– Lamento desapontá-lo, mas não jogo futebol americano desde o ensino médio.

– Posso entrar?

– Não. O que você quer?

– Preciso encontrar o sequestrador do seu artigo – respondeu Myron.

Stan sorriu, exibindo dentes muito brancos, ainda mais levando-se em conta que era fumante. Sua pele tinha calombos e uma palidez invernal. O cabelo fino e maltratado contrastava com os olhos muito brilhantes, que mais pareciam faróis sobrenaturais.

– Você não lê os jornais? Eu inventei aquilo tudo.

– Inventou ou copiou de um livro?

– Admito meu erro.

– Ou talvez estivesse dizendo a verdade. Aliás, acho que seu entrevistado me ligou ontem à noite.

Stan balançou a cabeça e a cinza do cigarro, cada vez maior, continuava se equilibrando, como uma criança num brinquedo de parque de diversões.

– Não quero voltar a falar sobre esse assunto.

– Você plagiou a história?

– Já disse que não quero comentar...

– Não vou levar nada a público. Se você plagiou, se a história é fictícia, basta me dizer e vou embora. Não tenho tempo a perder com pistas falsas.

– Nada pessoal, mas você não está fazendo muito sentido.

– O nome “Davis Taylor” significa alguma coisa para você?

– Sem comentários.

– E Dennis Lex?

Essa o atingiu em cheio. O cigarro caiu de seus lábios, mas ele o aparou com a mão direita e depois o jogou na calçada, observando-o consumir-se.

– Talvez seja melhor você entrar.

A casa era um duplex com a marca registrada das novas construções americanas: o teto que lembrava o de uma catedral. Pelas grandes janelas, entrava bastante claridade, que iluminava uma decoração típica daqueles panfletos que vêm encartados em jornais. Uma estante grande de compensado ocupava uma parede, exibindo uma TV e várias prateleiras e portas; não muito distante, via-se uma mesa de centro de mesma madeira. Havia também um sofá listrado de azul e branco – Myron apostaria o dinheiro do seu almoço de que se tratava de uma cama box – e outro menor, de dois lugares, de estampa igual. O carpete tinha o mesmo tom neutro da fachada, um marrom-claro inofensivo. O lugar era limpo, embora se pudesse notar certa desordem, comum nas casas de homens divorciados, com revistas e livros empilhados aqui e ali, nada parecendo estar no local certo.

Ele convidou Myron a sentar-se no sofá.

– Quer tomar algo?

– Claro, o que tiver.

Sobre a mesa de centro, num porta-retrato, via-se a fotografia de um homem abraçado a dois garotos. Os três tinham um sorriso forçado, como se tivessem acabado de chegar em segundo lugar numa competição e não quisessem parecer decepcionados. Estavam de pé numa espécie de jardim. Atrás deles, havia uma estátua de mármore de uma mulher com um arco e uma aljava. Myron pegou o retrato e o examinou de perto.

– É você?

Stan levantou a cabeça enquanto colocava um punhado de gelo num copo.

– Sou o da direita. Com meu irmão e meu pai.

– De quem é a estátua?

– Da deusa Diana. Conhece?

– Não foi ela que virou a Mulher-Maravilha?

Stan riu.

– Pode ser Sprite?

Myron recolocou a foto sobre a mesa.

– Claro.

Stan serviu o refrigerante e o entregou a Myron.

– O que você sabe sobre Dennis Lex?

– Só sei que ele existe.

– Por que mencionou o nome dele para mim?

Myron encolheu os ombros.

– Por que você reagiu com tanta intensidade ao ouvi-lo?

Gibbs pegou outro cigarro e o acendeu.

– Foi você quem veio até mim.

– É verdade.

– Por quê?

Nada de segredos:

– Estou procurando um homem chamado Davis Taylor. É um doador de medula óssea compatível com uma criança que está esperando um transplante. Mas o cara sumiu. Consegui descobrir um endereço em Connecticut, mas ele não está lá. Pesquisei mais e descobri que Davis Taylor é um nome falso. O verdadeiro é Dennis Lex.

– Ainda não entendo o que isso tem a ver comigo.

– Pode parecer meio louco – continuou Myron –, mas deixei uma mensagem para Davis Taylor. Quando ele retornou a ligação, não falava coisa com coisa. Só repetia o tempo todo "plante as sementes".

Um leve tremor percorreu Stan Gibbs, mas logo passou.

– O que mais ele disse?

– Basicamente isso. Que eu deveria plantar as sementes. Dar adeus à criança. Coisas assim.

– Não deve ser nada: leu meu artigo e decidiu se divertir um pouco à sua custa.

– Talvez. Mas isso não explica sua reação ao ouvir o nome de Dennis Lex.

Stan deu de ombros.

– A família é conhecida.

– Se eu tivesse dito Ivana Trump, você reagiria da mesma forma?

Gibbs ficou de pé.

– Preciso de um tempo para pensar.

– Pense em voz alta – sugeriu Myron.

Stan apenas balançou a cabeça.

– Você inventou essa história, Stan?

– Falamos sobre isso outra hora.

– Não é o bastante. Você me deve uma explicação agora. A história foi plagiada?

– Como você quer que eu responda?

– Stan?

– O quê?

– Não me importo com a sua situação. Não estou aqui para julgar nem para entregar você. Se inventou ou não a história, não faz a menor diferença para mim. Tudo que me interessa é encontrar um doador de medula. Ponto final. *The end.*

Os olhos de Stan começaram a marejar. Ele deu outra tragada no cigarro.

– Não. Não foi plágio. Nunca tinha visto aquele livro na vida.

Foi como se o recinto tivesse prendido a respiração e agora a soltasse.

– Como explica, então, a semelhança entre seu artigo e o romance?

Ele abriu a boca, deteve-se e balançou a cabeça.

– Seu silêncio o faz parecer culpado – afirmou Myron.

– Não tenho que dar explicação nenhuma a você.

– Tem, sim. Estou aqui tentando salvar a vida de uma criança. Será que você está tão envolvido assim com seus problemas a ponto de ignorar isso?

Stan voltou para a cozinha. Myron pôs-se de pé e o seguiu.

– Fale comigo. Talvez eu possa ajudar.

– Não, não pode.

– Como você explica as semelhanças, Stan? Só me diga isso, ok? Você já deve ter pensado nisso.

– Não preciso pensar nisso.

– Como assim?

Ele abriu a geladeira e pegou outra lata de Sprite.

– Você acha que todos os psicopatas são originais?

– Não estou entendendo.

– Você recebeu um telefonema de um cara falando sobre plantar sementes.

– Certo.

– Há duas possibilidades. Primeira, ele é o mesmo assassino sobre quem escrevi. E a segunda?

– Ele repetiu o que leu no seu artigo.

Stan estalou os dedos e apontou para Myron.

– Você acha que o sequestrador leu o romance e ficou, digamos, influenciado? E imitou?

Stan tomou outro gole.

– É uma teoria.

E muito boa, pensou Myron.

– E por que você não disse isso à imprensa? Por que não se defendeu?

– Não é da sua conta.

– Algumas pessoas dizem que é porque você tinha medo de que dessem uma vasculhada no seu passado e encontrassem mais invenções.

– E algumas pessoas são retardadas.

– Por que você não lutou?

– Fui jornalista a vida toda – respondeu Stan. – Sabe o que significa para um jornalista ser acusado de plágio? É como um funcionário de creche ser chamado de pedófilo. Estou acabado. Nada que eu diga pode mudar isso. Perdi tudo com esse escândalo. Mulher, filhos, emprego, reputação...

– A amante também?

Ele fechou os olhos de repente, com força, como uma criança querendo espantar o bicho-papão.

– A polícia acha que você matou Melina – falou Myron.

– Sei muito bem disso.

– Me conte o que aconteceu, Stan.

Ele abriu os olhos e balançou a cabeça.

– Preciso dar uns telefonemas, checar algumas pistas.

– Você não pode me deixar na mão.

– Vou ter que deixar.

– Me deixe ajudar.

– Não preciso da sua ajuda.

– Mas eu preciso da sua.

– Não neste momento – replicou Stan. – Vai ter que confiar em mim.

– Não sou muito de confiar.

Stan sorriu.

– Nem eu. Nem eu.

capítulo 19

MYRON DEU A PARTIDA E saiu dirigindo. Dois homens num Oldsmobile Ciera preto fizeram o mesmo. Hummm.

O celular tocou.

– Descobriu alguma coisa?

Era Emily.

– Para falar a verdade, não.

– Onde você está?

– Englewood.

– Tem algum plano para o almoço? – perguntou ela.

Myron hesitou, mas respondeu:

– Não.

– Sou boa cozinheira, sabe? Fomos namorados na faculdade, mas não tive muitas chances de demonstrar minhas habilidades culinárias.

– Eu me lembro de você cozinhando para mim uma vez.

– É?

– Na minha *wok*.

Emily deu uma risadinha.

– É mesmo. Você tinha uma *wok* elétrica no seu dormitório, não é?

– É.

– Quase me esqueci disso. Por que você tinha aquilo, aliás?

– Para impressionar as garotas.

– Sério?

– Claro. A ideia era convidar uma para vir até o quarto, cortar uns legumes, botar um pouco de shoyu...

– Nos legumes? – perguntou ela.

– Era o método para iniciantes.

– Como é que você nunca tentou esse golpe comigo?

– Não precisava.

– Você está me chamando de fácil, Myron?

– Como responder uma pergunta dessas sem perder os testículos?

– Venha até aqui. Vou preparar um almoço para nós dois. Sem shoyu.

Outra hesitação.

– Por favor, não me obrigue a repetir o convite – pediu Emily.

Ele queria muito dizer "não".

- Ok.

- Pegue a Rota 4...

- Conheço o caminho, Emily.

Ele desligou e olhou pelo retrovisor. O Oldsmobile Ciera preto ainda o seguia. Melhor prevenir que remediar, não? Myron apertou a tecla de discagem rápida no celular. Ao primeiro toque, Win atendeu:

- Articule.

- Tem alguém me seguindo, acho.

- Placa?

Myron lhe passou.

- Onde nos coordenamos?

- No shopping Garden State Plaza.

- Estou a caminho, linda donzela.

Myron permaneceu na Rota 4 até ver uma placa que apontava a direção do shopping. Pegou um trevo meio complicado e entrou no estacionamento. O Oldsmobile ainda o seguia, um pouco mais de longe. Hora de diminuir a velocidade. Myron rodou um pouco até encontrar uma vaga. O carro se mantinha a distância. Ele desligou o motor e se dirigiu para a entrada nordeste.

O Garden State Plaza possuía todos os elementos artificiais que contaminavam os shoppings: o ar parado, o estalo no ouvido ao entrar, a acústica pobre, como se todos os sons tivessem passado por um processo de distorção e as vozes fossem ao mesmo tempo altas e incompreensíveis. Havia um excesso de pé-direito alto e mármores falsos, e nada de macio para suavizar os ruídos.

Ele foi vagando pela seção para novos-ricos e passou por algumas sapatarias sem graça, do tipo que exibe no máximo três pares presos ao que pareciam ser chifres de veados. Chegou a uma loja chamada Aveda, que vendia cosméticos e cremes absurdamente caros. A vendedora, uma jovem anoréxica vestindo roupas pretas apertadas como um torniquete, informou a Myron que havia uma liquidação de hidratantes faciais. Ele controlou-se para não gritar "oba!" e seguiu seu caminho. Ao lado, ficava uma Victoria's Secret e Myron deu um olhar furtivo para a vitrine. A maioria dos homens heterossexuais sofisticados é bem versada nessa arte, dando às supermodelos de roupas sexy uma olhada muito rápida, fingindo falta de interesse por suas imagens ampliadas ostentando sutiãs milagrosos. Myron, naturalmente, fez a mesma coisa, mas depois pensou: Para que fingir? Parou, endireitou os ombros e comeu com os olhos a foto. Uma mulher não deveria respeitar isso num homem também?

Consultou o relógio. Ainda faltava tempo. Mais espera. O plano, por assim dizer, era bem simples. Win ia até o Garden State Plaza. Quando chegasse, ligaria para o celular de Myron, que voltaria para o carro. Win procuraria o Oldsmobile preto e passaria a segui-lo. Muito inteligente, não?

Myron entrou na Sharper Image, um dos poucos lugares do mundo onde as pessoas usavam as palavras *shiatsu* e *iônico* sem que ninguém risse. Experimentou uma cadeira de massagem e pensou em comprar um *stormtrooper* de 5.500 dólares em tamanho natural que estava em oferta por 3.499. Isso que é redefinir o conceito de novo-rico. Uma dica: se alguém sonha com um *stormtrooper*, é melhor tirar da carteira o cartão mais top de todos, entregá-lo ao caixa e comprar uma vida nova.

O celular tocou. Myron atendeu.

– São federais – avisou Win.

– Não acredito.

– Pois é.

– Então não precisa segui-los.

– Não.

Myron viu dois homens de terno e óculos escuros atrás dele. Estavam examinando os xampus com aroma de fruta na vitrine da Garden Botanica, um pouco perto demais. Dois homens de terno e óculos escuros. Inacreditável.

– Acho que estão me seguindo aqui dentro também.

– Se prenderem você com lingerie – disse Win –, alegue que é para sua mulher.

– É assim que você faz?

– Deixe o telefone ligado, conectado a mim.

Myron obedeceu. Um velho truque dos dois, para que Win escutasse tudo. Ok, muito bem, e agora? Continuou caminhando. Outros dois homens de terno olhavam vitrines um pouco mais à frente. Eles se voltaram quando Myron se aproximou e o olharam de alto a baixo. Ele se virou para trás. Os federais estavam lá também.

Os dois à sua frente se puseram no seu caminho. Os outros o cercaram. Myron parou e encarou os quatro.

– Vocês experimentaram o hidratante facial em liquidação na Aveda?

– Sr. Bolitar?

– Sim.

Um deles, um cara baixo com um corte de cabelo austero, mostrou o distintivo.

– Sou o agente especial Fleischer, do FBI. Gostaríamos de ter uma conversa com o senhor.

– Sobre...?

– Importa-se de nos acompanhar?

Exibiam as expressões impassíveis de praxe; Myron não conseguiria decifrar suas intenções. Era bem provável que nem sequer soubessem do que se tratava. Deviam ser apenas mensageiros. Ele deu ombros e seguiu-os. Dois entraram num Oldsmobile Ciera branco. Os outros ficaram com Myron. Um abriu a porta de trás do Ciera preto e fez um meneio de cabeça para que ele entrasse. O interior era muito limpo. Bancos sofisticados, macios.

Ninguém falava nada. O rádio estava desligado. Myron se recostou. Não sabia se ligava para Emily, adiando o almoço sem shoyu, mas não queria que os federais o ouvissem. Permaneceu imóvel, de boca fechada. Não era sempre que fazia isso. Parecia estranho, mas de certa forma correto.

Trinta minutos depois, estava no porão de um edifício alto e modesto, em Newark, sentado com as mãos sobre uma mesa meio pegajosa. O lugar tinha uma janela com grade e paredes de cimento, cuja cor e textura lembravam um mingau de aveia seco. Os federais pediram licença e abandonaram Myron, que suspirou e se recostou na cadeira. Reconheceu o famoso método "vamos deixá-lo sozinho para ele amaciar um pouco". Então a porta se abriu de repente.

A mulher entrou primeiro. Usava um blazer abóbora, jeans, tênis e brincos vistosos. A palavra que vinha à cabeça era *robusta*. Não chegava a ser gorda. Robusta. Tudo era robusto, até o cabelo, de um louro cor de milho enlatado. O cara atrás dela era incrivelmente magro, com a cabeça pontuda e uma pequena cabeleira negra, oleosa. Parecia um lápis. Ele falou primeiro:

– Boa tarde, Sr. Bolitar.

– Boa tarde.

– Sou o agente especial Rick Peck. Essa é a agente especial Kimberly Green.

Green, com seu blazer abóbora, começou a andar de um lado para outro como uma leoa enjaulada. Myron cumprimentou-a com a cabeça. Ela retribuiu de má vontade, como se a professora a mandasse se desculpar por algo que não fizera.

– Sr. Bolitar, gostaríamos de fazer umas perguntas – continuou Lápis Peck.

– Sobre...?

Peck mantinha os olhos em suas anotações e falava enquanto lia:

– Hoje o senhor visitou um certo Stan Gibbs no número 24 da Acre Drive. Correto?

– Como você sabe que eu não visitei um Stan Gibbs errado?

Peck e Green se entreolharam, então Lápis prosseguiu:

– Por favor, Sr. Bolitar, apreciaríamos se colaborasse. O senhor visitou o Sr. Gibbs?

– Vocês sabem que sim.

– Muito bem, obrigado. – Peck escreveu alguma coisa devagar, depois ergueu a cabeça. – Gostaríamos muito de saber a natureza da sua visita.

– Por quê?

– O senhor foi o primeiro visitante que o Sr. Gibbs recebeu desde que se mudou para a atual residência.

– Por que vocês querem saber?

Green cruzou os braços. Ela e Peck se entreolharam outra vez.

– O Sr. Gibbs é objeto de uma investigação em curso – explicou Lápis.

Myron esperou. Ninguém disse nada.

– Bem, isso esclarece tudo.

– É tudo que posso dizer no momento.

– A mesma coisa da minha parte.

– Perdão?

– Se você não pode dizer mais nada, eu também não posso.

Green pôs as mãos sobre a mesa, arreganhou os dentes – dentes robustos? – e se inclinou como se fosse arrancar um pedaço de Myron. O cabelo cheirava a xampu. Ela o avaliou – devia ter lido algum manual sobre olhares intimidantes – e falou pela primeira vez:

– A coisa toda vai acontecer da seguinte forma, seu idiota. Vamos fazer perguntas. Você vai escutar e depois responder. Entendeu?

Myron assentiu.

– Quero ter certeza de que entendi direito: você desempenha o papel da policial má, correto?

Peck assumiu o controle:

– Sr. Bolitar, ninguém aqui está interessado em criar problema. Mas gostaríamos muito que o senhor cooperasse nessa questão.

– Estou preso?

– Não.

– Adeus, então.

Ele começou a se levantar. Green lhe deu um empurrão no meio do caminho, que o fez cair de volta na cadeira.

– Sente-se, imbecil – ordenou ela, olhando para Peck. – Talvez ele esteja envolvido nisso.

– Você acha?

– Por que relutaria tanto em responder às perguntas?

– Faz sentido. Um cúmplice.

– Provavelmente podemos prendê-lo agora. Deixe-o trancafiado por esta noite e, quem sabe, a informação vaze para a imprensa.

Myron a encarou.

– Oh! Agora. Estou. Realmente. Assustado. Segundo "oh"!

Ela estreitou os olhos.

– O que disse?

– Deixe-me adivinhar: talvez eu seja culpado de cumplicidade. É minha acusação favorita. Alguém é processado por isso?

– O senhor acha que estamos brincando?

– Acho. Por falar nisso, como é que todos vocês são chamados de agentes "especiais"? Parece algo que alguém inventou de uma hora para outra. Como um jogo de criança para levantar a autoestima. "Estamos promovendo você de agente para agente especial, Barney." Depois vem o quê, agente superespecial?

Green segurou-o pela lapela e o inclinou para trás na cadeira.

– Não estou achando graça.

Myron olhou para as mãos que o agarravam.

– Você está falando sério?

– Quer experimentar?

– Kim – disse Peck.

Ela o ignorou e manteve os olhos em Myron.

– Isso é sério.

O tom era para ser raivoso, mas acabou soando mais como um apelo assustado. Dois outros agentes entraram. Somando os quatro mensageiros, já eram oito pessoas. Um número significativo... mas o que significava, Myron não fazia ideia. O assassinato de Melina Garston, talvez. Porém, Myron duvidava: os agentes locais é que costumavam lidar com os homicídios; não se chamavam os federais.

Eles o abordaram de formas diferentes, mas não havia assim tantos caminhos a percorrer e Myron conhecia todos. Ameaças, simpatia, adulação, insultos, elogios, deboche violento, suave, tudo servia. Não o deixaram ir ao banheiro, inventaram pretextos para detê-lo por mais tempo, sempre provocando-o, e ele provocando-os também, mas ninguém cedia. Todos começaram a suar, principalmente os agentes, manchando as roupas, impregnando o ar, intensificando-se até um ponto que Myron poderia jurar tratar-se de puro medo.

Green entrava e saía, sempre balançando a cabeça para ele. Myron queria cooperar, mas é aquilo: quando o gênio sai da garrafa, não tem como colocá-lo de volta. Ele não sabia o que estavam investigando. Não sabia se falar beneficiaria ou prejudicaria Jeremy. Porém, assim que abrisse a boca, que suas palavras chegassem aos ouvidos do público, não teria como retirá-las. Qualquer vantagem de que pudesse lançar mão mais tarde desapareceria. Assim, por ora, mesmo que quisesse ajudar, não conseguiria. Não até saber mais. Tinha contatos. Poderia descobrir coisas com rapidez, tomar uma decisão abalizada.

Às vezes, negociar significava ficar de boca fechada.

Quando a situação se amainou, Myron se levantou para ir embora. Green bloqueou-lhe o caminho:

– Vou fazer da sua vida um inferno.

– Essa é a sua forma de pedir que eu vá embora?

Ela recuou como se ele a tivesse esbofeteado. Quando se recuperou, balançou a cabeça devagar.

– Você não tem ideia, tem?

Boca fechada, lembrou-se ele. Myron passou por ela e saiu.

capítulo 20

JÁ NO CARRO, LIGOU PARA Emily.

– Pensei que você ia me dar um bolo – disse ela.

Myron deu uma olhada pelo retrovisor e viu o que poderia ser outro detetive federal. Sem problemas.

– Desculpe, tive um imprevisto.

– Tem alguma relação com o doador?

– Acho que não.

– Você ainda está em Jersey?

– Sim.

– Venha para cá. Dou uma requentada no almoço.

Quis dizer "não".

– Ok.

O distrito de Franklin Lakes estava crescendo. A maioria das casas era nova, enormes mansões de tijolos, em becos sem saída, com pequenos portões nos acessos para carros que se abriam com botões ou interfone, como se isso fosse de fato proteger os donos do que havia lá fora, além dos gramados verdejantes e das sebes imaculadamente podadas. Os interiores estavam também crescendo: salas de jantar grandes o bastante para helicópteros pousarem, persianas operadas por controle remoto, cozinhas de última geração com ilhas de mármore que davam para aposentos do tamanho de cinemas, sempre com elaborados home-theaters ultramodernos.

Myron tocou a campainha, a porta se abriu e, pela primeira vez na vida, viu-se cara a cara com o filho.

Jeremy sorriu.

– Oi.

Algo estranho se irradiou por Myron, seu sistema nervoso derretendo-se e em frenesi ao mesmo tempo. O diafragma se contraiu e os pulmões pararam de funcionar – da mesma forma que o coração, tinha certeza. A boca se abriu e se fechou debilmente, como a de um peixe que está morrendo no convés de um barco. Lágrimas tentavam brotar.

– Você é Myron Bolitar, né? – perguntou Jeremy.

Um barulho de concha do mar tomou seus ouvidos. Ele se esforçou para assentir.

– Você jogou basquete com meu pai – continuou o garoto, ainda com o sorriso que dava pontadas no coração de Myron. – Na faculdade, né?

Ele conseguiu recuperar a fala:

– É.

Jeremy assentiu.

– Legal.

– É.

Ouviu-se uma buzina. Jeremy se inclinou para a direita e olhou para trás dele.

– É minha carona. Atrasada.

Jeremy deu um pulo e passou por Myron, que se virou entorpecido e observou o garoto correr para fora. Talvez fosse só sua imaginação, mas aquele andar era tão familiar... Podia ser visto nos vídeos dos jogos de Myron. A coisa estranha voltou a se irradiar por seu corpo. Ai, meu Deus...

Sentiu uma mão no ombro, mas ignorou-a e ficou olhando o garoto. A porta do carro se abriu e Jeremy foi engolido pela escuridão. A janela do motorista baixou e uma mulher bonita surgiu gritando:

– Desculpe pelo atraso, Em!

Por trás dele, Emily respondeu:

– Não tem problema.

– Vou levá-los para a escola de manhã.

– Ótimo.

Um aceno e a janela voltou a subir. O carro deu partida. Myron observou-o desaparecer na rua. Sentia os olhos de Emily fixos nele. Virou-se lentamente para ela.

– Por que você fez isso?

– Pensei que ele já teria saído a esta hora.

– Eu tenho cara de idiota?

Ela entrou na casa.

– Quero mostrar uma coisa para você.

Tentando recuperar o movimento das pernas, Myron seguiu-a em silêncio pela escada. A cabeça oscilava e um juiz interior ainda contava até dez pretendendo declarar nocaute. Emily levou-o por um corredor escuro, repleto de litografias modernas nas paredes. Parou, abriu uma porta e acendeu a luz. Era o quarto típico de um adolescente, como se alguém tivesse posto todos os seus pertences no meio do cômodo e atirado uma granada. Pôsteres estavam pendurados tortos nas paredes, com os cantos rasgados, faltando tachinhas: viam-se Michael Jordan, Keith van Horn e Greg Downing, além de Austin Powers com as palavras *YEAH, BABY!* escritas sobre seu corpo em letras cor-de-rosa. Havia uma cesta de basquete de brinquedo na porta do armário, um computador sobre a escrivaninha e um boné de beisebol sobre um abajur. O quadro de cortiça ostentava uma mistura de fotos de família e desenhos de giz de cera em cartolinas assinados pela irmã de Jeremy, tudo preso com percevejos grandes demais. Myron avistou bolas de futebol americano e de beisebol autografadas, troféus baratos, uma ou duas faixas azuis e três bolas de basquete, uma delas vazia. Sobre a cama desfeita estavam pilhas de CD-ROM de jogos para computador e um Game Boy, além de uma quantidade surpreendente de livros, alguns abertos e virados para baixo. Roupas se espalhavam pelo chão como feridos de guerra e as gavetas se encontravam entreabertas, com camisas e cuecas penduradas, como se tivessem sido baleadas durante uma fuga. Sentia-se no quarto o cheiro estranhamente reconfortante de meias de criança.

– Ele é um bagunceiro – disse Emily, explicitando o que era óbvio – igual a você.

Myron permanecia petrificado.

– Ele guarda pomada para acne numa gaveta da escrivaninha – continuou ela. – Acha que não sei. Está naquela idade em que as paixões o mantêm acordado a noite inteira, mas nunca beijou uma garota. – Emily foi até o quadro de cortiça e tirou uma fotografia de Jeremy. – Ele é lindo, não acha?

– Isso não contribui para nada, Emily.

– Quero que você entenda.

– Entender o quê?

– Ele vai morrer sem nunca ter beijado uma garota.

Myron ergueu as mãos.

– Não sei o que você quer que eu diga.

– Tente entender, ok?

– Não precisa fazer melodrama. Eu entendo.

– Não, Myron, não entende. Você vê aquela noite como uma espécie de mancada melancólica. Fizemos algo condenável e pagamos um preço alto. Se pudéssemos voltar e apagar esse erro trágico... Parece algo saído de *Hamlet* e *Macbeth*, não é? Sua carreira arruinada de jogador de basquete, o futuro de Greg, nosso casamento, tudo jogado fora por causa de um momento de desejo.

– Não foi desejo.

– Não vamos discutir isso de novo. Não importa o que foi: desejo, burrice, medo, destino... Chame pelo maldito nome que você quiser, mas eu faria tudo de novo. Esse "erro" foi a melhor coisa que já me aconteceu. Jeremy, nosso filho, surgiu dessa confusão. Está me ouvindo? Eu destruiria um milhão de carreiras e casamentos por ele.

Ela o encarou, desafiadora. Myron não disse nada.

– Não sou religiosa e não acredito em fatalidade, destino, nada disso – continuou Emily. – Mas talvez, quem sabe, tenha havido um equilíbrio natural. Talvez a única forma de produzir algo tão maravilhoso fosse cercar o acontecimento de tanta destruição.

Myron começou a sair do quarto.

– Isso não contribui para nada – repetiu.

– Contribui, sim.

– Você quer que eu encontre o doador. Estou tentando fazer isso. Mas esse tipo de distração não ajuda. Não posso me envolver.

– Não, Myron, você *precisa* se envolver. Ficar mais emotivo. Tem que entender o que está em jogo: seu filho, esse garoto lindo que abriu a porta, vai morrer sem nem poder beijar uma garota.

Emily se aproximou, olhando-o nos olhos, e Myron pensou que nunca os vira tão claros.

– Assisti a todos os seus jogos na Duke. Me apaixonei por você naquela quadra, não porque era o astro do time ou atraente, atlético. E, quanto mais as emoções o dominavam, quanto mais pressão havia, melhor você jogava. Se fosse apenas um amistoso, você perdia o interesse. Precisava de competitividade. De se superar faltando só alguns segundos no relógio. Precisava perder o controle um pouco.

– Isso não é um jogo, Emily.

– Certo. Os riscos são maiores. A emoção devia estar mais forte. Quero você desesperado, Myron. É quando você dá o melhor de si.

Ele olhou para a foto de Jeremy e soube que experimentava uma sensação inédita. Piscou, contemplou sua expressão no espelho da porta do armário e, por um momento, viu o próprio pai fitando-o.

Então Emily o abraçou. Enterrou o rosto em seu ombro e começou a chorar. Myron se manteve firme. Ficaram naquela posição durante alguns minutos antes de descerem a escada. Enquanto almoçavam, ela lhe contou histórias sobre Jeremy e ele se deleitou com cada uma delas. Depois sentaram-se no sofá para ver álbuns. Emily acomodou-se de pernas cruzadas, pôs o cotovelo em cima do encosto, apoiando a cabeça com a mão, e contou-lhe mais coisas. Já eram quase duas da madrugada quando ela o levou até a porta, de mãos dadas com ele.

– Sei que você conversou com a Dra. Singh – disse ela, diante da porta aberta.

– Sim.

Emily soltou um longo suspiro.

– Preciso dizer isto, ok?

– Ok.

– Tenho feito as contas. Comprei um desses testes caseiros. O melhor dia, ahn, para a concepção vai ser quinta-feira.

Myron abriu a boca, mas ela o calou com a mão.

– Já conheço todos os argumentos contrários, mas pode ser a única chance de Jeremy. Não fale nada, apenas pense no assunto.

Ela fechou a porta e Myron contemplou-a por uns momentos. Tentou evocar o momento em que Jeremy a abrira, o sorriso maroto em seu rosto, mas a imagem já estava enevoada, desaparecendo rapidamente.

capítulo 21

A PRIMEIRA COISA QUE MYRON FEZ pela manhã foi ligar para Terese. Nenhuma resposta. Ele franziu a testa para o telefone.

– Será que levei um pé na bunda? – perguntou a Win.

– Duvido – respondeu o amigo enquanto lia o jornal de chinelos e um pijama de seda com roupão combinando.

Se ele pusesse um cachimbo na boca, poderia se transformar num personagem criado por Noël Coward num dia de ócio.

– O que faz você dizer isso?

– Nossa Srta. Collins parece ser bem direta. Se você tivesse sido jogado num monte de estrume, sentiria o cheiro.

– E ainda tem o fato de que sou irresistível.

Win virou a página.

– O que estará acontecendo com ela, então?

O amigo bateu com a ponta do indicador no queixo.

– Como é mesmo a palavra que vocês, pessoas que gostam de ter relacionamentos, usam? Ah, sim: espaço. Talvez ela esteja precisando de espaço.

– "Precisar de espaço" costuma ser um eufemismo para pé na bunda.

– Sim, bem, que seja – disse Win, cruzando as pernas. – Você quer que eu dê uma olhada nisso?

– Nisso o quê?

– No que pode estar acontecendo com a Srta. Collins.

– Não.

– Muito bem. Que tal mudar de assunto? Me conte sobre seu encontro com o FBI.

Myron relatou o interrogatório.

– Então continuamos sem saber o que eles queriam – concluiu Win.

– Correto.

– Nem uma pista?

– Nada. Exceto que pareciam assustados.

– Curioso.

Myron assentiu.

Win tomou um gole de chá, o dedo mínimo erguido. Ah, os horrores que aquele dedo já tinha presenciado, até compartilhado. Eles estavam sentados na sala de jantar formal e usavam um aparelho de chá de prata. Mesa de mogno vitoriana, com pés em forma de pata de leão, leiteira de prata, caixas de cereais Cap'n Crunch e de outra marca chamada Oreo, que era exatamente o que se imaginava.

– A esta altura, teorizar é perda de tempo. Vou dar uns telefonemas e ver o que consigo descobrir.

– Obrigado.

– Ainda não sei se existe mesmo uma ligação entre Stan Gibbs e o nosso doador de sangue.

– Probabilidade pequena – concordou Myron.

– Ou nula. Um jornalista inventa uma história sobre um sequestrador em série e agora... achamos que esse personagem fictício é o nosso doador?

– Stan Gibbs disse que a história é real.

– Agora ele resolveu dizer isso?

– Sim.

Win coçou o queixo.

– Rogo que me explique: por que ele não se defende?

– Não faço a menor ideia.

– Provavelmente porque é culpado. O homem é acima de tudo egoísta, tenta se preservar. É instintivo. O homem não se martiriza. Está interessado numa coisa apenas: salvar a própria pele.

– Supondo que eu concorde com essa sua visão ensolarada da natureza humana, você não acha que o cara mentiria para se salvar?

– Claro – respondeu Win.

– Então, apoiado nesse argumento de defesa bastante plausível, a ideia de que o sequestrador imitou o personagem, por que Stan não o usaria para se defender, mesmo sendo acusado de plágio?

– Gosto dessa linha de pensamento.

– Cinicamente, sim.

O interfone tocou. Win atendeu e o porteiro anunciou Esperanza. Um minuto depois, ela entrou na sala, puxou uma cadeira e serviu-se do cereal Oreo numa tigela.

– Por que eles sempre dizem na propaganda que "faz parte de um café da manhã completo"? Isso acontece com todos os cereais. O que significa?

Ninguém respondeu.

Esperanza pegou uma colherada, olhou para Win e indicou Myron com a cabeça.

– Odeio quando ele está certo.

– É um mau sinal – concordou Win.

– Eu estava certo? – perguntou Myron.

Esperanza pousou o olhar nele.

– Fiz aquela pesquisa sobre a escolaridade de Dennis Lex. Pesquisei todas as instituições educacionais que algum dos irmãos ou pais tivessem frequentado. Nada. Faculdade, ensino médio, fundamental. Nenhum sinal de Dennis Lex.

– Mas...?

– Pré-escola.

– Você está brincando.

– Não.

– Você achou o jardim de infância dele?

– Sou mais que um belo rabo – gabou-se Esperanza.

– Não para mim, querida – replicou Win.

– Você é um doce.

Ele inclinou ligeiramente a cabeça.

– Srta. Peggy Joyce – disse Esperanza. – Ela é professora e diretora da Escola Infantil Shady Wells Montessori, em East Hampton.

– E se lembra de Dennis Lex? – perguntou Myron – De trinta anos atrás?

– Aparentemente, sim – respondeu ela, tomando uma colherada e jogando para ele uma folha de papel. – É o endereço dela. Está esperando você agora de manhã. Dirija com cuidado, ouviu?

capítulo 22

O TELEFONE TOCOU.

– O velho é um mentiroso de merda.

Era Greg Downing.

– O quê?

– O gagá está mentindo.

– Você está falando de Nathan Mostoni?

– Meu Deus, que outro velho eu ando vigiando?

Myron trocou o telefone de ouvido.

– O que faz você pensar que ele está mentindo, Greg?

– Um monte de coisas.

– Por exemplo?

– Por exemplo, Mostoni nunca ter ouvido falar sobre o centro de doação de medula óssea. Isso parece lógico para você?

Ele pensou em Karen Singh, sua dedicação e os riscos.

– Não, mas é como dissemos antes: ele pode ser confuso.

– Acho que não.

– Por que não?

– Nathan Mostoni sai um bocado sozinho, para começar. Tem horas em que é meio maluco, mas em outras é muito são. Faz suas compras. Conversa com as pessoas. Veste-se como uma pessoa normal.

– Isso não quer dizer nada – contrapôs Myron.

– Não? Uma hora atrás ele saiu, então me aproximei da casa e fui até a janela de trás. Disquei aquele número que você me deu, que seria o do doador.

– E...?

– E ouvi o telefone tocando dentro da casa.

Isso fez Myron se calar.

– O que você acha que devemos fazer? – perguntou Greg.

– Não tenho certeza. Você viu mais alguém na casa?

– Não. Mostoni sai e a casa fica vazia. E ainda tem uma coisa... Ele está parecendo mais jovem agora. Não sei como explicar. É estranho. Bem, algum progresso aí pelo seu lado?

– Não sei direito.

– Adorei a resposta, Myron.

– É a única que tenho.

– E então? O que você acha que devemos fazer em relação a Mostoni?

– Vou pedir a Esperanza que levante o histórico dele. Enquanto isso, não o perca de vista.

– O tempo está passando, Myron.

– Sei disso. Depois nos falamos.

Ele desligou o telefone e ligou o rádio. Chaka Khan estava cantando "Ain't Nobody Love You Better". Se alguém consegue ouvir essa música sem mexer os pés, é porque tem sérios problemas rítmicos. Myron pegou a Long Island Expressway, para leste; a via estava surpreendentemente vazia naquele dia. Em geral, a estrada era mais ou menos um estacionamento ambulante que se movia para a frente a cada dois minutos.

As pessoas sempre dizem que os Hamptons – o pretensioso local de veraneio em Long Island onde os habitantes de Manhattan refugiam-se junto a outros habitantes de Manhattan – melhoram na baixa temporada. É o que sempre se fala sobre locais de veraneio. As pessoas de férias reclamam durante toda a alta temporada, esperando por esse nirvana de tranquilidade. Entretanto (e essa era a parte que Myron não entendia), não se vê ninguém nos Hamptons nos meses da baixa temporada. Não há vivalma. É um deserto. Os donos de loja suspiram e não dão nenhum desconto. Os restaurantes estão vazios, mas também fechados. E, sejamos honestos, o tempo, as praias e as pessoas são a grande atração lá. Mas quem vai dar um mergulho em Long Island no inverno?

A escola ficava num bairro residencial, de casas mais antigas e modestas – o lugar onde os verdadeiros habitantes de Long Island, e não os ricos, moravam. Myron parou o carro no estacionamento de uma igreja e seguiu as placas, escada abaixo, até o porão da paróquia. Uma jovem com ar de inspetora escolar cumprimentou-o na entrada. Ele se identificou e falou que estava ali para ver a Srta. Joyce. A moça assentiu e lhe pediu que a seguisse.

O corredor estava silencioso. Estranho, levando-se em conta que se tratava de uma pré-escola. *Pré-escola*. Na época de Myron, chamavam tudo de maternal. Ele perguntou-se quando teriam criado a outra nomenclatura. Algum grupo teria achado que a palavra *maternal* era discriminatória? Mães? Amas de leite? Crianças que não foram amamentadas, talvez?

Mais silêncio. Devia ser época de férias ou hora da sesta. Myron já ia questionar a inspetora quando ela abriu uma porta. Ele olhou para dentro.

Meu Deus. A sala estava entupida de crianças pequenas, mais ou menos vinte, todas trabalhando sozinhas e em silêncio total. A professora sorriu para Myron, então sussurrou para o menino a quem dava atenção naquele momento – ele estava fazendo algo com blocos e letras – e pôs-se de pé.

– Olá – cumprimentou ela, falando baixo.

– Olá.

Ela se inclinou para a inspetora jovem.

– Srta. Simmons, pode ajudar a Sra. McLaughlin?

– Claro.

Peggy Joyce vestia um casaco amarelo aberto sobre uma blusa abotoada até o pescoço. A gola era de babados e óculos de meia-lua estavam pendurados por uma corrente.

– Podemos conversar na minha sala.

– Tudo bem.

O lugar era silencioso como, digamos, um lugar sem crianças.

– A senhora dá Valium para essas crianças? – perguntou Myron.

Ela sorriu.

– Só um pouco de Montessori.

– Um pouco de quê?

– O senhor não tem filhos, não é?

A pergunta provocou-lhe uma pontada, mas ele negou.

– É uma filosofia educacional criada pela Dra. Maria Montessori, a primeira médica italiana.

– Parece funcionar.

– Acho que sim.

– As crianças também se comportam assim em casa?

– Meu Deus, não. Verdade seja dita, isso não se traduz no mundo real. Mas poucas coisas dão certo nele.

Os dois entraram na sala, cuja mobília consistia de uma mesa de madeira, três cadeiras e um arquivo.

– Há quanto tempo a senhora dá aula aqui?

– Há 43 anos.

– Uau!

– Sim.

– Imagino que tenha visto muitas mudanças.

– Nas crianças? Quase nenhuma. As crianças não mudam, Sr. Bolitar. Um menino de 5 anos continua sendo um menino de 5 anos.

– Inocente ainda.

Ela inclinou a cabeça.

– "Inocente" não é a palavra adequada. As crianças são totalmente *id*. Talvez sejam as criaturas mais naturalmente malvadas da face da terra.

– Que opinião mais estranha para uma professora de pré-escola.

– É só uma opinião honesta.

– Qual palavra a senhora usaria então?

Peggy refletiu.

– Sob pressão, eu diria "inacabado". Ou, talvez, "rudimentar". Como uma fotografia que ainda não foi revelada.

Myron assentiu, apesar de não fazer ideia do que ela queria dizer. Havia alguma coisa em Peggy Joyce que era um pouco, ahn, assustadora.

– O senhor se lembra daquele livro *Tudo que eu devia saber aprendi no jardim de infância*?

– Sim.

– Isso é verdade, mas não da forma que o senhor imagina. A escola tira as crianças do casulo materno afetuoso. Ensina-lhes a intimidarem ou a serem intimidadas. A serem más umas com as outras. Ensina-lhes que mamãe e papai mentiam quando diziam que elas eram especiais e únicas.

Myron ficou em silêncio.

– O senhor não concorda?

– Não sou professor de pré-escola.

– Não tire o corpo fora, Sr. Bolitar.

Myron deu de ombros.

– Elas aprendem a socializar. É uma lição difícil. E, como todas as lições difíceis, é preciso errar para acertar.

– Em outras palavras, elas aprendem a ter limites?

– Sim.

– Interessante. E talvez verdadeiro. Mas o senhor se lembra do exemplo que dei, de uma fotografia sendo revelada?

– Sim.

– A escola só revela a foto. Não a tira.

– Ok – disse Myron, sem querer seguir a linha de pensamento da Srta. Joyce.

– O que estou querendo dizer é que tudo já está praticamente determinado quando essas crianças saem daqui e entram para o jardim de infância. Posso afirmar quem vai ter sucesso e quem vai fracassar, quem vai acabar feliz e quem vai terminar na prisão, e em noventa por cento dos casos estou certa. Talvez Hollywood e os video games tenham alguma influência, não sei. Mas, em geral, consigo dizer quais crianças vão assistir a filmes muito violentos ou brincar com jogos muito violentos.

– A senhora consegue dizer isso tudo só de vê-los aos 5 anos?

– Sim, quase sempre.

– E acha que não tem volta? Que elas não têm condição de mudar?

– Condição? Provavelmente. Mas já estão seguindo um caminho. A maioria não muda, mesmo podendo. Continuar em frente é mais fácil.

– Então me deixe fazer a eterna pergunta: é a natureza ou o meio?

Ela sorriu.

– Sempre me perguntam isso.

– E...?

– Eu respondo que é o meio. Sabe por quê?

Myron balançou a cabeça.

– Acreditar na força do meio é como acreditar em Deus. É possível que estejamos errados, mas satisfazemos todas as nossas necessidades. – Ela cruzou os braços e se inclinou para a frente. – O que posso fazer pelo senhor?

– A senhora se lembra de um aluno chamado Dennis Lex?

– Lembro-me de todos os meus alunos. Isso o surpreende?

Myron não desejava que ela fizesse outra digressão.

– A senhora deu aula para os outros irmãos Lex?

– Para todos. O pai fez uma série de mudanças depois que seu livro virou best-seller. Mas os manteve aqui.

– O que pode me contar sobre Dennis Lex?

Ela se recostou e o encarou como se o estivesse vendo pela primeira vez.

– Não quero ser grosseira, mas estou curiosa: quando vai me dizer o porquê disso tudo? Estou conversando com o senhor... e desconfio de que seja uma quebra de sigilo... porque acho que está aqui por uma razão muito específica.

– E qual razão seria, Srta. Joyce?

Seus olhos tinham um brilho metálico.

– Não faça joguinhos comigo, Sr. Bolitar.

– Estou tentando encontrar Dennis Lex.

Peggy Joyce permaneceu imóvel.

– Sei que vai parecer estranho – continuou ele –, mas, pelo que sei, ele desapareceu da face da Terra depois da pré-escola.

Ela olhava diretamente para a frente, embora Myron não fizesse ideia do que estivesse fitando: não havia fotos nas paredes, nenhum diploma nem desenho de criança. Apenas paredes frias.

– Não foi depois – replicou ela, por fim. – Foi durante.

Alguém bateu à porta. Peggy Joyce disse:

– Entre.

A jovem inspetora, Srta. Simmons, surgiu com um garoto de cabeça baixa que estivera chorando.

– James está precisando de um tempinho – falou ela.

– Deixe-o deitar no tapete.

O menino olhou para Myron e saiu com a Srta. Simmons.

– O que aconteceu com Dennis Lex? – perguntou o agente.

– Há mais de trinta anos espero que alguém me faça essa pergunta.

– E qual é a resposta?

– Primeiro me diga por que o está procurando.

– Estou tentando encontrar um doador de medula óssea que pode ser Dennis Lex.

Myron lhe deu o mínimo possível de detalhes. Ao término, Peggy pôs a mão ossuda no rosto.

– Acho que não posso ajudá-lo. Faz tanto tempo...

– Por favor, Srta. Joyce, uma criança vai morrer se eu não encontrá-lo. A senhorita é minha única pista.

– Já falou com a família dele?

– Só com a irmã, Susan.

– E o que ela disse?

– Nada.

– Não sei o que posso acrescentar.

– Pode começar me contando como era Dennis.

Ela suspirou e ajeitou cuidadosamente as mãos sobre as coxas.

– Ele era como os irmãos, muito inteligente, pensativo, contemplativo, talvez até demais para uma criança tão pequena. Em geral, tento fazer com que os alunos amadureçam. Isso nunca foi necessário no caso dos irmãos Lex.

Myron assentiu, tentando encorajá-la a prosseguir.

– Dennis era o caçula, como o senhor deve saber. Esteve aqui na mesma época em que o irmão, Bronwyn. Susan era a mais velha.

Ela se calou, parecendo perdida.

– E o que aconteceu com ele?

– Um dia, ele e Bronwyn não vieram à escola. Recebi uma ligação do pai dizendo que os estava levando para fazer uma viagem não planejada.

– Para onde?

– Ele não falou. Não foi muito específico.

– Ok, continue.

– É só isso, Sr. Bolitar. Duas semanas depois, Bronwyn voltou para a escola. E nunca mais vi Dennis.

– A senhorita ligou para o pai?

– É claro.

– E o que ele disse?

– Que Dennis não voltaria.

– E a senhorita não perguntou por quê?

– Claro. Mas... o senhor conheceu Raymond Lex?

– Não.

– Não se questiona um homem como Raymond. Ele falou algo sobre aulas particulares. Eu insisti, mas ele deixou claro que aquilo não era da minha conta. Ao longo dos anos, tentei me manter a par da família, mesmo quando se mudaram daqui. Mas, como o senhor, nunca mais soube nada sobre Dennis.

– O que acha que aconteceu?

Ela o encarou.

– Imaginei que tivesse morrido.

Embora não fossem de todo surpreendentes, suas palavras pareceram expulsar todo o ar da sala, criando um vácuo.

– Por quê? – perguntou Myron.

– Imaginei que estivesse doente e, por isso, fora retirado da escola.

– Por que o Sr. Lex tentaria esconder uma coisa dessas?

– Não sei. Depois que seu romance se tornou um best-seller, ele ficou arredio, paranoico até. Tem certeza de que esse doador que está procurando é Dennis Lex?

– Certeza, não.

Peggy Joyce estalou os dedos.

– Ah, espere, tenho algo que o senhor pode achar interessante

Ela se levantou e abriu uma gaveta do arquivo. Remexeu nele e tirou algo, que examinou por um instante. Depois fechou a gaveta com o cotovelo.

– Foi tirada dois meses antes de Dennis nos deixar.

A Srta. Joyce lhe entregou uma fotografia antiga de turma, meio esverdeada pelo tempo. Quinze crianças ladeadas por duas professoras, uma delas a então jovem Peggy Joyce. O tempo não fora cruel com ela, mas havia passado, de qualquer forma. Um retângulo preto com letras brancas dizia SHADY WELLS MONTESSORI e o ano.

– Qual é Dennis?

Ela apontou para um garoto sentado na primeira fila. Com um corte de cabelo à la Príncipe Valente, exibia um sorriso que não chegava a se irradiar para o olhar.

– Posso ficar com ela?

– Se for de alguma ajuda...

– Talvez seja.

– Melhor eu voltar para meus alunos.

– Obrigado.

– O senhor se lembra do seu pré-escolar?

– Maternal Parkview, em Livingston, Nova Jersey.

– E de suas professoras? Lembra-se de todas?

Myron pensou um pouco.

– Não.

Ela assentiu, como se ele tivesse respondido corretamente.

– Boa sorte.

capítulo 23

AGECOMP. OU PROGRAMA DE PROGRESSÃO de idade, se preferirem.

Myron havia aprendido um pouco sobre ele quando estava procurando uma mulher desaparecida, Lucy Mayor. Tudo que precisava fazer – ou, no caso do escritório deles, tudo que Esperanza precisava fazer – era pegar a fotografia e digitalizá-la. Depois, usando programas comuns como Photoshop, ampliaria o rosto do pequeno Dennis Lex. O AgeComp, constantemente aperfeiçoado por organizações que buscavam crianças desaparecidas, fazia o resto. Usando algoritmos avançados, ele alongava, fundia e misturava fotos delas para criar uma imagem colorida de como poderiam estar atualmente.

É claro que o procedimento não leva em conta o acaso. Cicatrizes, fraturas no rosto, pelos faciais, cirurgias plásticas, penteado ou, no caso dos mais velhos, a calvície masculina. Ainda assim, a foto de turma poderia ser uma boa pista.

Quando Myron já estava de volta a Manhattan, o celular tocou.

– Falei com os federais – informou Win.

– E...?

– Sua impressão estava certa.

– Que impressão?

– Eles estão de fato assustados.

– Você falou com o PT?

– Falei. Ele me pôs em contato com a pessoa certa. Os agentes solicitaram uma acareação.

– Quando?

– Agora. Na verdade, estamos aqui no seu escritório.

– Os federais estão no meu escritório agora?

– Afirmativo.

– Chego em cinco minutos.

Mais provavelmente em dez. Quando a porta do elevador se abriu, ele viu Esperanza sentada à mesa de Big Cyndi.

– Quantos são? – perguntou Myron.

– Três: uma mulher loura, um idiota de marca maior e um terno elegante.

– Win está com eles?

– Sim.

Ele lhe entregou a foto e apontou para o rosto de Dennis Lex.

– Quanto tempo leva para fazer uma progressão de idade?

– Meu Deus, quando foi tirada?

– Trinta anos atrás.

Esperanza franziu a testa.

– Você sabe alguma coisa sobre progressão de idade?

– Um pouco.

– Na maioria das vezes, é usada para procurar crianças desaparecidas, em geral para acrescentar cinco, talvez dez anos.

– Mas dá para conseguir algo, certo?

– Algo meio rústico, mas sim. – Ela ligou o scanner e colocou a foto virada para baixo. – Se eles estiverem no laboratório, vai ficar pronta no fim do dia. Vou recortar o rosto e mandar por e-mail.

– Deixe isso para mais tarde – disse ele, gesticulando em direção à porta. – Não podemos deixar os federais esperando. Com todos esses dólares que pagamos de imposto, sabe.

– Você quer que eu entre?

– Você é parte de tudo que acontece aqui, Esperanza. É claro que quero que entre.

– Entendi. Agora vem a parte em que pestanejo para não derramar lágrimas porque você está me fazendo sentir uma pessoa tão especial?

Espertinha.

Myron abriu a porta de sua sala, seguido por Esperanza. Win estava sentado à mesa do amigo, provavelmente para impedir que algum dos federais o fizesse. Ele conseguia ser muito territorial – mais uma de suas semelhanças com um dobermann. Kimberly Green e Rick Peck ficaram de pé, com as pálpebras pesadas de sono e sorrisos de quem estava pronto para a briga. O terceiro federal permaneceu sentado, imóvel, sem se virar para ver quem havia entrado. Myron divisou seu rosto e ficou chocado.

Uau!

Win observava Myron com um sorriso divertido a lhe encrespar os lábios. Eric Ford, vice-diretor do FBI, era o homem de terno. Sua presença só podia significar uma coisa: o caso era grave.

Kimberly Green apontou para Esperanza.

– O que ela está fazendo aqui?

– Ela é minha sócia – respondeu Myron. – E é falta de educação apontar.

– Sócia? Você acha que isto é uma transação comercial?

– Ela fica.

– Não.

Green ainda usava os brincos de bola e corrente, os mesmos jeans e blusa de gola rulê, mas o blazer agora era verde-hortelã.

– Não estamos exatamente animados com a ideia de conversar com você e o rapaz de maçãs salientes ali. – Ela indicou Win. – Já lhe demos um bom espaço de manobra. Não a conhecemos. Ela sai.

O sorriso de Win se abriu e as sobrancelhas subiram e desceram. Tinha gostado da forma como a mulher o chamara.

– Ela sai – repetiu Green.

Esperanza encolheu os ombros.

– Sem problemas.

Myron ia dizer alguma coisa, mas Win balançou a cabeça. Estava certo. Era melhor se poupar para as batalhas importantes.

Esperanza saiu. Win se levantou e cedeu a cadeira a Myron, ficando à sua direita, de braços cruzados, totalmente à vontade. Green e Peck se remexeram, inquietos. Ele se virou para Eric Ford.

– Acho que não nos conhecemos.

– Mas você sabe quem eu sou – replicou ele com uma voz suave de apresentador de rádio que tocava *soft rock*.

– Sei.

– E eu sei quem você é. Qual o problema, então?

Ceeerto. Myron olhou para Win, que deu de ombros. Ford fez um sinal para Green, que pigarreou.

– Só lembrando: não achamos necessário entrar nos pormenores.

– Que pormenores?

– Contar-lhe sobre nossa investigação. Interrogá-lo. Como bom cidadão, deve colaborar, porque é a coisa certa.

Myron encarou o amigo.

– Uau!

– Determinados aspectos de uma investigação precisam ser reservados. Você e o Sr. Lockwood devem saber muito bem disso. Deviam estar ansiosos para cooperar com qualquer investigação federal. Respeitando o que estamos tentando fazer.

– Certo, respeitamos. Podemos pular essa parte e seguir em frente? Vocês já nos investigaram. Sabem que ficaremos de boca fechada. Caso contrário, nenhum de nós estaria aqui.

Ela uniu as mãos e as pousou no colo. Peck mantinha a cabeça baixa, fazendo anotações sabe Deus sobre o quê. A decoração do escritório, talvez.

– O que dissermos aqui não pode sair dessa sala. Está classificado como grau máximo de...

– Pode pular outra vez – interrompeu Myron, impaciente, girando o dedo na horizontal. – Siga em frente.

Green olhou para Ford, que assentiu. Ela respirou fundo e começou:

– Estamos mantendo Stan Gibbs sob vigilância.

Ela parou e se recostou. Myron esperou alguns segundos e falou:

– Que surpresa.

– É uma informação sigilosa.

– Então não vou anotá-la no meu diário.

– Ele não deve ficar sabendo.

– Bem, isso fica implícito em palavras como "sigilosa" e "vigilância".

– Mas Gibbs sabe. Some de vista sempre que quer porque, quando está em público, não podemos nos aproximar muito.

– Por que não podem se aproximar muito?

– Porque ele pode nos ver.

– Mas ele já não sabe que vocês o estão seguindo?

– Sim.

Myron olhou para Win.

– Não tem um esquete de Abbott e Costello que é assim?

– Acho que é dos Irmãos Marx.

– Se deixarmos claro que o estamos seguindo – continuou Green –, o fato de que ele é alvo de uma investigação pode vir a público.

– E vocês estão tentando ocultar isso?

– Sim.

– Há quanto tempo ele está sob vigilância?

– Bem, a resposta não é tão simples. Ele tem ficado fora de alcance um tanto...

– Quanto tempo?

Green olhou de novo para Ford, que voltou a aquiescer. Ela cerrou os punhos.

– Desde o primeiro artigo sobre os sequestros.

Myron caiu para trás, sentindo algo semelhante a uma vertigem. Não devia ficar surpreso, mas estava. O artigo voltou-lhe à mente: os súbitos desaparecimentos, os terríveis telefonemas, a angústia constante, eterna, aquelas vidas pacatas coagidas de repente por um mal inexplicável.

– Meu Deus... Stan Gibbs estava dizendo a verdade.

– Nunca dissemos isso – retrucou Kimberly.

– Entendo. Então vocês só o seguem porque não gostam do jeito como ele escreve?

Silêncio.

– Os artigos eram verdadeiros e vocês sempre souberam disso.

– O que sabemos ou não sabemos não é da sua conta.

Ele balançou a cabeça.

– Inacreditável. Então me deixem ver se entendi direito. Vocês têm um psicopata à solta, que sequestra pessoas do nada e atormenta famílias. E querem manter isso em sigilo, porque, se a informação vier a público, a população pode entrar pânico. Bom, o psicopata vai diretamente até Stan Gibbs e, de repente, a história fica famosa... – A voz de Myron sumiu, pois ele viu que havia um furo importante em seu raciocínio. Franziu a testa e continuou: – Não sei como esse romance antigo e as acusações de plágio se encaixam. Mas, de qualquer forma, vocês decidiram investir no caso. Permitiram que Gibbs fosse demitido e caísse em desgraça, em parte porque ficaram chateados com o fato de ele ter perturbado a investigação. Mas principalmente – ele viu o que pareceu ser uma clareira – para poder vigiá-lo. Se o psicopata o contatara uma vez, vocês imaginaram, talvez o fizesse de novo. Sobretudo depois que os artigos foram desacreditados.

– Errado – rebateu Green.

– Mas quase certo.

– Não.

– Os sequestros sobre os quais Gibbs escreveu aconteceram, certo?

Ela hesitou e olhou de relance para Ford.

– Não podemos checar todos os fatos.

– Meu Deus, não estou aqui tomando um depoimento – reclamou Myron. – A coluna dele tratava de algo verdadeiro? Sim ou não?

– Já dissemos o bastante. Agora é sua vez.

– Vocês não me contaram porcaria nenhuma.

– E você, menos ainda.

Negócios. A vida é como ser um agente esportivo: sempre negociando. Havia aprendido a importância da influência, da partilha, da justiça. As pessoas sempre se esquecem do último item e, no fim, têm que pagar por isso. O melhor negociador não é aquele que fica com o bolo inteiro, deixando apenas algumas migalhas escassas, mas o que consegue o que deseja, fazendo o outro lado feliz. Em circunstâncias normais, Myron compartilharia um pouco. O clássico toma lá, dá cá. Mas não dessa vez. Não era bobo. Assim que lhes contasse a razão de sua visita a Stan Gibbs, sua influência iria pelo ralo.

O melhor negociador, assim como a melhor espécie, sabe como se adaptar.

– Primeiro responda a minha pergunta: sim ou não? A história que Stan Gibbs escreveu era verdadeira?

– Não existe uma resposta afirmativa ou negativa para essa pergunta – falou Kimberly. – Há partes verdadeiras e partes falsas.

– Por exemplo...?

– O casal jovem era do Iowa, e não de Minnesota. O pai desaparecido tinha três filhos, e não dois.

Ela parou, cruzando as mãos.

– Mas os sequestros aconteceram?

– Sabemos desses dois. Não temos informações sobre a universitária desaparecida.

– Provavelmente porque o psicopata contatou os pais dela e eles nunca deram queixa.

– Essa é a nossa teoria – concordou Green. – Mas não temos certeza. Mesmo assim, ainda há grandes discrepâncias. As famílias juram que nunca falaram com ele, por exemplo. Muitos telefonemas e acontecimentos não se encaixam no que sabemos ser a verdade.

Myron viu outra clareira:

– Vocês perguntaram então a Gibbs sobre isso? Sobre suas fontes?

– Sim.

– E ele se recusou a dizer qualquer coisa.

– Exato.

– Aí vocês o destruíram.

– Não.

– A parte que não entendo é a do plágio. Vocês fizeram algum tipo de armação? Não consigo imaginar como. A menos que tenham inventado um livro e... Não, isso é extrapolar demais. Qual é a questão, então?

Kimberly se inclinou para a frente.

– Diga-nos por que foi até o apartamento dele.

– Não até...

– Durante meses, não conseguíamos encontrar Stan Gibbs – interrompeu ela. – Pensamos que tivesse saído do país. Mas, desde que se mudou para aquele condomínio, está sempre sozinho. Como disse antes, às vezes nós o perdemos de vista. Mas ele nunca recebe visitas. Algumas pessoas já o localizaram. Até velhos amigos. Eles batem à porta ou ligam. E sabe o que sempre acontece, Myron?

Ele não gostou de seu tom de voz.

– Stan Gibbs os manda embora. Toda vez. Nunca recebeu ninguém. Exceto você.

Myron encarou Win, que assentiu bem devagar. Myron deu uma olhada para Eric Ford antes de se voltar outra vez para a agente:

– Vocês acham que eu sou o sequestrador?

Green se recostou, encolhendo um pouco os ombros, parecendo saciada, como se tivesse virado o jogo.

– Você é que pode nos dizer.

Win se dirigiu para a porta. Myron se levantou e o seguiu.

– Aonde vocês dois pensam que vão? – questionou Green.

Win segurou a maçaneta. Myron contornou a mesa e respondeu:

– Sou um suspeito. Não digo mais nada sem a presença de um advogado. Com licença.

– Ei, só estamos conversando. Nunca disse que achava que você fosse o sequestrador.

– A mim pareceu. Win?

– Myron sequestra corações, e não pessoas.

– Você está escondendo alguma coisa? – perguntou Green.

– Apenas seu gosto por pornografia cibernética – respondeu Win. – Opa!

Kimberly se levantara e bloqueara o caminho de Myron.

– Acho que sabemos algo sobre a universitária desaparecida – revelou ela, os olhos fixos nele. – Quer saber como descobrimos?

Myron permaneceu imóvel.

– Pelo pai, que recebeu uma ligação do sequestrador. Não sei o que foi dito. Ele não emite uma palavra sequer desde então. Está catatônico. O que quer que esse psicopata tenha falado colocou-o numa cela acolchoada.

Myron sentiu o escritório encolher, as paredes se aproximarem.

– Não encontramos nenhum corpo ainda, mas estamos certos de que ele os mata. Sequestra, faz Deus sabe o quê e impõe à família um sofrimento interminável. E não vai parar.

Myron manteve o olhar firme.

– Aonde você quer chegar?

– Quero dizer que isso não é engraçado.

– Não, não é. Então pare com esse jogo idiota.

Ela permaneceu calada.

– Quero ouvir da sua boca... – continuou Myron. – Você acha que estou envolvido? Sim ou não?

Dessa vez, Eric Ford respondeu:

– Não.

Kimberly retornou à sua cadeira, sem tirar os olhos de Myron nem por um segundo. Ford gesticulou.

– Sente-se, por favor.

Myron e Win voltaram às posições originais.

– O romance existe, assim como as partes que Stan Gibbs plagiou – começou Ford. – O livro nos foi enviado de forma anônima, mais especificamente para a agente especial Green. Admitimos que, a princípio, achamos o assunto confuso. Por um lado, Gibbs sabe dos sequestros. Por outro, não sabe tudo e copiou claramente pedaços de um romance policial antigo, já fora de catálogo.

– Há uma explicação: o sequestrador pode ter lido o livro, se identificado com o personagem e o imitado.

– Consideramos essa possibilidade, mas não achamos que seja o caso.

– Por que não?

– É complicado explicar.

– Envolve trigonometria?

– E você ainda acha que é engraçado?

– E você ainda acha que é inteligente ficar fazendo joguinhos?

Ford fechou os olhos. Green parecia tensa. Peck continuava a fazer anotações. Quando o vice-diretor abriu os olhos, disse:

– Não achamos que Stan Gibbs tenha inventado os crimes e, sim, *cometido* os crimes.

Essa pegou Myron de jeito. Ele olhou para Win. Nada.

– Você tem alguma experiência com mentes criminosas, não? – perguntou Ford.

Myron talvez tenha assentido.

– Ora, nós temos aí um padrão antigo com um toque novo. Os incendiários adoram observar os bombeiros debelando o fogo. Muitas vezes são eles que notificam a ocorrência. Brincam de ser o bom samaritano. Os assassinos adoram ir ao enterro das vítimas. Nós filmamos os funerais. Com certeza você sabe disso.

Myron aquiesceu.

– Às vezes os assassinos se tornam parte da história. – Ford gesticulava muito agora, as mãos nodosas subindo e descendo, como se estivesse numa entrevista coletiva num grande salão – Dizem ser testemunhas. Tornam-se o transeunte inocente que encontrou por acaso o corpo numa moita. Você deve estar familiarizado com esse fenômeno, da mariposa atraída pela chama, não?

– Sim.

– E existe algo mais fascinante do que ser o único jornalista a contar a história? Consegue imaginar o êxtase? Como ficar mais perto da investigação que isso? A inteligência desse embuste... para um psicopata... é delicioso. E, se ele estiver perpetrando os crimes para chamar atenção, é em dose dupla. Primeiro, os holofotes para o sequestrador. Segundo, para o jornalista brilhante que conseguiu um furo e, possivelmente, um Pulitzer. Está até recebendo um bônus como defensor da Primeira Emenda.

Myron percebeu que estava prendendo a respiração.

– Que teoria infernal.

– Quer mais?

– Sim.

– Por que ele não respondeu a nenhuma das nossas perguntas?

– Você mesmo disse: a Primeira Emenda.

– Ele não é advogado nem psiquiatra.

– Mas é jornalista – observou Myron.

– Que tipo de monstro continuaria a proteger sua fonte nessa situação?

– Conheço vários.

– Conversamos com as famílias das vítimas. Elas juraram que nunca falaram com ele.

– Podiam estar mentindo. Talvez o sequestrador os tenha mandado dizer isso.

– Ok, então por que Gibbs não fez mais para se defender contra as acusações de plágio? Podia tê-las refutado. E até fornecido algum detalhe que provasse sua inocência. Mas não, ficou em silêncio. Por quê?

– Você acha que é porque ele é o sequestrador? A mariposa chegou perto demais da chama e agora está lambendo as feridas na escuridão?

– Você tem uma explicação melhor?

Myron ficou em silêncio.

– E, por último, há o assassinato da amante, Melina Garston.

– O que tem a ver?

– Pense bem, Myron. Nós o pressionamos. Talvez ele esperasse por isso, talvez não. De qualquer forma, os tribunais não veem as coisas do mesmo jeito que ele. Você não sabe nada sobre as descobertas da justiça, sabe?

– Na verdade, não.

– Porque estão sob sigilo. O juiz exigiu que Gibbs mostrasse alguma prova de que estivera em contato com o assassino. Por fim, ele disse que Melina Garston confirmaria tudo.

– E ela confirmou, certo?

– Sim. Declarou ter conhecido o entrevistado.

– Ainda não entendo. Se ela confirmou tudo, por que Gibbs a mataria?

– Um dia antes de Melina Garston morrer, ela ligou para o pai e falou que tinha mentido.

Myron se recostou, tentando digerir aquilo tudo.

– Ele está de volta agora, Myron – continuou Ford. – Stan Gibbs veio enfim à tona. Enquanto andou desaparecido, o sequestrador do "Plante as sementes" também desapareceu. Mas esse tipo de psicopata nunca para por si só. Ele vai atacar de novo, e em breve. Portanto, antes que isso aconteça, é melhor você conversar com a gente. Por que foi visitá-lo?

Myron pensou naquilo, mas não por muito tempo.

– Estava procurando alguém.

– Quem?

– Um doador de medula óssea desaparecido, que poderia salvar a vida de uma criança.

Ford olhou firme para ele.

– Imagino que Jeremy Downing seja a criança em questão.

Myron não podia mais enrolar. Ele não ficou surpreso: registro das ligações telefônicas, provavelmente, ou talvez estivesse sendo seguido quando visitou Emily.

– Sim. Antes de continuar, quero a sua palavra de que vai me manter a par das investigações.

– Você não faz parte dessa investigação – interveio Kimberly.

– Não estou interessado no sequestrador, mas no meu doador. Me ajudem a encontrá-lo e eu conto o que sei.

– Estamos de acordo – falou Ford, fazendo um sinal para que Green se calasse. – Mas o que Stan Gibbs tem a ver com o seu doador?

Myron recapitulou tudo para eles. Começou com Davis Taylor, passando depois para Dennis Lex e o telefonema misterioso. Eles mantinham uma expressão firme enquanto escutavam, Green e Peck fazendo anotações, mas se surpreenderam com a menção à família Lex.

Fizeram algumas perguntas complementares, querendo saber como ele se envolvera naquilo, em primeiro lugar. Myron respondeu que Emily era uma velha amiga - não queria entrar na questão da paternidade. Observou que Green estava ficando inquieta, ansiosa para ir embora e começar a investigar.

Minutos depois, os federais fecharam seus bloquinhos e se levantaram.

– Ficaremos atentos – disse Ford, olhando direto para Myron. – Vamos encontrar seu doador. E você, fique de fora.

Myron assentiu e se perguntou se conseguiria. Após eles saírem, Win puxou uma cadeira para a frente da mesa do amigo.

– Por que estou me sentindo como se tivesse encontrado um cara num bar e agora, já na manhã seguinte, ele me soltasse um "a gente se fala"? – perguntou Myron.

– Porque isso é exatamente o que você é: uma rameira.

– Você acha que eles estão escondendo alguma coisa?

– Óbvio.

– Alguma coisa importante?

– Gigantesca – respondeu Win.

– Então não há muito que possamos fazer.

– Não. Nada.

capítulo 24

A MÃE DE MYRON O ESPERAVA na porta da frente.

– Vou ao restaurante pegar uma comida para viagem.

– Você?

Ela pôs as mãos nos quadris e fuzilou-o com o olhar.

– Algum problema?

– Não, é só que... – Ele decidiu deixar pra lá – Nada.

A mãe beijou-lhe o rosto e enfiou a mão na bolsa, procurando a chave do carro.

– Volto daqui a meia hora. Seu pai está nos fundos. – Ela lhe lançou um olhar suplicante. – Sozinho.

– Ok.

– Não tem mais ninguém na casa.

– Aham.

– Se é que deu para entender.

– Entendido.

– Vocês vão ficar sozinhos.

– Já entendi, mãe. Já entendi.

– Vai ser uma oportunidade...

– Mãe!

Ela levantou as mãos.

– Tudo bem, já estou indo.

Ele deu a volta na casa, passando pelas latas de lixo, e encontrou o pai no deque, uma área com piso de sequoia, bancos fixos de resina e uma churrasqueira de última geração, tudo adquirido na famosa Expansão da Cozinha de 1994. O pai estava inclinado sobre uma grade, com uma chave de fenda na mão. Por um instante, Myron se sentiu de volta àqueles "projetos de fim de semana", alguns chegando a durar uma hora. Os dois saíam com a caixa de ferramentas a reboque e o pai se abaixava, como estava agora, murmurando obscenidades. A única tarefa de Myron consistia em passar as ferramentas para ele como uma enfermeira numa sala de cirurgia – uma experiência infernalmente entediante, arrastando os pés sob o sol, suspirando alto, buscando ângulos novos para se posicionar.

– Ei – chamou Myron.

O pai levantou a cabeça, sorriu e pousou a ferramenta.

– Um parafuso frouxo... Não, não estou falando da sua mãe.

Myron riu. Eles puxaram cadeiras para perto de uma mesa encimada por um guarda-sol azul. Em frente ficava o Estádio Bolitar, um pequeno gramado verde-amarronzado, palco de incontáveis, e em geral solitários, jogos de futebol americano e britânico, beisebol, rúgbi, badminton e *kickball*, partidas com a bola Wiffle (provavelmente o esporte mais popular do local), além do passatempo favorito do futuro sádico: queimado. Myron viu a ex-horta da mãe – a palavra *horta* aqui sendo usada para descrever três tomates mirrados e duas abobrinhas flácidas por ano. Agora se encontrava mais coberta de vegetação que um campo de arroz cambojano. À direita, viam-se os restos enferrujados da velha barra de *tetherball*. Nossa, que jogo idiota.

Myron pigarreou e pôs as mãos sobre a mesa.

– Como você tem se sentido?

O pai assentiu vigorosamente.

– Bem. E você?

– Bem.

Recaiu um silêncio confortável, relaxante. O silêncio ao lado do pai às vezes é assim. A pessoa volta no tempo, sente-se jovem, segura, com uma plenitude que só uma criança consegue desfrutar com o pai. É possível vê-lo ainda parado à porta do quarto, na penumbra, a sentinela silenciosa da nossa adolescência, e dorme-se o sono dos ingênuos, inocentes, inacabados. Quando se fica mais velho, percebe-se que essa segurança era apenas uma ilusão, outra percepção infantil, como o tamanho do quintal.

Ou talvez, quando se tem sorte, essas coisas não sejam percebidas.

O pai parecia mais velho naquele dia, a pele do rosto mais flácida, os bíceps outrora salientes agora caídos sob a camiseta, começando a definhar. Myron perguntou-se como começar. O pai fechou os olhos por um momento, abriu-os e disse:

– Não.

– O quê?

– Sua mãe consegue ser tão sutil quanto um comunicado à imprensa feito pela Casa Branca. Quando foi a última vez que ela foi ao restaurante pegar comida em vez de mim?

– Ela já foi alguma vez?

– Uma. Quando tive uma febre de 40 graus. E, mesmo assim, ainda se queixou.

– Aonde ela foi?

– Ela está me mantendo numa dieta especial agora, sabe? Por causa das dores no peito.

Dores no peito. Eufemismo para *ataque cardíaco*.

– É, imaginei.

– Ela andou até cozinhando um pouco. Contou para você?

Myron assentiu.

– Ontem ela fez uma coisa para mim no forno.

O pai se retesou.

– Meu Deus! Para o próprio filho?

– Sim, estava um horror.

– Essa mulher tem muitos, muitos talentos, mas, mesmo que jogassem sua comida de um avião sobre países africanos famintos, ninguém comeria.

– Afinal, onde ela foi pegar comida?

– Sua mãe cismou com um lugar maluco de comida saudável do Oriente Médio que acabou de abrir em West Orange. Imagine só! Chama-se Ayatollah Granola.

Myron lhe deu um olhar de desdém.

– Juro por Deus, o nome é esse. A comida é quase tão seca quanto aquele peru de Ação de Graças que ela fez quando você tinha 8 anos. Lembra?

– Eu lembro à noite. Ele ainda me persegue nos pesadelos.

O pai pareceu outra vez distante.

– Ela nos deixou sozinhos para conversar, certo?

– Certo.

Ele fez uma careta.

– Odeio quando ela faz essas coisas. Sei que a intenção é boa. Nós dois sabemos. Mas não vamos conversar, está bem?

Myron deu de ombros.

– Se você diz...

– Ela acha que não gosto de envelhecer. Que novidade! Quem gosta? Meu amigo Herschel Diamond... Lembra-se do Heshy?

– Claro.

– Um cara e tanto, não é? Jogava futebol americano semiprofissional na juventude. Pois o Heshy me ligou e disse que, agora que estou aposentado, posso fazer tai chi chuan com ele. Tai chi chuan? Que diabo significa isso? Tenho que dirigir até lá e ficar me movendo devagar com um monte de velhas fofoqueiras? Qual a necessidade? Disse para ele que não. O Heshy, esse grande atleta, Myron, que conseguia lançar uma bola a um quilômetro e meio de distância, esse touro maravilhoso, falou que podemos caminhar juntos, então. Caminhar. No shopping. Marcha atlética. No shopping, pelo amor de Deus! Heshy sempre odiou esses lugares e agora quer que andemos por lá feito dois imbecis, usando moletons combinando e tênis caríssimos. Malhar com aqueles halteres gays. Ah, e ele diz que os tênis são de *caminhada*. Que diabo é isso? Dá para caminhar com qualquer tênis, certo?

Ele ficou esperando uma resposta. Myron disse apenas:

– Certíssimo.

O pai se levantou, pegou uma chave de fenda e fingiu trabalhar.

– E agora, porque não estou a fim de me mover como um chinês velho ou caminhar em volta de um shopping horroroso, calçando tênis absurdamente caros, sua mãe acha que não estou me adaptando. Você está me ouvindo?

– Sim.

O pai permaneceu encurvado, mexendo na grade. Myron ouvia crianças brincando ao longe. Uma campainha de bicicleta soou. Alguém soltou uma gargalhada. Um cortador de grama fazia barulho. Quando o pai enfim falou de novo, sua voz tinha um tom surpreendentemente baixo:

– Você sabe o que a sua mãe quer que nós dois façamos?

– O quê?

– Que eu e você troquemos de papel. – Ele ergueu a cabeça e o encarou com seus olhos de pálpebras pesadas. – Não quero trocar de papel, Myron. Eu sou o pai. E gosto de ser o pai. Me deixe continuar sendo, ok?

Com dificuldade, Myron conseguiu responder:

– Claro, pai.

Ele abaixou novamente a cabeça, com os fios grisalhos eriçados de umidade, a respiração pesada pelo esforço. Myron sentiu outra vez um aperto no coração. Olhou para aquele homem que amava havia tanto tempo, que tinha ido diariamente, sem se queixar, para aquele armazém cheirando a mofo em Newark, durante mais de trinta anos, e percebeu que não o conhecia. Não sabia com o que o pai sonhava, o que desejava ser quando era criança, o que achava da própria vida.

O pai continuava a trabalhar com a chave de fenda. Myron o observava.

Promete que não vai morrer, ok? Só me promete isso.

Quase disse em voz alta.

O pai se endireitou e examinou o resultado do trabalho. Satisfeito, sentou-se outra vez. Os dois começaram a conversar sobre os Knicks, o último filme de Kevin Costner e o livro novo de Nelson DeMille. Guardaram a caixa de ferramentas. Tomaram chá gelado. Permaneceram um ao lado do outro nas cadeiras de resina. Uma hora se passou. Caíram num silêncio confortável. Myron passava o dedo na condensação do copo. Podia ouvir a respiração do pai, um tanto ofegante. A noite baixava, tingindo o céu de púrpura e dando às árvores um tom laranja-escuro.

Myron fechou os olhos e disse:

– Tenho uma pergunta para você.

– É?

– O que você faria se descobrisse que não é meu verdadeiro pai?

As sobrancelhas do pai se arquearam ao máximo.

– Você está tentando me dizer alguma coisa?

– É só uma hipótese. Imagine que você acaba de descobrir que não sou seu filho biológico. Como reagiria?

– Depende.

– De quê?

– De como você reagiria.

– Não faria a menor diferença para mim.

O pai riu.

– O que foi? – perguntou Myron.

– É fácil dizer que não faria diferença. Mas uma notícia dessas cai como uma bomba. Não dá para prever a reação das pessoas. Quando eu estava na Coreia... – O pai se deteve, Myron sentou-se ereto. – Ora, nunca se sabia como uma pessoa reagiria... – Sua voz sumiu, ele tossiu, então continuou: – Os caras que aparentemente se portariam como heróis ficavam perdidos. É por isso que não se pode dar nada como certo.

Myron encarou o pai, que mantinha os olhos fixos na grama, tomando outro longo gole de chá gelado.

– Você nunca falou sobre a Coreia.

– Já falei, sim – contestou o pai.

– Não comigo.

– Não, com você, não.

– Por que não?

– Porque lutei por isso. Para que não tivéssemos que falar sobre o assunto.

Não fazia sentido, mas Myron entendeu.

– Existe alguma razão para você vir com essa hipótese em particular? – perguntou o pai.

– Não.

Ele assentiu. Sabia que era mentira, mas não ia insistir. Os dois se recostaram e ficaram olhando para o entorno familiar.

– Fazer tai chi chan não é o fim do mundo – comentou Myron. – É uma arte marcial. Como o tae kwon do. Já até pensei em fazer.

O pai deu outro gole no chá. Myron lançou-lhe um olhar furtivo. Algo em seu rosto começou a estremecer. Estaria ficando menor e mais frágil – ou era como no caso do quintal e da segurança, outra vez aquela percepção cambiante de uma criança que se tornou adulto?

– Pai...?

– Vamos entrar – disse ele, levantando-se. – Já estamos aqui fora há muito tempo, um de nós vai acabar ficando sentimental e perguntar "Quer jogar bola?".

Myron suprimiu uma risada e o acompanhou para dentro de casa. A mãe retornou logo depois, carregando duas sacolas de comida como se fossem tábuas de pedra.

– Todos estão com fome? – perguntou.

– Morrendo – respondeu o pai. – Estou com tanta fome que comeria até algo vegetariano.

– Muito engraçado, Al.

– Ou até a sua comida...

– Rá, rá.

– ... embora eu prefira algo vegetariano.

– Pare, Al, já estou quase chorando de rir – retrucou a mãe, pousando as sacolas no bancada da cozinha. – Está vendo, Myron, como é bom ter uma mãe fútil?

– Fútil?

– Se eu tivesse escolhido um homem pela inteligência e pelo senso de humor, você jamais teria nascido.

– Certo – concordou o pai com um sorriso entusiástico. – Mas tem alguém que olha para o seu velho quando está de calção de banho, e pronto... fica fascinada.

– Ai, não, por favor – disse a mãe.

– Sim – reiterou Myron. – *Por favor.*

Os dois olharam para ele. A mãe pigarreou.

– E então, vocês, ahn, conversaram bastante?

– Sim, conversamos – respondeu o pai. – Foi muito positivo. Vi meus erros.

– Estou falando sério.

– Eu também. Vejo tudo diferente agora.

Ela enlaçou a cintura dele, aninhando-o.

– Vai ligar para Heshy?

– Vou.

– Promete?

– Sim, Ellen, prometo.

– Você vai fazer *jai alai*?

– Tai chi – corrigiu o pai.

– O quê?

– O nome é tai chi, e não *jai alai*.

– Pensei que fosse *jai alai*.

– Tai chi. *Jai alai* é aquele jogo com raquetes curvas que se pratica na Flórida.

– Esse é *shuffleboard*, Al.

– Não é *shuffleboard*. Esse é outro, com bastões. E apostas.

– Tai chi? – repetiu a mãe, experimentando o som. – Tem certeza?

– Acho que sim.

– Mas não tem certeza?

– Não, não tenho. Talvez você esteja certa e o nome seja *jai alai*.

O debate sobre o nome continuou por um tempo. Myron não se deu o trabalho de corrigi-los. Melhor nunca se intrometer nessa dança estranha chamada discussão conjugal. Eles consumiram a comida natureba. Estava realmente intragável. Os três riram muito. Os pais deviam ter dito "você não sabe do que está falando" umas cinquenta vezes cada um; talvez fosse um eufemismo para "eu te amo".

Por fim, Myron deu boa-noite. A mãe beijou-lhe o rosto e se afastou. O pai o levou até o carro. A noite estava silenciosa, exceto pelo barulho de um jogo de basquete em algum lugar da Darby Road ou, talvez, da Coddington Terrace. Um som agradável. Quando se despediu do pai com um abraço, Myron notou de novo que ele parecia menor. Segurou-o junto a si por mais tempo que o normal. Pela primeira vez, sentiu-se maior e lembrou-se de repente do que o pai dissera sobre trocar de papéis. Então prolongou o abraço em meio à escuridão. O tempo passou. O pai bateu nas costas dele. Myron mantinha os olhos fechados e continuava a apertá-lo. O pai afagou seu cabelo e murmurou para reconfortá-lo. Só por um instante. Até os papéis se inverterem outra vez, com os dois retornando a seus lugares.

capítulo 25

O HOMEM DE GRANITO ESTAVA ESPERANDO do lado de fora do Dakota. Do carro, Myron o viu. Pegou o celular e ligou para Win:.

– Tenho companhia.

– Sim, um cavalheiro muito grande. Dois comparsas estão estacionados do outro lado da rua, num veículo corporativo, de propriedade da família Lex.

– Vou deixar o celular ligado.

– Eles o confiscaram da última vez.

– Sim.

– Provavelmente vão fazer o mesmo desta vez.

– Vamos improvisar alguma coisa.

– O seu funeral – falou Win, desligando.

Myron parou no estacionamento e se aproximou do Homem de Granito.

– A Srta. Lex gostaria de vê-lo.

– Sabe o que ela quer?

O Homem de Granito ignorou a pergunta.

– Talvez ela tenha me visto fazendo flexões pelas câmeras e queira me conhecer melhor – arriscou Myron.

O Homem de Granito não riu.

– Você já pensou alguma vez em ser comediante profissional?

– Já recebi uns convites.

– Aposto que sim. Entre no carro.

– Ok, mas tenho horário para chegar em casa, sabe? E nunca dou beijo de língua no primeiro encontro. Só para já nos entendermos.

– Cara, como eu gostaria de acabar com você.

Os dois entraram no carro. Dois paletós azuis estavam sentados na frente. O percurso foi silencioso, exceto pelo Mágico Estalar de Dedos do Homem de Granito. O Edifício Lex surgiu no escuro a contragosto. Myron foi outra vez submetido aos procedimentos de segurança. Como Win havia previsto, confiscaram seu celular. O Homem de Granito e os dois paletós dessa vez viraram à esquerda. Escoltaram-no até um elevador, que os levou até o que parecia ser uma parte residencial.

O escritório de Susan Lex tinha uma decoração de palácio renascentista, mas aquele apartamento ali – bom, pelo menos tinha cara de apartamento

– apresentava uma diferença enorme. O moderno e o minimalista eram os estilos principais: paredes totalmente brancas e nuas, piso cinza-claro, estantes em branco e preto, de fibra de vidro, na maior parte vazias – apenas algumas ostentavam estatuetas. O sofá lembrava uma boca vermelha. Via-se um bar transparente, com estoque bem variado, todo em acrílico. Dois bancos metálicos, giratórios, tinham bases vermelhas, parecendo tão convidativos quanto termômetros retais. Na lareira, crepitava um fogo preguiçoso em meio a toras de madeira artificial, rebrilhando no console. O ambiente era tão agradável quanto uma pústula.

Myron caminhava fingindo interesse. Parou diante de uma estátua de cristal com base de mármore. Uma coisa moderna, cubista ou sei lá que estilo artístico. Talvez obra do Movimento Intestinal Simétrico. Ele encostou a mão. Substancial. Olhou pela janela de vidro espelhado. Baixa demais para que se tivesse uma visão além da sebe que ladeava o portão da frente. Humm.

Os dois paletós azuis deram uma de guarda do Palácio de Buckingham, ficando cada um de um lado da porta. O Homem de Granito seguia-o com as mãos cruzadas nas costas. Uma porta na outra extremidade do cômodo se abriu. Myron não ficou surpreso ao ver Susan Lex entrar, sempre mantendo distância. Dessa vez, havia um homem com ela. Myron não se deu o trabalho de se aproximar.

– E você é...? – perguntou ele.

– Esse é meu irmão, Bronwyn – respondeu Susan.

– Não é o irmão que me interessa – replicou Myron.

– Sim, eu sei. Sente-se, por favor.

O Homem de Granito apontou para o sofá. Myron se acomodou no lábio inferior temendo ser engolido. O cão de guarda se instalou do seu lado. Que agradável.

– Bronwyn e eu gostaríamos que o senhor nos respondesse algumas perguntas, Sr. Bolitar – começou Susan.

– Pode chegar um pouco mais perto?

Ela sorriu.

– Acho que não.

– Eu tomei banho.

Susan ignorou o comentário:

– Pelo que sei, o senhor faz investigações ocasionalmente.

Myron não respondeu.

– Isso é correto?

– Depende do que quer dizer com investigações.

– Vou tomar isso como um "sim".

Myron deu de ombros, indiferente.

– É por isso que está procurando nosso irmão? – perguntou ela.

– Já disse por que o estou procurando.

– Aquele papo de ele ser doador de medula óssea?

– Não é um papo qualquer.

– Por favor, Sr. Bolitar – disse ela, com aquele ar superior de gente rica –, eu sei que isso é mentira.

Myron começou a se levantar. O Homem de Granito pôs a mão em seu joelho. Parecia um bloco de cimento. Ele balançou a cabeça. Myron ficou onde estava.

– Não é mentira – insistiu.

– Estamos perdendo tempo – replicou Susan, fazendo um sinal para o Homem de Granito. – Mostre as fotos a ele, Grover.

Myron se virou para o guarda-costas.

– Grover era o nome do meu personagem favorito da *Vila Sésamo*. Queria que soubesse disso.

– Temos seguido você, Myron – disse o Homem de Granito, entregando-lhe uma série de fotografias.

Myron examinou-as: mostravam-no no condomínio com Stan Gibbs. Na primeira, estava batendo à porta. Na segunda, o jornalista punha a cabeça para fora. Na terceira, os dois entravam na casa.

– E...?

Myron franziu a testa.

– Sou um desastre para combinar roupas.

– Sabemos que está trabalhando para Stan Gibbs – disse Susan Lex.

– Fazendo o que exatamente? – questionou Myron.

– Investigando. Como eu falei antes. Agora que já sei seu verdadeiro motivo, me diga quanto custa para que o senhor desapareça.

– Não sei do que está falando.

– Quanto custa para que o senhor pare e desista? Ou vai nos obrigar a arruiná-lo também?

– *Também?*

Som de ficha caindo.

Myron voltou a atenção para o irmão silencioso.

– Me deixe perguntar uma coisa, Bronwyn. Você e Dennis frequentaram juntos o maternal. De repente, os dois desapareceram. Duas semanas depois, só você voltou. Por quê? O que aconteceu com o seu irmão?

Bronwyn abriu e fechou a boca como uma marionete. Olhou para a irmã em busca de ajuda.

– É como se ele tivesse desaparecido da face da Terra – continuou Myron. – Durante trinta anos, ficou fora do radar. Mas agora, bem, é como se tivesse voltado por alguma razão. Mudou de nome, abriu uma pequena conta bancária e doou sangue para um centro de medula óssea. O que está acontecendo, Bron? Faz alguma ideia?

– Não é possível! – exclamou Bronwyn.

A irmã silenciou-o com um olhar, mas Myron sentiu que havia algo no ar. Outro pensamento lhe veio à cabeça: talvez os irmãos Lex não tivessem as respostas. Talvez estivessem também procurando Dennis.

Enquanto ele estava imerso em devaneios, o Homem de Granito lhe deu um soco forte no estômago. Myron dobrou o corpo com a dor e caiu no chão. Tentou recuperar o fôlego, sufocado. Encostou a cabeça no joelho, pensando apenas numa coisa: ar. Precisava respirar.

A voz de Susan Lex ecoou em seus ouvidos:

– Stan Gibbs sabe da verdade. O pai dele é um mentiroso nojento. Suas acusações são totalmente infundadas. Mas vou defender minha família, Sr. Bolitar. Diga ao Sr. Gibbs que ele ainda não começou a sofrer. O que já aconteceu até agora não é nada comparado ao que ainda vou fazer com ele, e com o senhor se não parar. Está entendendo?

Ar. Golfadas de ar. Myron conseguiu não vomitar. Esperou, levantou a cabeça e encontrou os olhos dela.

– Nem um pouco.

Susan olhou para Grover.

– Dê um jeito nele.

Com essa, retirou-se. O irmão dirigiu-lhe uma última olhada e seguiu-a. Myron ia recuperando o fôlego aos poucos.

– Que belo soco, Grover.

O guarda-costas deu de ombros.

– Fui delicado com você.

– Da próxima vez, seja delicado quando eu estiver olhando, seu durão.

– O resultado vai ser o mesmo.

– Veremos – disse Myron, sentando-se. – Do que ela está falando, afinal de contas?

– Acho que a Srta. Lex foi muito clara. Mas como você parece estar com a cabeça um pouco confusa, vou expor novamente a questão. Ela não gosta de pessoas interferindo nos seus assuntos. Stan Gibbs, por exemplo, interferiu. Veja o que aconteceu com ele. Você interferiu. E está para ver o que vai acontecer.

Myron conseguiu se pôr de pé. Os paletós azuis ainda estavam na porta. O Homem de Granito começou a estalar outra vez os dedos.

– Escute bem, por favor. Vou quebrar a sua perna. Depois você vai sair daqui mancando e levar seu traseiro lamentável até Gibbs, dizendo que, se ele meter o nariz outra vez, vou exterminar os dois. Alguma pergunta?

– Só uma: você não acha que quebrar perna é meio clichê?

Grover sorriu.

– Não do jeito que eu faço.

Myron olhou em torno.

– Não tem para onde fugir, meu amigo.

– Quem falou em fugir?

Ele agarrou a pesada estátua do Movimento Intestinal. Os paletós sacaram suas armas. O Homem de Granito se esquivou. Porém, não eram eles que Myron visava. Ele ergueu a estátua, fez um giro de lançamento de disco e atirou-a contra a janela de vidro, que se estilhaçou.

Foi quando começou o tiroteio.

– Abaixem-se! – gritou Myron.

Os paletós obedeceram. Ele se jogou no chão. As balas continuaram. Fogo de franco-atirador. Uma destruiu a luz do teto. Outra acabou com o abajur.

Impossível não amar Win.

– Se querem viver, permaneçam abaixados! – gritou Myron.

As balas cessaram. Um dos paletós começou a se erguer quando outro projétil tirou-lhe um fino, quase repartindo seu cabelo.

Ele se atirou outra vez no chão, estendido como um tapete de urso.

– Estou me levantando e indo embora – avisou Myron. – Aconselho vocês a continuarem deitados. E... Grover?

– O quê?

– Dê um aviso pelo rádio, lá para baixo, mandando me deixarem passar. Não tenho certeza, mas acho que meu amigo vai lançar umas granadas se eu demorar muito a sair.

O Homem de Granito obedeceu. Ninguém se mexeu. Myron ficou de pé e saiu, quase assobiando.

capítulo 26

ERA MEIA-NOITE QUANDO MYRON bateu à porta da casa de Stan Gibbs.

– Vamos andar um pouco.

Stan jogou o cigarro no chão e esmagou-o com o pé.

– Uma volta de carro seria melhor – sugeriu ele. – Esses federais usam amplificadores de longa distância.

Eles entraram no Ford Taurus de Myron, também conhecido como Isca de Sereias. Stan Gibbs ligou o rádio e começou a passar as estações. Um comercial da Heineken. Alguém realmente se importa que a cerveja seja importada pela Van Munching and Company?

– Você está usando algum aparelho de escuta, Myron?

– Não.

– Mas o FBI conversou com você. Depois que saiu daqui.

– Como você soube?

– Porque eles estão me vigiando – respondeu Stan, dando de ombros. – O mais lógico é que tenham interrogado você.

– Me conte sobre a sua ligação com Dennis Lex.

– Já falei que não tenho ligação nenhuma com ele.

– Um cara grandão chamado Grover me pegou esta noite. Ele e Susan Lex me fizeram uma advertência bem séria para não ver mais você. Bronwyn também estava lá.

Stan fechou os olhos e esfregou-os.

– Eles ficaram sabendo da sua visita.

– Tinham até fotografias.

– E acharam que você está trabalhando para mim.

– Bingo.

Stan balançou a cabeça.

– Saia dessa história, Myron. É melhor não mexer com essas pessoas.

– Esse é o conselho que você gostaria que alguém tivesse lhe dado antes?

O sorriso de Gibbs era vazio. A exaustão emanava dele como ondas de calor no asfalto quente.

– Você não faz ideia.

– Me conte um pouco.

– Não.

– Posso ajudar – insistiu Myron.

– Contra os Lex? Eles são poderosos demais.

– Mesmo sendo poderosos, você quis escrever uma matéria sobre eles, certo?

Ele permaneceu calado.

– E eles não gostaram. Na verdade, ficaram ressentidos.

Mais silêncio.

– Você começou a desenterrar coisas que eles não queriam ver. Descobriu que havia outro irmão, Dennis.

– Sim.

– E isso os deixou realmente irritados.

Stan começou a morder um pedaço de cutícula.

– Ora, vamos, Stan. Não me faça arrancar isso de você.

– Você já sabe praticamente de tudo.

– Então me conte.

– Eu queria escrever uma história sobre eles. Fazer uma denúncia, na verdade. Já tinha até editor disposto a publicar um livro. Mas a família Lex ficou sabendo. Me avisaram para ficar longe. Um grandalhão veio até meu apartamento. Não lembro o nome. Parecia um sargento.

– Devia ser o Grover.

– Ele me falou que, se eu não parasse, iam me arruinar.

– E isso só fez você ficar mais curioso ainda.

– Acho que sim.

– Aí você descobriu sobre Dennis Lex.

– Só que ele existia. E tinha sumido do mapa quando era criança.

Myron reduziu a velocidade e sentiu um arrepio no couro cabeludo.

– Como as vítimas do cara do "Plante as sementes".

– Não.

– Por que não?

– É diferente.

– Como?

– Sei que vai soar meio idiota – falou Stan –, mas os Lex não têm o mesmo senso de terror que as outras famílias.

– Os ricos são especialistas em manter as aparências.

– A coisa vai muito além. Não consegui compreender direito, mas tenho certeza de que Susan e Bronwyn Lex sabem o que aconteceu com o irmão.

– Mas querem esconder isso.

– Sim.

– Você tem algum palpite sobre o motivo?

– Não.

Myron olhou para trás: os federais os seguiam a uma distância discreta.

– Você acha que Susan Lex é a responsável pelo aparecimento daquele romance?

– Já pensei nessa possibilidade.

– Mas nunca averiguou.

– Comecei a verificar. Depois que o escândalo estourou. Mas recebi uma ligação do grandalhão dizendo que aquilo era só o início. Que só estava balançando o dedo. Que da próxima vez me esmagaria batendo as mãos.

– Ele é tão poético... – observou Myron.

– Sim.

– Mas tem uma coisa que ainda não entendi.

– O quê?

– Você não se deixa assustar fácil. Quando eles lhe avisaram da primeira vez para que se afastasse, você ignorou. Depois do que fizeram, pensei que fossem revidar mais forte ainda.

– Você está esquecendo uma coisa – replicou Stan.

– O quê?

– Melina Garston.

Silêncio.

– Pense bem – continuou Stan. – Minha amante, a única pessoa que poderia confirmar meu encontro com o sequestrador, acabou morrendo.

– O pai disse que ela se retratou.

– Ah, certo, numa espécie de confissão meio bizarra antes de morrer.

– Você acha que isso também foi armação da família Lex?

– Por que não? Olhe só o que aconteceu. Quem é o principal suspeito da morte de Melina? Eu, certo? Foi o que os federais falaram para você. Eles acham que a matei. Sabemos que a família Lex tem poder suficiente para desenterrar o livro que supostamente plagiei. Quem sabe o que mais podem fazer?

– Você acha que eles podem acusá-lo de assassinato?

– No mínimo.

– Você acha que foram eles que mandaram matar Melina Garston?

– Talvez. Ou pode ter sido o sequestrador. Não sei.

– Mas você considera a morte de Melina uma advertência?

– Sem dúvida – respondeu Stan. – Só não sei da parte de quem.

No rádio, Stevie Nicks cantava uma música que falava de uma avalanche vindo. Tinha razão.

– Você deixou uma coisa de fora, Stan.

Ele mantinha o olhar fixo à frente.

– O quê?

– Há um aspecto pessoal na história – falou Myron.

– Como assim?

– Susan Lex mencionou seu pai. Disse que ele era um mentiroso.

Stan deu de ombros.

– Talvez ela tenha razão.

– O que seu pai tem a ver com tudo isso?

– Me leve para casa.

– Não me esconda as coisas agora.

– O que você realmente quer, Myron?

– Como assim?

– Qual é o seu interesse?

– Já disse.

– O garoto que precisa de um transplante de medula?

– Ele tem 13 anos, Stan. Vai morrer se não o fizer.

– E se eu não acreditar em você? Fiz também minhas pesquisas. Você já trabalhou para o governo.

– Há muito tempo.

– E talvez agora você esteja ajudando o FBI. Ou até mesmo a família Lex.

– Não.

– Não posso correr esse risco.

– Por que não? Você está me dizendo a verdade, certo? E ela não pode machucá-lo.

Stan suspirou.

– Você acredita mesmo nisso?

– Por que Susan Lex mencionou seu pai?

Silêncio.

– Onde está seu pai? – insistiu Myron.

– Esse é o problema.

– Ahn?

Stan olhou para Myron.

– Ele desapareceu. Oito anos atrás.

Desapareceu. Mais um.

– Sei o que você está pensando, mas não é nada disso. Meu pai não era um homem de bem. Passou a vida entrando e saindo da prisão. Nós sempre achamos que ele deu no pé.

– Mas você nunca soube ao certo.

– É verdade.

– Dennis Lex desaparece. Seu pai desaparece...

– Mas com vinte anos de diferença – interrompeu Stan. – Não tem nenhuma ligação.

– Continuo sem entender: o que seu pai ou o desaparecimento dele tem a ver com a família Lex?

– Eles acham que ele é a razão de eu querer escrever a história. Mas estão enganados.

– Por que achariam isso?

– Meu pai foi aluno de Raymond Lex. Antes da publicação de *Confissões à meia-noite.*

– E...?

– Meu pai dizia que foi ele quem escreveu o romance. Que Raymond Lex o roubou.

– Meu Deus.

– Ninguém acreditou – acrescentou Stan rapidamente. – Como eu disse, ele não batia muito bem da cabeça.

– Ainda assim, você decidiu investigar a família?

– Sim.

– E quer que eu acredite que é mera coincidência? Que sua investigação não tem nada a ver com as acusações do seu pai?

Stan encostou a cabeça na janela do carro, como um garotinho querendo ir para casa.

– Ninguém acreditava no meu pai. Inclusive eu. Ele era doente. Neurótico.

– E daí?

– Mas, no fim das contas, continua sendo meu pai – respondeu Stan. – Talvez devesse dar a ele o benefício da dúvida.

– Você acha que Raymond Lex plagiou seu pai?

– Não.

– Você acha que ele ainda está vivo?

– Não sei.

– Deve haver alguma ligação aí – falou Myron. – Sua matéria, a família Lex, as acusações do seu pai...

Stan fechou os olhos.

– Chega.

Myron mudou de assunto:

– Como o sequestrador entrou em contato com você?

– Nunca revelo minhas fontes.

– Pelo amor de Deus, Stan.

– Não – retrucou ele com firmeza. – Posso ter perdido muita coisa, mas não esse meu lado. Você sabe que não posso revelar nada sobre as minhas fontes.

– Você sabe quem é, não?

– Me leve para casa, Myron.

– É Dennis Lex ou o mesmo sequestrador levou Dennis Lex?

Stan cruzou os braços.

– Para casa.

Seu rosto se fechou. Myron percebeu. Não conseguiria saber mais nada naquela noite. Dobrou à direita e pegou o caminho de volta. Os dois permaneceram em silêncio até Myron parar o carro em frente à entrada do condomínio.

– Você está falando a verdade, Myron? Sobre o doador de medula óssea?

– Sim.

– O garoto é alguém próximo a você?

Myron manteve as mãos no volante.

– É.

– Então não existe nenhuma possibilidade de você desistir?

– Nenhuma.

Stan assentiu, mais para ele mesmo.

– Vou fazer o que posso. Mas vai ter que confiar em mim.

– Como assim?

– Me dê uns dias.

– Para fazer o quê?

– Você vai ficar sem notícias minhas por um tempo. Não deixe que isso abale a sua confiança.

– Do que você está falando?

– Faça o que precisa fazer. Eu farei o mesmo.

Stan saltou do carro e desapareceu na noite.

capítulo 27

NA MANHÃ SEGUINTE, GREG DOWNING acordou Myron cedo com um telefonema:

– Nathan Mostoni saiu da cidade. Então voltei para Nova York. Tenho que pegar meu filho hoje à tarde.

Que bonzinho, pensou Myron, mas ficou de boca fechada.

– Estou indo fazer lances livres na Rua 92 – continuou ele. – Quer vir?

– Não.

– Venha assim mesmo. Às dez.

– Vou me atrasar – falou Myron, desligando e se levantando da cama.

Verificou os e-mails e viu que o contato de Esperanza enviara um arquivo. Clicou e uma imagem foi aparecendo aos poucos na tela. O possível rosto de Dennis Lex com mais de 30 anos. Estranho. Myron examinou-o. Não era nem um pouco familiar. Trabalho excelente. Natural. Exceto os olhos, que sempre ficavam parecidos com os de um morto.

Clicou para imprimir. Olhou as horas no canto inferior direito da tela. Ainda era cedo, mas não queria esperar. Ligou para o pai de Melina Garston.

◆ ◆ ◆

George Garston concordou em receber Myron na sua cobertura, na esquina da Quinta Avenida com a Rua 78, dando vista para o Central Park. Uma mulher de cabelo escuro abriu a porta. Apresentou-se como Sandra e o conduziu em silêncio por um corredor. Myron olhou por uma janela e avistou a silhueta gótica do Dakota do outro lado do parque. Lembrou-se de ter lido em algum lugar que Woody Allen e Mia Farrow se comunicavam sacudindo toalhas da janela dos apartamentos de cada um, em lados opostos do Central Park. Em dias mais felizes, sem dúvida.

– Não entendo o que o senhor tem a ver com minha filha – disse George Garston.

Ele usava uma camisa azul de colarinho que contrastava com pelos peitorais brancos semelhantes a cabelos de bonecos *trolls*. A cabeça calva era uma esfera quase perfeita, encaixada entre dois ombros que pareciam rochas. Tinha uma compleição imponente, robusta, de imigrante bem-sucedido que cortara um bom dobrado. Estava meio encurvado, e provavelmente vivia assim devido ao sofrimento constante. Myron já observara aquilo antes. Uma espécie de pesar que coloca você para baixo. Vai-se em frente, mas o sorriso nunca alcança o olhar.

– Provavelmente nada – comentou Myron. – Estou tentando encontrar uma pessoa que pode estar ligada ao assassinato da sua filha. Não sei mesmo.

Os móveis do estúdio eram de cerejeira bem escura; as cortinas estavam fechadas e um abajur lançava uma débil luz amarelada. George Garston se virou para o lado, contemplando o belo papel de parede e revelando a Myron seu perfil.

– Já trabalhamos juntos uma vez – disse ele. – Não pessoalmente, mas as nossas empresas. Sabia?

– Sim.

George Garston fizera fortuna com uma cadeia de pretensos restaurantes de comida grega, do tipo que se vê nas praças de alimentação dos shoppings. Chamava-se Achilles Meals. Sério, "Refeições de Aquiles". Myron agenciava um jogador de hóquei grego que fora garoto-propaganda deles no Meio-Oeste.

– Então um empresário esportivo está interessado no assassinato da minha filha.

– É uma longa história.

– A polícia não me fala mais nada. Mas acham que foi o namorado. Esse jornalista. O senhor concorda?

– Não sei. O que o senhor acha?

Ele fez um som de escárnio. Myron mal podia ver seu rosto.

– O que eu acho? O senhor parece um terapeuta.

– Não foi a minha intenção.

– Vomitando toda essa sensibilidade falsa. Apenas tentam desviar a atenção dos outros em relação à realidade. Dizem que se deve encará-la. Mas na verdade é o contrário. Querem que as pessoas mergulhem tanto nelas mesmas para que não vejam como suas vidas são terríveis. – Ele grunhiu, remexendo-se na cadeira. – Não tenho opinião formada sobre Stan Gibbs. Nunca o encontrei.

– Sabia que ele e sua filha estavam tendo um relacionamento?

No escuro, Myron viu a grande cabeça balançando para a frente e para trás.

– Ela me contou que tinha um namorado. Não falou o nome. Nem que era casado.

– Porque não teria sua aprovação?

– Claro que eu não aprovaria – respondeu ele, tentando soar curto e grosso, mas seu protesto ia além da simples indignação. – O senhor aprovaria se fosse sua filha?

– Acho que não. Então não sabia nada sobre o relacionamento dela com Stan Gibbs?

– Nada.

– Soube que o senhor falou com ela um pouco antes do assassinato.

– Quatro dias antes.

– Pode me dizer como foi a conversa?

– Melina andava bebendo – falou ele, naquele tom monótono de quem já fez o mesmo discurso mentalmente várias vezes. – Muito. Bebia demais, minha filha. Herdou esse gosto do papai aqui, e eu herdei do meu pai. Uma herança da família Garston.

Ele deu uma risada que mais parecia um soluço.

– Melina falou sobre o depoimento que deu?

– Sim.

– Pode me contar o que ela disse exatamente?

– "Cometi um erro, papai." Me contou que mentiu.

– E o que o senhor disse a ela?

– Eu nem sabia do que ela estava falando! É como eu disse, não sabia desse namorado.

– Pediu a ela que se explicasse?

– Sim.

– E...?

– Ela não explicou nada. Falou para eu não me preocupar. Que cuidaria de tudo. Depois disse que me amava e desligou.

Silêncio.

– Tive dois filhos, Sr. Bolitar. Sabia disso?

Myron balançou a cabeça.

– Um acidente de avião matou o meu Michael, três anos atrás. Agora um animal torturou e matou minha menina. Minha esposa... O nome dela era Melina também... morreu faz quinze anos. Não tenho mais ninguém. Há 48 anos, achei que tinha vindo para este país sem nada. Ganhei um bocado de dinheiro. E agora não tenho nada de verdade. Está entendendo?

– Sim.

– Isso é tudo, então?

– Sua filha tinha um apartamento na Broadway.

– Isso mesmo.

– Os pertences dela ainda estão lá?

– Sandra, minha nora, está encaixotando as coisas. Mas ainda está tudo lá. Por quê?

– Gostaria de dar uma olhada se não for problema.

– A polícia já fez isso.

– Eu sei.

– O senhor acha que pode encontrar algo que tenha passado despercebido para eles?

– Tenho quase certeza de que não.

– Mas...?

– É que estou abordando o caso de uma perspectiva diferente, logo meu olhar está mais aguçado.

Garston acendeu o abajur da mesinha. O tom amarelado da luz fazia com que parecesse sofrer de icterícia. Myron viu que seus olhos estavam muito secos, sensíveis.

– Se o senhor descobrir quem matou minha Melina, me avise em primeiro lugar.

– Não – retrucou Myron.

– O senhor sabe o que ele fez com ela?

– Sim. E sei o que o senhor planeja. Mas isso não vai fazê-lo se sentir melhor.

– Diz isso como se soubesse de fato.

Myron ficou em silêncio.

Garston desligou o abajur e olhou para outro lado.

– Sandra vai levá-lo lá agora.

◆ ◆ ◆

– Ele fica sentado naquele estúdio o dia inteiro – contou Sandra Garston, apertando o botão do elevador. – Não sai mais de casa.

– Ainda está muito recente – replicou Myron.

Ela balançou a cabeça. O cabelo preto-azulado caía-lhe nos ombros em cachos grandes e soltos. Apesar da cor do cabelo, sua aparência era no geral quase islandesa: rosto e compleição de uma patinadora de nível internacional, traços bem marcados. A pele tinha a vermelhidão do frio inclemente.

– Ele acha que não tem mais ninguém.

– Tem você.

– Sou a nora. Quando me vê, pensa logo em Michael. Não tenho coragem de contar que enfim comecei outro relacionamento.

Quando chegaram à rua, Myron perguntou:

– Você e Melina eram íntimas?

– Acho que sim.

– Sabia do namoro dela com Stan Gibbs?

– Sim.

– Mas ela nunca contou ao pai.

– Ah, jamais faria isso. Ele não aprovava praticamente homem nenhum. Um casado, então, o faria subir pelas paredes.

Eles atravessaram a rua e chegaram àquela maravilha no centro da cidade chamada Central Park, que estava lotado. Desenhistas asiáticos tentavam vender seus trabalhos. Homens faziam jogging, usando shorts que pareciam fraldas. Pessoas tomavam sol na grama, amontoadas umas ao lado das outras, mas na verdade totalmente solitárias. Nova York é assim. O escritor E. B. White disse certa vez que a cidade confere a seus moradores o dom da solidão e da privacidade. Direto ao ponto. Era como se todo mundo estivesse escutando o próprio MP3, cada um ouvindo uma música diferente, balançando-se num ritmo próprio.

Um mauricinho de bandana jogava *frisbee* e gritava "Pega!", mas não havia nenhum cachorro. Mulheres saradas patinavam vestindo tops de ginástica. Muitos homens, de diferentes portes, estavam sem camisa. Um cara gordo e barrigudo, que parecia um boneco de massinha molhado, passou por Myron. Atrás dele, um rapaz musculoso deu uma parada e flexionou o bíceps com arrogância. Em público. Myron fez uma careta. Não sabia o que era pior: quando os caras faziam aquilo com ou sem camisa.

Quando chegaram à Central Park West, Myron perguntou:

– Você tinha alguma objeção ao fato de ela namorar um homem casado?

Sandra encolheu os ombros.

– Era uma preocupação minha, é claro. Mas ele disse a Melina que ia deixar a mulher.

– Todos dizem, não?

– De qualquer forma, Melina acreditou. Parecia feliz.

– Você chegou a conhecer Stan Gibbs?

– Não. O relacionamento era supostamente secreto.

– Alguma vez ela comentou com você que havia mentido no tribunal?

– Não – respondeu ela. – Nunca.

Sandra abriu a porta e Myron entrou. Cores. Muitas. Felizes. O apartamento parecia um encontro do Magical Mystery Tour com os Teletubbies: tons berrantes, em especial verdes, com toques nebulosos, psicodélicos. As paredes estavam cobertas de aquarelas em cores fortes, de terras distantes e viagens oceânicas. Havia um pouco de surrealismo também. O efeito era como o de um clipe da Enya.

– Comecei a pôr as coisas dela em caixas, mas é difícil encaixotar uma vida – comentou Sandra.

Myron assentiu e começou a andar pelo pequeno apartamento, esperando uma epifania ou algo do gênero. Não aconteceu nada. Passou os olhos pelas obras artísticas.

– Ela ia fazer sua primeira exposição no Village mês que vem – observou Sandra.

Myron examinou uma pintura com cúpulas brancas e água azul, cristalina. Reconheceu o local: era na ilha de Míconos. Um trabalho excelente. Quase sentia a maresia do Mediterrâneo, saboreava o peixe grelhado na praia, experimentava a areia noturna grudada ao corpo de alguma amante. Nenhuma pista ali, porém ficou olhando alguns minutos antes de se virar.

Começou a mexer nas caixas. Encontrou um anuário escolar, da turma de 1986, e o folheou até encontrar uma foto de Melina. Dizia que ela gostava de pintar. Olhou de novo para as paredes. Tão colorido e otimista seu trabalho... A morte, Myron sabia, era sempre irônica. A morte de pessoas jovens, mais ainda.

Concentrou outra vez a atenção na foto. Melina olhava para o lado, com aquele sorriso hesitante, inseguro, de aluna de ensino médio. Myron conhecia isso muito bem. Todos conhecem. Fechou o anuário e foi até os armários. As roupas estavam todas em ordem, muitos suéteres dobrados na prateleira de cima, sapatos enfileirados como soldadinhos de chumbo. Ele voltou para o material de antes e descobriu fotos dela numa caixa de sapato. Começou a examiná-las. Sandra sentou-se no chão ao seu lado.

– Essa era a mãe.

Ele viu a foto de duas mulheres, claramente mãe e filha, abraçadas. Dessa vez, não havia sinal do sorriso inseguro. Era um sorriso que se elevava aos céus como a canção de um anjo. Myron o estudou e imaginou aquela boca celestial gritando em agonia, sem esperança. Pensou em George Garston sozinho naquele estúdio com luzes cor de icterícia. E compreendeu.

Olhou para o relógio. Hora de seguir em frente. Viu fotos do pai, do irmão e de Sandra, de passeios com a família, tudo normal. Nenhuma de Stan Gibbs. Nada que ajudasse.

Achou maquiagem e perfumes em mais uma caixa. Em outra, deu com um diário, mas Melina não escrevia nada nele fazia dois anos. Folheou-o, mas pareceu-lhe uma violação desnecessária. Encontrou uma carta de amor, de um namorado antigo. Havia alguns recibos também.

Encontrou cópias das colunas de Stan.

Humm.

No caderno de telefones. Todas as colunas. Não havia nenhuma marcação nelas. Só os recortes, presos por um clipe. O que isso queria dizer? Examinou-as outra vez. Apenas recortes. Deixou-os de lado e fuçou um pouco mais. Alguma coisa caiu, da parte de trás. Myron pegou um pedaço de papel creme, ou branco envelhecido, meio rasgado na margem esquerda, que parecia um cartão. Na parte de fora, não havia nada. Ele o abriu. Na metade superior, as palavras *Com amor, paizinho* tinham sido escritas à mão. Myron pensou de novo em George Garston, sentado sozinho naquela sala, e sentiu algo lhe queimando a pele.

Sentou-se no sofá e tentou novamente invocar alguma imagem. Podia parecer estranho - sentado naquela sala tão vazia, o cheiro adocicado da mulher morta ainda pairando no ar, sentindo-se um pouco como aquela senhorinha de *Poltergeist* -, mas nunca se sabe. Os mortos não falavam com ele nem se comunicavam de nenhuma outra forma. Às vezes, no entanto, podia imaginar o que tinham pensado e sentido, e uma centelha provocava uma labareda. Tentou outra vez.

Nada.

Deixou os olhos passearem pelas telas e a ardência sob a pele começou outra vez. Examinou as cores vivas, permitiu que o invadissem. Aquele brilho deveria tê-la protegido. Besteira. Mas não evitou pensar nisso. Ela tivera uma vida. Melina trabalhava, pintava, adorava cores brilhantes, tinha vários suéteres, guardava as recordações preciosas numa caixa de sapato e alguém apagara aquela vida, porque nada daquilo importava para o assassino. Isso deixava Myron louco.

Ele fechou os olhos e tentou amainar a raiva. A raiva não era uma coisa boa. Obscurecia a razão. Já deixara extravasar esse lado antes - seu complexo de Batman, como chamava Esperanza -, mas ser um herói em busca de justiça ou vingança (se é que elas não se equivaliam) era uma atitude insensata, nada saudável. No final, você acabava presenciando coisas indesejadas. Aprendia verdades que não deveriam ser aprendidas. Doía e depois anestesiava. Melhor ficar longe.

Contudo, aquele fervilhar no sangue não o largava. Resolveu se entregar, deixar que a ardência o acalmasse, relaxasse seus músculos, invadisse-o tranquilamente. Talvez não fosse algo ruim. Talvez os horrores que já tinha testemunhado e as verdades que aprendera não o tivessem modificado nem o anestesiado.

Myron fechou as caixas, deu um último e longo olhar para a ensolarada ilha de Míconos e fez uma promessa silenciosa.

capítulo 28

Os DOIS SE ENCONTRARAM NA QUADRA. Greg desviou o olhar quando Myron colocou a joelheira articulada. Jogaram durante meia hora, quase sem se falarem, imersos nos lances livres. Pessoas entravam e apontavam para Greg. Alguns garotos pediram autógrafos. Ele concordou, olhando para Myron enquanto pegava a caneta, claramente desconfortável por receber toda aquela atenção na frente do homem cuja carreira arruinara.

Myron sustentou o olhar, sem oferecer consolo. Após um tempo, perguntou:

– Existe alguma razão para você querer que eu viesse até aqui?

Greg continuou lançando a bola.

– Porque tenho que voltar para o escritório – continuou Myron.

Greg pegou a bola, deu dois dribles de costas para a cesta, virou-se e saltou para encestar.

– Vi você e Emily naquela noite. Sabia disso?

– Sim – respondeu Myron.

Greg agarrou o rebote, fez um lento arco com o braço, deixando a bola cair no chão, depois se aproximou devagar do rival.

– Nós íamos nos casar no dia seguinte. Sabia disso também?

– Sabia.

– E lá estava você, o antigo namorado, trepando com ela.

Myron pegou a bola.

– Estou tentando explicar – falou Greg.

– Eu dormi com Emily. Você nos viu. Quis se vingar. Falou para Big Burt Wesson me machucar durante um jogo da pré-temporada. Ele me machucou. Fim da história.

– Queria que ele machucasse você, não que acabasse com a sua carreira.

– Cada um tem a sua versão.

– Não foi intencional.

– Não me interprete mal – replicou Myron, numa voz que soou terrivelmente calma aos próprios ouvidos –, mas não estou nem aí para as suas intenções. Você disparou uma arma contra mim. Talvez tivesse como objetivo provocar um ferimento superficial, mas não foi isso que aconteceu. Você acha que isso o torna inocente?

– Você trepou com a minha noiva.

– E ela trepou comigo. Eu não devia nada a você. Ela, sim.

– Você está me dizendo que não entende?

– Entendo, sim. Mas isso não o absolve.

– Não estou buscando absolvição.

– O que você quer então, Greg? Quer que nos demos as mãos e cantemos alguma música fofinha? Você sabe o que fez comigo? Quanto me custou aquele único momento?

– Acho que sim – respondeu Greg, engolindo em seco, estendendo uma mão súplice, como se quisesse dar mais explicações, depois baixando-a. – Lamento muito.

Myron começou a fazer lances livres, mas sentia a garganta apertada.

– Você não sabe como lamento.

Greg esperou que Myron falasse, em vão.

– O que mais você quer que eu diga?

Myron continuava a jogar.

– Como posso demonstrar que lamento?

– Você já disse – respondeu Myron.

– Mas você não aceita.

– Não, Greg. Nem vou aceitar. Vou viver sem jogar basquete profissional. Você vai viver sem minha aceitação. Um bom negócio para você.

O celular de Myron tocou. Ele largou a bola e foi atender:

– Alô.

Uma voz sussurrante perguntou:

– Você seguiu minhas instruções?

Myron sentiu os ossos se transformarem em gelo. Engoliu em seco; parecia que havia algo entalado na garganta.

– Suas instruções?

– O garoto – sussurrou a voz.

O ar estagnado o pressionava, pesava em seus pulmões.

– O que tem ele?

– Você lhe deu um último adeus?

Algo dentro de Myron murchou e foi levado embora. Quando a compreensão atingiu seu cérebro, seus joelhos dobraram. A voz repetiu:

– Você deu um último adeus ao garoto?

capítulo 29

MYRON VIROU A CABEÇA PARA Greg de supetão.

– Onde está Jeremy?

– O quê?

– Onde ele está?

Greg viu a expressão de Myron e largou a bola.

– Está com Emily, acho. Só vou buscá-lo ao meio-dia.

– Você tem celular?

– Tenho.

– Ligue para ela.

Greg já estava indo em direção a sua bolsa de academia – o atleta de reflexos maravilhosos.

– O que está acontecendo?

– Provavelmente nada.

Myron contou sobre a chamada. Greg não parou para escutar. Digitava o número. O agente começou a correr para o carro, seguido pelo rival ao telefone.

– Ninguém atende – disse Greg, já deixando uma mensagem na caixa postal.

– Ela tem celular?

– Se tem, nunca me deu o número.

Myron ligou para Esperanza.

– Preciso do celular de Emily.

– Me dê cinco minutos.

Myron telefonou para Win.

– Articule.

– Encrenca à vista.

– Estou aqui.

Os dois chegaram ao carro. Greg estava calmo. Isso surpreendeu Myron. Na quadra, quando a tensão se intensificava, seu *modus operandi* era enlouquecer, começar a gritar, frenético. Agora, não era mais um jogo. Como o pai dissera recentemente, quando a bomba de verdade cai, nunca se sabe como as pessoas vão reagir.

O telefone de Myron tocou. Esperanza lhe passou o celular de Emily. Ele ligou. Após seis toques, caiu na caixa postal. Merda! Myron deixou uma mensagem e se virou para Greg.

– Alguma ideia de onde possa estar Jeremy?

– Não.

– Tem algum vizinho para quem possamos ligar? Um amigo?

– Quando Emily e eu estávamos casados, morávamos em Ridgewood. Não conheço os vizinhos de Franklin Lakes.

Myron agarrou o volante com força e pisou no acelerador.

– Provavelmente Jeremy está em segurança – disse, tentando acreditar nas próprias palavras. – Não sei nem como esse cara descobriria o nome dele. Deve ser um blefe.

Greg começou a tremer.

– Vai dar tudo certo.

– Meu Deus, Myron, li aqueles artigos. Se esse cara pegar meu garoto...

– Vamos ligar para o FBI, por via das dúvidas.

– Você acha que é o melhor caminho?

Myron o encarou.

– Por quê? Você não acha?

– Só quero pagar o resgate e ter meu garoto de volta. Não quero ninguém se metendo.

– Acho que devemos ligar. Mas a decisão é sua.

– Ainda tem outra coisa que precisamos levar em conta – falou Greg.

– O quê?

– Há uma grande chance de que esse maluco seja o nosso doador, certo?

– Sim.

– Se o FBI o matar, acabou para Jeremy.

– Uma coisa de cada vez – replicou Myron. – Temos que encontrar Jeremy. E temos que encontrar esse sequestrador.

Greg continuava a estremecer.

– O que você quer fazer? – perguntou Myron.

– Você acha que devemos ligar?

– Acho.

Ele assentiu devagar.

– Ligue.

Myron telefonou para Kimberly Green. Sentia a pressão na cabeça, o sangue fluindo para os ouvidos. Tentava não pensar no rosto de Jeremy, no seu sorriso ao abrir a porta.

Você deu um último adeus ao garoto?

– FBI.

– Aqui é Myron Bolitar. Quero falar com Kimberly Green.

– A agente especial Green não se encontra.

– O sequestrador do "Plante as sementes" pode ter levado outra pessoa. Ponha-a na linha.

A espera foi mais longa do que imaginava.

– Do que você está falando? – rosnou Green.

– Ele acabou de me ligar.

– Estamos a caminho.

Os dois alcançaram um trecho engarrafado na junção da Rota 4 com a Rota 17, mas Myron subiu na grama, derrubando alguns cones de obra. Saiu na Rota 208, perto da sinagoga. Três quilômetros depois, dobravam a esquina da rua de Emily. Ele viu dois carros do FBI fazendo a curva ao mesmo tempo.

Greg, que havia entrado numa espécie de transe, despertou e apontou.

– Lá está ela.

Emily acabava de enfiar a chave na porta da frente. Myron começou a buzinar como um louco. Ela olhou para trás, confusa. Ele virou o carro, derrapando. O veículo do FBI o seguiu. Myron e Greg saltaram sem nem esperar o automóvel parar.

– Onde está Jeremy? – perguntaram os dois ao mesmo tempo.

Emily inclinou a cabeça para um lado.

– O quê? O que está acontecendo aqui?

– Onde ele está, Emily? – insistiu Greg.

– Com um amigo...

Dentro da casa, o telefone começou a tocar. Todos ficaram paralisados. Emily foi a primeira a se mover. Correu para o interior e pigarreou antes de atender:

– Alô.

Todos puderam ouvir o grito de Jeremy.

capítulo 30

ERAM SEIS AGENTES FEDERAIS AO TODO, liderados por Kimberly Green. Agiam com eficiência e tranquilidade. Myron e Greg desabaram cada um num sofá. Emily andava de um lado para outro entre os dois. Havia provavelmente algo de simbólico naquilo, mas Myron não sabia dizer o quê. Tentava sair do torpor e raciocinar para fazer algo de bom.

A ligação fora breve. Após o grito, a voz sussurrante dissera:

– Ligaremos outra vez.

E foi tudo. Nenhuma advertência para não contatar as autoridades. Nenhuma exigência de que juntassem dinheiro para o resgate. Nada de marcar hora para o telefonema seguinte. Absolutamente nada.

Ficaram todos sentados, o grito de Jeremy ainda ecoando, martelando, destroçando, evocando imagens do que teria feito um garoto de 13 anos gritar daquela forma. Myron fechou os olhos. Era isso que o degenerado queria. Não tinha sentido fazer seu jogo. Esforçou-se para tirar esses pensamentos da cabeça.

Greg entrara em contato com o banco. Não era nenhum investidor de risco, logo a maioria de seus recursos se encontrava disponível. Se fosse necessário pagar um resgate, estava pronto. Os federais puseram rastreadores em qualquer telefone para o qual o sequestrador pudesse ligar, inclusive o de Myron. Os agentes falavam em voz baixa. Ele não os pressionara ainda. Mas em breve o faria.

Kimberly o encarou e lhe fez um sinal. Myron se levantou, pedindo licença. Greg e Emily nem prestaram atenção, ainda perdidos no vórtice daquele grito.

– Precisamos conversar – disse a agente.

– Ok. Pode começar me contando o que aconteceu quando vocês investigaram Dennis Lex.

– Você não é da família. Eu poderia mandá-lo embora.

– E esta não é a sua casa. O que aconteceu com Dennis Lex?

Ela pôs as mãos na cintura.

– É só um beco sem saída.

– Como assim?

– Nós o rastreamos. Ele não está envolvido em nada disso.

– Como sabe?

– Myron, dê um tempo. Não somos burros.

– Então onde está Dennis Lex?

– Isso não é relevante – respondeu ela.

– Claro que é. Mesmo que ele não seja o sequestrador, continua sendo o doador de medula óssea.

– Não. Seu doador é Davis Taylor.

– Que é o novo nome de Dennis Lex.

– Não temos certeza disso.

Myron fez uma careta.

– Do que está falando?

– Davis Taylor era um funcionário do conglomerado Lex.

– O quê?

– Você ouviu muito bem.

– Por que ele doou sangue para uma campanha de doação de medula?

– Foi uma questão de trabalho. O gerente da empresa estava com um sobrinho doente. Todos doaram.

Myron assentiu. Finalmente algo começava a fazer sentido.

– Se ele não doasse uma amostra de sangue, ficaria sob suspeita.

– Certo.

– Você tem a descrição dele?

– Trabalhava sozinho, era reservado. Tudo que as pessoas lembram é que usava barba, óculos e cabelo comprido, louro.

– Um disfarce – concluiu Myron. – E sabemos que o nome verdadeiro de Davis Taylor era Dennis Lex. O que mais?

Kimberly ergueu a mão.

– Chega.

Ela se empertigou e alterou o rumo da conversa:

– Stan Gibbs ainda é nosso principal suspeito. Sobre o que vocês dois conversaram na noite passada?

– Sobre Dennis Lex. Você não entende?

– Não entendo o quê?

– Dennis Lex está ligado a isso. É o sequestrador ou foi sua primeira vítima.

– Nenhuma das duas coisas.

– Onde ele está, então?

Ela se fez de desentendida:

– Sobre o que mais conversaram?

– Sobre o pai de Stan.

– Edwin Gibbs? – Isso despertou seu interesse. – O que falaram dele?

– Que desapareceu oito anos atrás. Mas vocês já sabem disso, não?

Kimberly assentiu com um vigor exagerado.

– Sabemos.

– O que vocês acham que aconteceu com ele? – perguntou Myron.

Ela hesitou, então indagou:

– Você acredita que Dennis Lex possa ter sido a primeira vítima do sequestrador, correto?

– É uma possibilidade que deve ser investigada.

– Nossa teoria é que a primeira vítima pode ter sido Edwin Gibbs.

Myron fez uma careta.

– Você acha que Stan sequestrou o próprio pai?

– Que o matou. E os outros também. Não deve haver alguém vivo.

Myron não queria absorver aquilo.

– Vocês têm alguma prova ou o motivo?

– Às vezes a maçã não cai longe da árvore.

– Ah, isso vai fazer muito sucesso com o júri. Senhoras e senhores, a maçã não cai longe da árvore. E os senhores nunca devem pôr o carro na frente dos bois. Além disso, um dia é da caça e o outro, do caçador. – Ele balançou a cabeça – Não vê como é patético?

– Assim, sem contexto, admito que não faz sentido. Mas junte tudo. Oito anos atrás, Stan começava sua carreira. Tinha 24 anos e o pai, 46. Segundo a opinião geral, os dois não se davam bem. De repente, Edwin Gibbs desapareceu. Stan nunca foi dar queixa.

– Isso é uma bobagem.

– Talvez. Mas acrescente tudo que já sabemos. O único jornalista a obter o furo. O plágio. Melina Garston. Tudo que Eric Ford discutiu com você ontem.

– Ainda não estou convencido.

– Então me diga onde está Stan Gibbs.

– Ele não está no condomínio?

– Ontem à noite, depois de vocês conversarem, Stan Gibbs escapou da vigilância. Já fez isso antes. Em geral o encontramos após algumas horas. Mas não foi o que aconteceu desta vez. Sumiu de repente e, por coincidência, Jeremy Downing é sequestrado pelo cara do "Plante as sementes". Você pode me explicar?

Myron sentiu a boca seca.

– Vocês o estão procurando?

– Enviamos um alerta geral. Mas sabemos que ele é especialista em se esconder. Você tem alguma pista do paradeiro dele?

– Nenhuma.

– Ele não falou nada?
– Mencionou que talvez ficasse fora uns dias. Mas que deveria confiar nele.
– Péssimo conselho. Algo mais?
Myron balançou a cabeça.
– Onde está Dennis Lex? – indagou ele de novo. – Vocês o viram?
– Não há necessidade – respondeu ela, numa voz estranhamente monótona. – Ele não está envolvido.
– Você continua insistindo... mas como pode saber?
– Sei pela família.
– Você quer dizer Susan e Bronwyn Lex?
– Sim.
– O que tem eles?
– Eles nos garantiram.
Myron quase deu um passo para trás.
– E vocês acreditaram?
– Eu não disse isso. – Ela olhou em volta e suspirou. – De qualquer forma, não é tarefa minha.
– O quê?
Kimberly olhava para o nada.
– Eric Ford cuidou disso pessoalmente.
Myron não conseguia acreditar no que estava ouvindo.
– Me mandou ficar longe – continuou a agente – porque ele mesmo estava cobrindo essa parte.
– Ou encobrindo.
– *Eu* não posso fazer nada em relação ao assunto.
Então Green se afastou sem dizer mais nada. Myron pegou o celular.
– Articule – atendeu Win.
– Vamos precisar de ajuda. Zorra ainda está fazendo trabalhos freelance?
– Vou ligar para ela.
– Talvez para Big Cyndi também.
– Você tem um plano?
– Não há tempo para planos.
– Uuhh – fez Win. – É sinal de que vamos ficar desagradáveis.
– Sim.
– E eu achando que você não ia mais desrespeitar as regras.
– Só desta vez – garantiu Myron.
– Ah, isso é o que todos dizem.

capítulo 31

WIN, ESPERANZA, BIG CYNDI E Zorra estavam todos em sua sala.

Zorra vestia um suéter amarelo com um Z, pérolas grandes à la Wilma Flintstone, uma saia xadrez e meias soquetes brancas. Sua peruca era cacheada e cheia, lembrando Bette Midler no início da carreira ou talvez Annie, a pequena órfã, após uma dose de metadona. Sapatos brilhantes de salto alto que pareciam roubados da Dorothy, só que em tamanho 43.

Ela sorriu para Myron.

– Zorra está feliz por vê-lo.

– É, e Myron está feliz em vê-la também.

– Dessa vez estamos do mesmo lado, né?

– Estamos.

– Zorra fica contente.

Seu nome verdadeiro era Shlomo Avrahaim e ela era ex-agente do Mossad. Os dois haviam tido um desentendimento não fazia muito tempo. Myron ainda trazia uma cicatriz em forma de Z perto da costela, feita por uma lâmina que Zorra escondia no salto.

– O Edifício Lex é muito bem guardado.

– Vamos então executar o Plano B – replicou Myron.

– Já em execução – informou Win.

Myron encarou Zorra.

– Você está armada?

Ela tirou uma arma de baixo da saia.

– Uma Uzi. Zorra gosta de Uzi.

– Que patriótico.

– Uma pergunta – interveio Esperanza.

– O quê?

Ela olhou-o nos olhos.

– E se esse cara não cooperar?

– Não temos tempo de nos preocupar com isso – replicou Myron.

– Como não?

– O psicopata está com Jeremy. Entendeu? O garoto é a nossa prioridade.

Esperanza balançou a cabeça.

– Então não participe – retrucou ele.

– Você precisa de mim.

– Certo. E Jeremy precisa de *mim*. – Myron ficou de pé. – Ok, vamos.

Esperanza voltou a balançar a cabeça, mas foi junto. O grupo – uma espécie de *Os doze condenados* de orçamento modesto – separou-se ao chegar à rua. Esperanza e Zorra iriam a pé. Win, Myron e Big Cyndi dirigiram-se até uma garagem, a três quarteirões de distância. Win tinha um carro lá. Um Chevy Nova. Impossível de rastrear. Possuía vários desses. Referia-se a eles como veículos descartáveis. Ah, os ricos... Melhor não saber o que fazia com os automóveis.

Win sentou no banco do motorista, Myron ao seu lado e Big Cyndi se espremeu para caber atrás – era um pouco como assistir ao vídeo de um parto de trás para frente. Então partiram.

◆ ◆ ◆

O escritório de advocacia Stokes, Layton & Grace era um dos mais prestigiosos de Nova York. Big Cyndi permaneceu na entrada. A recepcionista, magrela, de tailleur cinza, tentava não encará-la, então a grandalhona a fitava, desafiando-a a não olhar. Às vezes rosnava. Como uma leoa. Sem nenhuma razão. Gostava de fazer aquilo.

Myron e Win foram levados até uma sala de reunião que se assemelhava a um milhão de outras dos grandes escritórios de advocacia em Manhattan. Myron ficou rabiscando num bloquinho amarelo igual a um milhão de outros dos grandes escritórios de advocacia de Manhattan. Olhava pela janela os presunçosos estagiários de Harvard, de faces rosadas e ternos escovados, passando o tempo todo, idênticos aos estagiários de um milhão de outros grandes escritórios de advocacia em Manhattan. Para Myron, advogados homens jovens e brancos não se diferenciavam em nada. Discriminação da sua parte, talvez, mas Myron era branco e tinha se formado em Direito por Harvard.

Chase Layton entrou na sala com seu porte roliço, cara de bem-nutrido, mãos rechonchudas, cabelo grisalho penteado de forma a disfarçar a calvície. Parecia, bem, o sócio de um grande escritório de advocacia em Manhattan. Usava uma aliança de ouro numa das mãos e um anel de Harvard na outra. Cumprimentou Win efusivamente – a maioria dos ricos fazia isso –, depois deu um aperto de mão firme em Myron, do tipo "estou às suas ordens".

– Estamos com pressa – comentou Win.

Chase Layton expulsou da sala o largo sorriso e assumiu sua expressão de "pronto" para a guerra. Os três se sentaram. Ele cruzou as mãos sobre a mesa e se inclinou para a frente, forçando os botões da roupa.

– O que posso fazer por você, Windsor?

Os ricos sempre o chamavam assim.

– Você já quer a minha empresa há muito tempo – começou Win.

– Bem, eu não diria que...

– Estou aqui para dá-la a você. Em troca de um favor.

Chase Layton era esperto demais para cair naquela. Olhou para Myron. Um subalterno. Talvez no rosto plebeu houvesse alguma pista de como agir. Myron manteve um ar de neutralidade. Estava se especializando naquilo. Quem sabe por andar tanto na companhia de Win.

– Precisamos ver Susan Lex – falou Win. – Você é advogado dela. Gostaríamos que desse um jeito de ela vir até aqui agora.

– Aqui?

– É. No seu escritório. Agora.

Chase abriu e fechou a boca, olhou de novo para o subalterno. Nenhuma pista ainda.

– Está falando sério, Windsor?

– Se fizer isso, ganha a firma Lock-Horne. Você sabe a renda que ela geraria?

– Bastante dinheiro. No entanto, não chega a um terço do que recebemos da família Lex.

Win sorriu.

– Pense que pode ter as duas coisas.

– Não estou entendendo – disse Chase.

– Estou sendo bem claro.

– Por que você quer ver a Srta. Lex?

– Não podemos revelar.

– Entendo. – Chase coçou a bochecha. – A Srta. Lex é uma pessoa muito reservada.

– Sim, já sabemos.

– Eu e ela somos amigos.

– Tenho certeza disso.

– Talvez eu possa arrumar uma forma de apresentar vocês.

– Não serve. Tem que ser agora.

– Bem, nós tratamos de negócios no escritório dela...

– Também não serve. Tem que ser aqui.

Chase girou a cabeça, alongando o pescoço, para ganhar tempo, analisar a situação, encontrar o ângulo certo para jogar.

– Ela é uma mulher muito ocupada. Nem saberia o que dizer para trazê-la até aqui.

– Você é um bom advogado, Chase – retrucou Win, unindo as pontas dos dedos das mãos. – Tenho certeza de que vai encontrar um jeito.

Chase assentiu, olhou para baixo, examinou a mão bem tratada.

– Não. – Ele ergueu os olhos devagar. – Não vendo meus clientes, Windsor.

– Mesmo que isso signifique ganhar um cliente tão grande quanto a Lock-Horne?

– Mesmo assim.

– Você não está fazendo isso só para me impressionar com sua discrição?

Chase sorriu, aliviado, como se tivesse por fim entendido a piada.

– Não. Mas isso não seria ter as duas coisas? – brincou ele, tentando diminuir a situação.

Win não riu.

– Isso não é um teste, Chase. Preciso que você a traga aqui. Garanto que ela não vai descobrir que você me ajudou.

– Você acha que isso é tudo o que me interessa? A aparência?

Win ficou calado.

– Se é esse o caso, você me entendeu mal. Receio que a resposta continue sendo "não".

– Pense um pouco.

– Não tenho o que pensar. – Chase se recostou e cruzou as pernas, cuidando para não estragar o vinco da calça. – Você achava que eu entraria numa dessas, Windsor?

– Esperava que sim.

Chase olhou novamente para Myron, depois para Win.

– Receio não poder ajudá-los, senhores.

– Ah, você vai nos ajudar, sim – falou Win.

– Perdão?

– É só uma questão do que precisamos fazer para obter sua cooperação.

Chase franziu a testa.

– Você está tentando me subornar?

– Não. Já fiz isso ao oferecer a minha firma.

– Então não entendo...

Myron falou pela primeira vez:

– Vou obrigar você a obedecer.

Chase o encarou e sorriu.

– Perdão?

Myron se levantou. Manteve a expressão impassível, lembrando-se do que havia aprendido com Win sobre intimidação.

– Não quero machucá-lo. Você vai ligar para Susan Lex e pedir a ela que venha aqui. Agora.

Chase cruzou os braços e pousou-os na barriga.

– Se você quiser discutir isso melhor...

– Não quero – rebateu Myron, dando a volta na mesa.

O advogado não se intimidou, falando com firmeza:

– Não vou ligar para ela. Windsor, pode pedir a seu amigo que se sente?

Win deu de ombros, fingindo impotência. Myron parou na frente de Chase e olhou para o amigo.

– Me deixe resolver isso – disse Win.

Myron balançou a cabeça, agigantando-se sobre Chase e baixando o olhar.

– Última chance.

A expressão de Chase era calma, quase de divertimento. Provavelmente via aquilo como uma farsa bizarra – ou talvez tivesse certeza de que Myron recuaria. Para homens como ele, as coisas eram assim. A violência física não fazia parte da sua vida. Ah, claro, aqueles animais de rua ignorantes podiam lançar mão dela, batendo-lhe na cabeça para roubar a carteira. Outros indivíduos, inferiores, resolviam os problemas por meio de violência. Isso ocorria, entretanto, em outro planeta, povoado por uma espécie mais primitiva. No mundo de Chase Layton, de status e modos altivos, as pessoas eram intocáveis. Os homens ameaçavam, processavam, xingavam, tramavam nas costas dos outros, mas nunca empregavam a violência cara a cara.

Era por isso que Myron sabia que nenhum blefe funcionaria ali. Chase acreditava que qualquer ação remotamente física fosse um blefe. Poderia apontar-lhe uma arma e ele nem se mexeria. Bom, com relação a esse cenário, Chase estaria certo.

Mas não a respeito do que estava por vir.

Myron acertou-o nos ouvidos com as palmas da mão.

Seus olhos se arregalaram de um modo provavelmente inédito. Myron tapou a boca do advogado, abafando o grito. Segurou-o pela cabeça e puxou-o para fora da cadeira, fazendo-o cair no chão de barriga para cima.

Myron olhou-o nos olhos e viu uma lágrima escorrer. Sentiu-se mal. Pensou em Jeremy, e isso o ajudou a manter a expressão neutra.

– Ligue para ela.

A respiração de Chase era ofegante. Myron encarou Win, que balançou a cabeça.

– Você – cuspiu Layton – vai para a cadeia.

Myron fechou os olhos, cerrou o punho e lhe deu um soco embaixo das costelas, na região do fígado. A expressão do advogado desmoronou. Tapou de novo a boca de Chase, mas dessa vez não havia grito para sufocar.

Win se recostou na cadeira.

– Só para constar, sou a única testemunha desse acontecimento. Vou depor, sob juramento, que foi em legítima defesa.

Chase parecia perdido.

– Ligue para ela – repetiu Myron, tentando afastar a súplica de sua voz.

A fralda da camisa de Layton saíra da calça, a gravata estava torta, o cabelo desgrenhado. Myron percebeu que nada mais seria o mesmo para aquele cara. Chase tinha sido atacado fisicamente. A partir de agora, andaria sempre com mais cuidado. Teria um sono mais leve. Algo dentro dele estaria um pouco diferente para sempre.

Talvez em Myron também.

Socou-o outra vez. Chase emitiu um gemido de dor. Win estava na porta. Mantenha o rosto impassível, disse Myron para si mesmo. Um homem trabalhando, um homem que não se deteria por nada. Cerrou o punho outra vez.

Cinco minutos depois, Chase Layton ligava para Susan Lex.

capítulo 32

– TERIA SIDO MELHOR SE VOCÊ tivesse me deixado bater nele – disse Win.

Myron continuou andando.

– Daria na mesma.

Win encolheu os ombros. Dispunham de uma hora para organizar tudo. Big Cyndi estava naquele momento com Chase na sala de reunião, supostamente analisando seu novo contrato como lutadora profissional. Quando entrou, com os quase 2 metros e mais de 130 quilos, trajada de Grande Chefe-Mãe, Chase nem ergueu a cabeça. A dor provocada pelos socos era esgotante, Myron bem sabia. Não o atingira em nenhum lugar que pudesse causar danos permanentes, exceto aqueles inevitáveis.

Esperanza estava a postos na portaria. Dois andares abaixo, no sétimo, Myron e Win se encontraram com Zorra, que havia inspecionado os pisos inferiores e decidido que aquele era o mais calmo e fácil de controlar. Os escritórios do lado norte estavam vazios, observou ela. Ninguém que entrasse ou saísse passaria por ali vindo do oeste. Zorra se instalou então no local com um celular.

Esperanza estava com outro, embaixo. Win tinha o seu. Todos se encontravam numa espécie de conferência telefônica. Ele e Myron já estavam posicionados. Nos últimos vinte minutos, o elevador havia parado no andar deles apenas duas vezes. Ótimo. Nas duas vezes em que as portas se abriram, fingiram conversar, dois caras esperando por um elevador na direção oposta. Verdadeiros soldados camuflados.

Myron torcia para que ninguém estivesse na cena quando tudo acontecesse. Zorra os avisaria, é claro, mas, uma vez em curso, não havia mais como cancelar a operação. Teriam que inventar alguma desculpa, talvez dizer que era um exercício de treinamento, mas Myron não sabia se aguentaria ferir mais inocentes naquele dia. Fechou os olhos. Não podia desistir agora. Era preciso seguir em frente.

Win sorriu para ele.

– Perguntando-se pela enésima vez se os fins justificam os meios?

– Não é necessário.

– É?

– Já sei que não justificam.

– E mesmo assim...?

– Não estou num clima muito introspectivo neste momento.

– Mas você é especialista nisso – provocou Win.

– Obrigado.

– Conheço você muito bem: sei que vai deixar para remoer depois, quando tiver mais tempo. Vai ranger os dentes pensando no que fez. Vai se sentir envergonhado, arrependido, culpado... embora ao mesmo tempo estranhamente orgulhoso por não ter precisado de *moi* para o trabalho sujo. Vai terminar fazendo uma declaração de que isso jamais acontecerá outra vez. E talvez não aconteça mesmo. Não até que algo muito valioso esteja em jogo.

– Portanto, sou hipócrita – concluiu Myron. – Feliz?

– Mas esse é o ponto.

– Qual?

– Você não é hipócrita. Visa a um objetivo superior. O fato de que nem sempre consegue alcançá-lo não faz de você um hipócrita.

– Conclusão: os fins não justificam os meios. Só às vezes.

Win espalmou as mãos.

– Está vendo? Acabei de poupar você de horas de escrutínio da alma. Talvez eu deva considerar a hipótese de escrever um desses manuais de como otimizar seu tempo.

A voz de Esperanza surgiu ao telefone:

– Eles chegaram.

– Quantos são? – perguntou Win.

– Três. Susan Lex, aquele cara de granito de quem Myron sempre fala e um outro segurança. Lá fora, há mais dois, estacionados.

– Zorra – chamou Win ao celular –, fique de olho nos dois cavalheiros lá fora, por favor.

– E se eles se moverem?

– Detenha-os.

– Com todo o prazer – disse Zorra, dando um risinho.

Win sorriu. Bem-vindos ao Disque-Psicose. Apenas 3,99 por minuto. Primeira ligação grátis.

Myron e Win esperaram. Dois minutos se passaram. Esperanza avisou:

– Elevador do meio. Entraram os três.

– Alguém mais com eles?

– Não... espere. Merda, dois executivos estão entrando.

Myron fechou os olhos e praguejou. Win olhou para ele.

– É com você.

O pânico apertou seu coração. Pessoas inocentes no elevador. Era certo que haveria violência. E com testemunhas.

– E aí?

– Espere aí... – Era Esperanza. – O cara de granito bloqueou a passagem deles. Parece que mandou tomarem outro elevador.

– Segurança máxima – comentou Win. – É bom ver que não estamos lidando com amadores.

– Agora só estão os três no elevador – avisou ela.

O alívio no rosto de Myron era visível. Esperanza informou:

– Porta do elevador fechando... agora.

Myron apertou o botão de subida e pegou sua Glock. Win sacou uma 44. Os dois aguardaram. Myron mantinha a arma contra a coxa. Era de um peso terrível, porém reconfortante. Ficou observando o corredor. Ninguém. Torcia para que a sorte continuasse a favorecê-los. Sentiu o pulso se acelerar. A boca estava seca. Parecia que a temperatura havia subido.

Um minuto depois, a luz acima da porta do elevador do meio piscou.

O rosto de Win estava em seu campo de visão, quase eufórico. Ele moveu as sobrancelhas e disse:

– Hora do show.

Myron tensionou os músculos e se inclinou um pouco. O barulho do elevador cessou. Houve uma pausa e as portas começaram a se abrir. Win não esperou: entrou antes mesmo que a brecha alcançasse 30 centímetros, enfiando a arma no ouvido de Grover. Myron fez o mesmo com o outro segurança.

– Problemas com excesso de cera no ouvido, Grover? – perguntou Win em sua melhor voz radiofônica. – A Smith and Wesson tem a solução.

Susan Lex fez menção de falar. Win desestimulou-a pondo um dedo em seus lábios e fazendo "shh" suavemente. Depois, revistou e desarmou Grover. Myron repetiu o procedimento com o outro guarda-costas. O Homem de Granito fuzilou Win com os olhos.

– Por favor, coisinha linda, não faça nenhum movimento brusco – pediu o ricaço.

Grover obedeceu. Win deu um passo para trás. A porta do elevador começou a se fechar. Myron imobilizou-a com o pé e apontou a arma para Susan.

– Você vem comigo.

– Não quer se vingar primeiro? – perguntou Grover.

Myron o encarou.

– Vá em frente – continuou o grandalhão, abrindo os braços. – Me acerte na barriga. Vá em frente, pode dar um soco bem forte...

– Perdão – interrompeu Win –, mas esse oferecimento também vale para mim?

Grover o fitou como se fosse uma deliciosa refeição.

– Dizem que você não é mau.

Win olhou para Myron.

– Monsieur Grover ouviu dizer que não sou mau.

– Win...

O amigo enfiou com toda força o joelho na virilha do Homem de Granito e continuou pressionando, fazendo com que os testículos do cara fossem parar no estômago. Grover não deu um pio, só se dobrou.

– Ah, espere, você disse "barriga", né? – Win o olhou, fazendo uma careta. – Tenho que praticar minha pontaria. Talvez você esteja certo e não seja mau de fato.

Grover estava de joelhos, as mãos entre as pernas. Win lhe deu um chute na cabeça. O grandão caiu como um pino de boliche. O ricaço olhou para o outro segurança, que erguia as mãos e recuava rapidamente para um canto.

– Você vai contar aos amigos que não sou mau? – perguntou Win.

O segurança balançou a cabeça.

– Chega – interveio Myron.

Win pegou o celular.

– Zorra, informe.

– Eles não estão se mexendo, bonitão.

– Volte aqui para cima então. Você pode me ajudar na limpeza.

– Limpeza? Uuhh, Zorra vai correndo.

Win riu.

– Chega – repetiu Myron.

O amigo não respondeu, mas ele não esperava mesmo que o fizesse. Myron agarrou o braço de Susan.

– Vamos.

Empurrou-a até a escada. Zorra surgiu sem fazer por menos, de salto alto. Imaginem deixar dois homens sozinhos desarmados com Win e Zorra. O horror. Contudo, não tinha escolha. Myron se virou para Susan, segurando-a pelo cotovelo com força.

– Preciso da sua ajuda.

A Srta. Lex olhou-o de cabeça erguida, sem medo.

– Prometo não dizer nada – continuou ele. – Não tenho interesse nenhum em prejudicar você e sua família. Mas você vai me levar para ver Dennis.

– E se eu me recusar?

Myron apenas a encarou.

– Você me machucaria?

– Acabei de bater em um homem inocente.

– E faria o mesmo com uma mulher?

– Não gostaria de ser acusado de sexismo.

A expressão dela permaneceu desafiadora, mas, ao contrário de Chase, Susan parecia entender como o mundo real funcionava.

– O senhor sabe o poder que tenho.

– Sei.

– Sabe então o que farei quando isso tudo acabar?

– Não estou muito interessado. Um garoto de 13 anos foi sequestrado.

Ela quase sorriu.

– Pensei que ele precisasse de um transplante de medula.

– Não tenho tempo para explicar.

– Meu irmão não está envolvido nisso.

– Já ouvi muito essa conversa.

– Porque é verdade.

– Então me prove.

Suas feições se alteraram, relaxando de uma forma que se aproximava muito da tranquilidade.

– Vamos – disse ela.

capítulo 33

SUSAN LEX GUIOU-O PARA O NORTE, pela FDR, até a Harlem River Drive, e outra vez para o norte até a I-684. Já em Connecticut, as estradas ficaram mais tranquilas e a vegetação, mais densa. As construções agora eram mais escassas. Praticamente não havia tráfego.

– Já estamos chegando – avisou Susan. – Gostaria de saber a verdade agora.

– Estou dizendo a verdade.

– Ótimo. O que você planeja fazer para sair impune disso tudo?

– Impune de quê?

– Vai me matar no final?

– Não.

– Então vou atrás de você. No mínimo, processá-lo.

– Já falei: não me importa. Mas pensei em algo.

– É?

– Dennis vai me salvar.

– Como?

– Se ele for o sequestrador...

– Não é.

– ... ou estiver de alguma forma envolvido com ele, o que estou fazendo aqui não vai ser nada em comparação.

– E se não for ele?

Myron deu de ombros.

– De qualquer forma, vou saber o que você quer esconder. Faremos um trato. Jamais vou contar o que vi. Em troca, você me deixa em paz.

– Ou posso simplesmente matá-lo.

– Não creio que vá fazer isso.

– Não?

– Você não é uma assassina. E, mesmo que fosse, seria muito complicado. Eu deixaria um rastro. Tenho Win me cobrindo. Seria uma grande confusão.

– Veremos – replicou Susan, sem muita convicção. Ela apontou para a frente. – Dobre ali.

Eles entraram numa estradinha de terra que pareceu se materializar do nada. Havia uma guarita 50 metros à frente, à esquerda. Myron parou o carro. Susan se inclinou para fora e sorriu. O guarda fez sinal para que passassem. Não se viam placas, marcas de identificação, nada. A área toda parecia uma espécie de complexo miliciano.

Depois da guarita, a estradinha acabava e outra, pavimentada, tinha início. Um calçamento novo parecia colorir o cinza-escuro das nuvens pesadas. Árvores se erguiam dos dois lados como espectadoras de um desfile. À frente, a via se estreitava e as árvores ficavam mais próximas. Myron dobrou à esquerda e passou por um portão de ferro guardado por dois falcões de pedra.

– O que é isso? – perguntou ele.

Susan não respondeu.

Uma mansão gigantesca surgiu do verde, projetando-se para a frente. O exterior branco acinzentado tinha um estilo georgiano clássico: janelas paladianas, pilastras, belos frontões triangulares, balcões curvos, quinas de tijolos e o que parecia alvenaria de pedra autêntica, e em tudo havia toques de hera. Uma fileira de enormes portas duplas estava localizada bem no centro da fachada; a construção toda era perfeitamente simétrica.

– Pare naquele estacionamento ali – instruiu Susan.

Myron obedeceu. Existia de fato um estacionamento calçado. Ele calculou que haveria ali uns vinte carros parados. Um BMW, dois Hondas Accord, três Mercedes de diferentes modelos, Fords, caminhonetes, uma perua. Um típico caldeirão cultural americano. Myron olhou de novo para a mansão. Foi aí que notou diversas rampas. Examinou os automóveis. Alguns tinham placas de médicos.

– Um hospital – compreendeu ele.

Susan sorriu.

– Venha.

Eles seguiram pelo caminho de tijolos. Jardineiros de luvas se encontravam ajoelhados, trabalhando nos canteiros. Uma mulher passou na direção oposta. Sorriu educadamente, mas não falou nada. Os dois transpuseram uma entrada em arco que dava para uma recepção de dois andares. Uma mulher sentada atrás da mesa se levantou, um pouco espantada.

– Não estávamos esperando a senhora.

– Não tem problema.

– A segurança não está a postos.

– Não tem problema também.

– Sim, senhora.

Susan manteve o ritmo. Pegou a grande escadaria à esquerda, subindo pelo meio, sem tocar no corrimão. Myron seguiu-a.

– O que ela quis dizer com "a segurança não está a postos"?

– Quando venho fazer visita, eles esvaziam os corredores e não deixam ninguém mais entrar.

– Para guardar seu segredo?

– Sim – respondeu ela, sem deixar de andar. – Talvez você tenha notado que ela só me chamou de "senhora". Isso faz parte das regras de discrição aqui: nunca usam nomes.

Quando chegaram ao último andar, Susan virou à esquerda. O corredor exibia um papel de parede texturizado, com uma estampa floral clássica, e nada mais. Nada de mesinhas, cadeiras, pinturas ou tapetes orientais. Os dois passaram por talvez uma dezena de quartos; apenas dois não estavam fechados. Myron se lembrou da visita ao Hospital de Bebês e Crianças ao notar as portas muito largas, próprias para passarem cadeiras de roda e macas.

Quando chegaram ao fim do corredor, Susan parou, respirou fundo e olhou para Myron.

– Está pronto?

Ele assentiu. Ela abriu a porta e entrou. Myron seguiu-a. Uma cama antiga de dossel ocupava boa parte do quarto. As paredes eram de um verde vivo, com rodapés de madeira. Via-se um pequeno candelabro de cristal, um sofá vitoriano vinho e um tapete persa com detalhes num vermelho escuro. Um aparelho de som tocava, um pouco alto demais, um concerto para violino de Mozart. Havia uma mulher sentada a um canto, lendo um livro. Ela se sentou ereta quando viu quem entrava.

– Está tudo bem – garantiu Susan. – Você se importaria de nos deixar a sós um instante?

– Sim, senhora. Se precisar de alguma coisa...

– Eu toco, obrigada.

A mulher fez uma meia mesura e saiu às pressas. Myron olhou para o homem na cama. A semelhança com a projeção do programa do computador era extraordinária, quase perfeita. Até, curiosamente, os olhos mortos. Ele se aproximou. Dennis Lex seguia-o com seus olhos sem vida, desfocados, vazios, como janelas que dão para o nada.

– Sr. Lex?

Dennis apenas o contemplava.

– Ele não consegue falar – explicou Susan.

Myron se virou para ela.

– Não entendo.

– Você estava certo: é um hospital. De certa forma. Em outra época, imagino que as pessoas chamariam de sanatório particular.

– Há quanto tempo seu irmão está aqui?

– Trinta anos – respondeu ela, movendo-se em direção à cama e, pela primeira vez, olhando para o irmão. – Veja, Sr. Bolitar, é aqui que os ricos colocam seus dissabores. – Ela acariciou o rosto de Dennis, que não demonstrou qualquer reação. – Somos muito civilizados para não dar o melhor aos nossos entes queridos. Tudo muito humano e prático, sabe?

Myron esperou que ela prosseguisse. Susan continuava a afagar o irmão. Ele tentava ver o rosto da milionária, mas ela o mantinha baixo, virado para outro lado.

– Por que ele está aqui? – perguntou Myron.

– Eu atirei nele.

Myron abriu e fechou a boca enquanto calculava.

– Mas você era uma criança quando ele desapareceu.

– Eu tinha 14 anos. Bronwyn, 6. – Susan parou de acariciar o irmão. – É uma velha história, Sr. Bolitar. O senhor já deve tê-la ouvido mil vezes. Estávamos brincando com uma arma carregada. Bronwyn queria pegá-la, eu disse que não, ele tentou agarrá-la, ela disparou – disse Susan, de um fôlego só, encarando o irmão, voltando a afagá-lo. – Esse foi o resultado.

Myron fitou os olhos imóveis na cama.

– Ele está aqui desde então?

Ela aquiesceu.

– Durante um tempo, fiquei esperando que morresse. Para que pudesse ser oficialmente acusada de assassinato.

– Você era uma criança – retrucou Myron. – Foi um acidente.

Ela o encarou e sorriu.

– Nossa! Vindo do senhor, isso significa muito. Obrigada.

Myron não falou nada.

– Não importa – continuou ela. – Papai cuidou de tudo. Providenciou para que meu irmão tivesse o melhor tratamento. Era um homem muito reservado, meu pai. A arma era dele. Deixara-a num lugar onde os filhos podiam pegar. Seus negócios e sua reputação estavam crescendo naquela época. Ele tinha aspirações políticas. Só queria abafar tudo.

– E conseguiu.

– Sim.

– E sua mãe?

– O que tem ela?

– Como reagiu?

– Minha mãe detestava aborrecimentos, Sr. Bolitar. Depois do incidente, nunca mais viu o filho.

Dennis Lex emitiu um som gutural, que nem remotamente parecia humano. Susan o acalmou com suavidade.

– Você e Bronwyn tiveram algum tipo de ajuda? – perguntou Myron.

Ela arqueou uma sobrancelha.

– Ajuda?

– Terapia. Para superar isso.

Ela fez uma careta.

– Ah, por favor...

Myron ficou ali parado, os pensamentos girando em falso.

– Bem, agora o senhor conhece a verdade.

– Acho que sim.

– Como assim?

– Queria saber por que me contou isso tudo. Poderia apenas ter me mostrado Dennis.

– Porque o senhor não vai contar nada.

– Como pode ter tanta certeza?

Ela sorriu.

– Depois que você dá um tiro no irmão, atirar em estranhos se torna muito fácil.

– Não acredito que pense assim.

– Não, imagino que não. – Susan o encarou. – O fato é que o senhor não tem muito que contar. Como disse antes, nós dois temos razões para ficar de boca fechada. O senhor seria preso por sequestro e sabe lá mais o quê. A prova do meu crime... se é que foi um crime... não existe. O senhor ficaria numa situação pior que a minha.

Myron aquiesceu, mas sua cabeça ainda rodava. A história de Susan podia ser tanto genuína quanto inventada para ganhar sua simpatia, diminuir o prejuízo. Havia, porém, um quê de verdade nas palavras dela. Talvez sua razão para falar fosse mais simples. Talvez, depois de todos aqueles anos, precisasse de alguém que escutasse sua confissão. Não importava. Nada daquilo importava. Não havia nada ali. Dennis Lex era de fato um beco sem saída.

Myron olhou pela janela. O sol começava a se pôr. Consultou o relógio. Fazia cinco horas que Jeremy desaparecera – cinco horas sozinho com um louco – e a melhor pista que Myron tinha, sua única pista, jazia inerte numa cama de hospital, com danos cerebrais.

O sol ainda estava forte, banhando de luz o amplo jardim. Myron viu o que parecia um labirinto feito de sebes. Observou vários pacientes em cadeiras de rodas, pernas tapadas por cobertores, sentados perto de uma fonte. Serenos. Os raios de luz se refletiam numa grande bacia de água, e havia uma estátua no meio...

A estátua.

Myron sentiu o sangue gelar nas veias. Protegeu os olhos com a mão contra o sol e os estreitou.

– Meu Deus! – exclamou, então correu em direção à escada.

capítulo 34

O HELICÓPTERO DE SUSAN LEX COMEÇAVA a descer em direção ao heliporto do sanatório quando Kimberly Green ligou para o celular de Myron.

– Pegamos Stan Gibbs – informou ela. – Mas o garoto não estava com ele.

– Porque o sequestrador não é ele.

– Você sabe de algo que não sei?

Myron ignorou a pergunta:

– Stan falou alguma coisa?

– Não. Já está com advogado. Diz que só vai falar com você, Myron. Por que será que não acho isso nada surpreendente?

Se ele tivesse respondido, a hélice do helicóptero teria abafado sua voz. Afastou-se alguns passos. A aeronave aterrissou. O piloto pôs a cabeça para fora e acenou para ele.

– Estou indo! – gritou Myron ao telefone, desligando-o e virando-se para Susan Lex. – Obrigado.

Ela meneou a cabeça. Ele se abaixou e correu na direção do helicóptero. Quando subiram, Myron olhou para baixo. O queixo de Susan estava apontado para cima, seus olhos ainda fixos nele. O agente acenou e ela retribuiu.

◆ ◆ ◆

Stan não estava numa cela porque não havia uma. Encontrava-se sentado numa sala de espera, fitando a mesa. A advogada, Clara Steinberg, falava por ele. Desde que se entendia por gente, Myron a conhecia – chamava-a de tia Clara, embora não houvesse qualquer parentesco. Ela e tio Sidney eram os melhores amigos de seus pais. O pai de Myron tinha sido colega dela no primário. A mãe fora sua companheira de quarto na faculdade de Direito. Tia Clara até fizera papel de cupido no primeiro encontro dos dois. Ela gostava de lembrá-lo disso com uma piscadela, como se dissesse: "Você não estaria aí se não fosse pela tia Clara." Depois piscava de novo. Sutil. Nos feriados, sempre beliscava as bochechas de Myron.

– Deixe-me estabelecer as regras da casa, *bubbe* – falou ela.

Clara tinha cabelo grisalho e usava óculos grandes demais, que aumentavam os seus olhos, fazendo-a parecer o Homem-Formiga. Ela o encarou, como se o gravasse em sua mente. Vestia blusa branca e colete cinza, saia combinando, lenço no pescoço e brincos de pérola pendente. Imaginem uma Barbara Bush judia.

– Regra número um – começou ela. – Sou a advogada do Sr. Gibbs. Fiz uma solicitação para que esta conversa não fosse ouvida. Já troquei de sala quatro vezes, a fim de garantir que as autoridades não escutem. Mas não confio nelas. Acham que sua tia Clara é uma velha idiota. Que vamos conversar aqui.

– E não vamos? – indagou Myron.

– Não.

Não se percebia nenhum sinal da bondosa senhora que beliscava as bochechas de Myron; sua expressão era de quem estava determinada, pronta para o jogo.

– A primeira coisa que vamos fazer é ficar de pé. Entenderam?

– Ficar de pé – repetiu Myron.

– Certo. Depois vou levar você e Stan para fora, para o outro lado da rua. Vou ficar deste lado, com todos esses agentes simpáticos. Vamos fazer isso agora, rápido, de forma que eles não tenham chance de armar nenhum esquema de vigilância. Entendido?

Myron assentiu. Stan continuava fitando a mesa de fórmica.

– Ótimo. Até aí estamos perfeitamente entendidos.

Ela bateu à porta. Kimberly Green abriu. Clara foi passando sem falar nada. Myron e Stan a seguiram. A agente saiu correndo atrás deles.

– Aonde vocês pensam que vão?

– Mudança de planos, boneca.

– A senhora não pode fazer isso.

– Claro que posso. Sou uma velhinha encantadora.

– Nem se a senhora fosse a rainha da Inglaterra – retrucou Kimberly. – Vocês não vão a lugar nenhum.

– Você é casada, querida?

– O quê?

– Deixa pra lá – respondeu Clara. – Tente experimentar um dia para ver como é. Meu cliente exige privacidade.

– Mas já prometemos...

– Shh, você está falando quando deveria estar escutando. Meu cliente exige privacidade. Portanto, ele e o Sr. Bolitar vão dar uma volta. Você e eu vamos ficar observando a distância. Não vamos ouvir nada.

– Já disse à senhora que...

– Shh, você está me dando dor de cabeça.

Clara revirou os olhos e continuou a andar. Myron e Stan foram atrás. Chegaram à entrada. A advogada apontou para uma garagem de ônibus do outro lado da rua.

– Sentem-se naquele banco ali.

Myron concordou. Clara pousou a mão no seu braço.

– Atravesse na esquina, espere o sinal fechar.

Os dois obedeceram. Kimberly e os colegas espumavam de raiva. Clara tomou-os pela mão e conduziu-os de volta para a entrada do prédio. Stan e Myron sentaram-se no banco. O jornalista ficou olhando um ônibus da linha de Nova Jersey como se nele estivesse o segredo da vida.

– Não temos tempo para admirar a paisagem, Stan.

O jornalista se inclinou para a frente e apoiou os cotovelos nos joelhos.

– Isso é difícil para mim.

– Talvez fique mais fácil se eu disser que já sei que o sequestrador é o seu pai.

O homem segurou a cabeça com as mãos.

– Stan?

– Como você descobriu?

– Por meio de Dennis Lex. Encontrei-o num sanatório particular em Connecticut. Está lá há trinta anos. Mas você já sabia disso, não?

Gibbs não disse nada.

– Há um jardim atrás desse lugar. Com uma estátua de Diana. Na sua casa, há uma foto de você com o pai em frente à mesma estátua. Ele foi paciente de lá. Você não precisa confirmar nem negar. Susan Lex tem influência. Um funcionário da administração nos contou que, faz quinze anos, Edwin Gibbs entra e sai daquele sanatório. O resto é óbvio. Seu pai ficou lá muito tempo. Seria fácil descobrir quem mais estava no local, apesar de todas as normas estritas de segurança. Assim ele ficou sabendo sobre Dennis Lex. E roubou sua identidade. Foi uma jogada e tanto, temos que admitir. Antigamente era muito fácil obter identidades falsas. Bastava visitar um cemitério, procurar a sepultura de uma criança morta, pegar o número da previdência social e pronto. Mas isso não funciona mais. Os computadores acabaram com essa brecha. Hoje, quando alguém morre, o número morre junto. Seu pai pegou então a identidade de uma pessoa ainda viva, mas que não precisava dela, porque vivia internada. Ou seja, de alguém que não tinha vida. E, para acobertar ainda mais, mudou o nome da pessoa. Dennis Lex virou Davis Taylor. Impossível rastrear.

– Só que você conseguiu rastrear.

– Tive sorte.

– Continue – pediu Stan. – Me diga o que mais você sabe.

– Não temos tempo para isso.

– Você não está entendendo.

– Não estou entendendo o quê?

– Se foi você quem descobriu tudo, não é uma traição tão grande assim da minha parte. Dá para entender?

Não havia tempo para argumentar. E talvez Myron entendesse.

– Vamos começar com a pergunta que todos os repórteres queriam fazer: por que você? Por que o sequestrador escolheu você? Resposta: porque era seu pai. Sabia que você não iria entregá-lo. Talvez uma parte de você esperasse que alguém descobrisse a verdade. Não sei. Também não sei se você o procurou ou se ele procurou você.

– Ele me procurou – esclareceu Stan. – Veio até mim porque eu era repórter e não porque era filho dele. Deixou isso bem claro.

– Óbvio. Dupla proteção. Escorou-se no fato de que você não delataria o próprio pai. Além do mais, deu-lhe uma razão ética para ficar calado. A querida Primeira Emenda. Ninguém pode revelar suas fontes. Ela deixou você numa situação muito cômoda. Podia transitar entre os dois papéis, de moralista e bom filho.

Stan ergueu os olhos.

– Você está vendo agora que não tive escolha.

– Ah, eu não seria tão leniente – retrucou Myron. – Você não estava sendo totalmente altruísta. Todo mundo diz que você é ambicioso. Isso fez muita diferença. Você conseguiu ficar famoso com essa história. Foi um tremendo furo, do tipo que impulsiona uma carreira até a estratosfera. Acabou indo parar na televisão, ganhou um programa. Recebeu um aumento. Era convidado para festas de luxo. Vai dizer que não pensou nisso tudo?

– Foi só uma consequência. Não um fator.

– Se você diz...

– Foi como você mesmo disse: eu não podia entregá-lo, mesmo que quisesse. Havia um princípio constitucional em jogo. Mesmo que ele não fosse meu pai, eu tinha a obrigação de...

– Guarde isso para o seu pastor – interrompeu Myron. – Onde ele está?

Stan não respondeu. Myron olhou para o outro lado da rua. Os carros engarrafados atrapalhavam a visão, mas através deles, parado na calçada do outro lado, ele conseguiu avistar Greg ao lado de Kimberly.

– Está vendo aquele cara ali? – perguntou Myron, apontando com o queixo. – É o pai do garoto.

Stan olhou, mas seu rosto permaneceu impassível.

– Há um garoto em perigo – continuou Myron. – Isso anula a sua cobertura constitucional.

– Ele ainda é meu pai.

– Que sequestrou um garoto de 13 anos.

Stan levantou outra vez a cabeça.

– O que *você* faria?

– Como assim?

– Entregaria seu pai? Assim, sem mais nem menos?

– Se estivesse sequestrando crianças? Sim, claro.

– Você acha que é fácil?

– Quem disse que é fácil? – objetou Myron.

Stan segurou de novo a cabeça entre as mãos.

– Ele é doente e precisa de ajuda.

– E há um garoto inocente com ele.

– E...? Não quero parecer insensível, mas não conheço esse garoto. Não tenho nenhuma ligação com ele, mas tenho com meu pai. É isso que interessa aqui. É como um desastre de avião, certo? Você fica sabendo que morreram duzentas pessoas, dá um suspiro e segue levando a vida, agradecendo a Deus por nenhum ente querido seu estar no avião. Não é assim que funciona?

– O que você quer dizer com isso?

– Você segue em frente porque as pessoas no avião lhe são estranhas. Como esse garoto é para mim. A gente não se importa com estranhos. Eles não contam.

– Fale por você – rebateu Myron.

– Você é próximo do seu pai?

– Sou.

– Do fundo do coração: você sacrificaria a vida dele para salvar a das duzentas pessoas no avião? Pense. Se Deus aparecesse para você e dissesse: "Olha, esse avião não vai cair, todo mundo vai chegar em segurança. Em troca, seu pai vai morrer." Você faria essa troca?

– Não estou interessado em brincar de Deus.

– Mas está pedindo que eu brinque – retrucou Stan. – Se eu entregar meu pai, vão matá-lo. Dar aquela injeção letal. Se isso não é brincar de Deus, o que é então? Por isso pergunto: você trocaria a vida do seu pai pela de duzentas pessoas?

– Não temos tempo para...

– Trocaria?

– Se meu pai estivesse metralhando o avião, sim, Stan, eu trocaria.

– E suponha que seu pai não fosse culpável? Fosse doente, louco?

– Stan, não temos tempo para isso.

O jornalista ficou abatido e fechou os olhos.

– Tem um garoto com ele – insistiu Myron. – Não podemos deixar que ele morra.

– E se já estiver morto?

– Não sei.

– Vocês vão querer a morte do meu pai.

– Não pelas minhas mãos.

Stan respirou fundo e fitou Greg, que o fuzilou com os olhos.

– Ok. Mas vamos sozinhos.

– Sozinhos?

– Só você e eu.

◆ ◆ ◆

Kimberly Green teve um acesso de raiva:

– Vocês são loucos?

Eles se achavam de volta, sentados em torno da mesa de fórmica. Green, Rick Peck e dois outros federais estavam amontoados um ao lado do outro. Clara Steinberg conversava com seu cliente. Greg se encontrava ao lado de Myron. O sequestro de Jeremy sugara todo o seu sangue. As mãos pareciam secas, a pele quase esturricada, os olhos muito duros e sem movimento. Myron pôs a mão em seu ombro. Greg nem pareceu notar.

– Vocês querem que meu cliente coopere ou não? – perguntou Clara.

– A senhora quer que eu deixe meu suspeito número um escapar?

– Não vou fugir – assegurou Stan.

– Como posso ter certeza? – contrapôs Kimberly.

– É a única forma – suplicou ele. – Vocês entrariam de arma na mão. Alguém iria se ferir.

– Somos profissionais. Não entramos com a arma na mão.

– Meu pai é instável. Se vir um monte de policiais, garanto que vai haver derramamento de sangue.

– Não precisa ser assim – falou a agente. – Vai depender dele.

– Exatamente. Não vou arriscar a vida do meu pai. Deixe-nos ir. Não nos siga. Vou fazer com que ele se entregue. Myron vai estar comigo o tempo todo. Está armado e vai levar o celular.

– Deixem disso – interveio Myron. – Estamos perdendo tempo.

Kimberly mordia o lábio inferior.

– Não tenho autorização para...

– Esqueça – interrompeu Clara.

– Perdão?

A advogada pôs o dedo gordo na cara da agente.

– Escute aqui: a senhorita ainda não prendeu o Sr. Gibbs, correto?

Green hesitou.

– Correto.

Clara se virou para Stan e Myron e fez um gesto para enxotá-los.

– Então, xô, xô, vão, tchau. Estamos perdendo tempo. Apressem-se. Xô!

Stan e Myron se levantaram devagar.

– Xô!

Stan olhou para Kimberly.

– Se eu vir que alguém está nos seguindo, cancelo tudo. Entendeu?

Ela estava furiosa, mas ficou em silêncio.

– Vocês estão me seguindo há três semanas. Já conheço a cara de cada um.

– Ela não vai seguir você.

Era Greg Downing.

Ele e Stan se encararam outra vez.

– Quero ir com vocês também – disse Greg se levantando. – E sou quem tem o maior interesse em manter seu pai vivo.

– Como assim?

– A medula dele pode salvar a vida do meu filho. Se ele morrer, meu filho também morre. E se Jeremy estiver ferido... Bem, gostaria de estar lá para ajudá-lo.

Stan não perdeu muito tempo refletindo.

– Vamos logo.

capítulo 35

STAN IA AO VOLANTE E Greg sentara-se no banco do carona.

– Aonde estamos indo? – perguntou Myron, que ia atrás.

– Bernardsville – respondeu Stan. – Fica em Morris.

Myron conhecia a cidade.

– Minha avó morreu faz três anos – continuou Stan. – Ainda não vendemos a casa. Meu pai às vezes fica lá.

– Onde mais?

– Em Waterbury, Connecticut.

Greg e Myron se entreolharam. O velho de peruca loura. A ficha caiu ao mesmo tempo para os dois.

– Ele é Nathan Mostoni?

– É o pseudônimo principal dele. O verdadeiro Nathan Mostoni é outro paciente de Pine Hills, aquela lixeira luxuosa para malucos. Mostoni foi quem deu a ideia de usar a identidade dos internos para dar golpes. Ele e meu pai se tornaram grandes amigos. Quando Nathan ficou completamente delirante, meu pai tomou a identidade dele.

Greg balançou a cabeça e cerrou os punhos.

– Você devia ter entregado esse canalha.

– O senhor ama seu filho, não é, Sr. Downing?

Greg fuzilou Stan com um olhar que poderia ter atravessado barras de titânio.

– Que diabo isso tem a ver com o que estamos falando?

– Gostaria que seu filho o delatasse um dia?

– Não me venha com essa. Se eu fosse um maníaco psicopata delirante, meu filho poderia me entregar. Ou melhor, poderia enfiar uma bala na minha cabeça. Você sabia que seu velho era doente, certo? O mínimo que podia ter feito era obter ajuda.

– Nós tentamos – replicou Stan. – Ele passou a maior parte da vida adulta em instituições para doentes mentais. Não adiantou nada. Depois fugiu. Quando enfim me ligou, fazia oito anos que não o via. Imaginem, oito anos. Disse que queria conversar comigo como repórter. Deixou isso bem claro. Como jornalista. O que quer que contasse, eu não poderia revelar minha fonte. Me fez prometer. Fiquei num dilema infernal. Mas concordei. Aí ele contou sua história. O que andava fazendo. Eu mal podia respirar. Queria morrer. Cair fulminado no chão.

Stan se concentrava na estrada. Myron olhava pela janela. Pensava nas antigas vítimas: o pai dos três filhos pequenos, a universitária, o jovem casal. Pensou no grito de Jeremy ao telefone, em Emily esperando em casa, sua mente plantando sementes doentes e negras.

Eles saíram da Rota 78 e pegaram a I-287 rumo ao norte. Depois tomaram umas ruas tortuosas, sem grandes retas. Bernardsville era uma cidade de linhagens abastadas e riqueza rústica, de moinhos convertidos em habitações, casas de pedra e rodas hidráulicas. Havia campos com grama marrom alta balançando ao vento, morta. Tudo muito velho e tomado pelo mato.

– É nesta rua – avisou Stan.

Myron olhou pela janela. Sua boca estava seca. Sentia um formigamento na barriga. O carro percorria mais uma via tortuosa; os pneus esmagavam cascalho. Viam-se terrenos muito arborizados em meio a outros típicos de subúrbio, com gramados na frente. Muitas casas em estilo colonial e aqueles ranchos de meados dos anos 1970, que se estragavam como leite fora da geladeira. Uma placa amarela alertava sobre crianças brincando, mas Myron não viu nenhuma.

Eles pararam num acesso esburacado, onde o mato crescia entre as rachaduras. Myron baixou o vidro da janela. Havia muito capim queimado, mas o doce aroma veranil dos lírios ainda pairava no ar, saturando-o. Grilos cantavam. Flores silvestres brotavam. Não se via qualquer sinal de ameaça.

À frente, Myron avistou o que parecia ser uma casa de fazenda. Venezianas negras contrastavam com a fachada de madeira branca. Luzes vinham do interior, dando à casa um brilho forte, suave e estranhamente aconchegante. A varanda da frente era do tipo que pedia banco de balanço com uma jarra de limonada ao lado.

Quando o carro chegou à porta, Stan parou e desligou o motor. Os grilos reduziram a intensidade do cricrilar. Myron quase esperou que alguém fosse comentar que estava tudo calmo e outro acrescentar: "É, calmo demais."

Stan se virou para eles.

– É melhor eu entrar primeiro.

Nenhum dos dois se opôs. Greg olhava pela janela para a casa, provavelmente prevendo horrores inenarráveis. A perna esquerda de Myron começou a ter espasmos – isso acontecia sempre que estava tenso. Stan segurou o puxador da porta do carro.

Foi quando a primeira bala acertou a janela do carona.

O vidro explodiu e Myron viu a cabeça de Greg dar um tranco numa velocidade inimaginável. Uma gosma vermelha, espessa, atingiu o rosto de Myron.

– Greg!

Não deu tempo de raciocinar. O instinto falou mais alto. Myron o agarrou, puxou-o para baixo, tentando ao mesmo tempo manter a própria cabeça protegida. Sangue. Muito sangue de Greg. Ele sangrava muito, mas Myron não sabia dizer por onde. Outro tiro foi disparado. Outra janela se estilhaçou, os cacos caindo sobre sua cabeça. Ele mantinha a mão sobre Greg, tentando protegê-lo. O próprio Greg passava inconscientemente a mão no peito e no rosto, procurando com tranquilidade o buraco da bala. O sangue continuava a escorrer. Do pescoço. Ou da clavícula. Impossível dizer. Não dava para ver. Myron tentava conter o fluxo apenas com a mão, empurrando o líquido espesso para longe, encontrando o ferimento com o dedo e fazendo pressão com a palma. O sangue, no entanto, escorria por entre seus dedos. Greg o encarou com olhos muito abertos.

Stan pôs as mãos na cabeça e se abaixou.

– Pare! – berrou ele, de maneira quase infantil. – Pai!

Outra bala. Mais estilhaços. Myron enfiou a mão no bolso e sacou a arma. Greg segurou-a, puxando-a para baixo.

– Não pode matá-lo. Se ele morrer... É a última esperança de Jeremy.

Havia sangue em sua boca agora. Myron assentiu, mas não guardou a arma. Olhou para Stan. Ao longe, ouviram um ruído de helicóptero. Depois sirenes. Os federais estavam a caminho. Nenhuma surpresa.

A respiração de Greg ficou entrecortada. Os olhos se tornaram de um cinza baço.

– Temos que fazer algo, Stan.

– Continue abaixado.

Ele abriu a porta e berrou:

– Pai!

Nenhuma resposta.

Stan saiu do carro e ficou parado com as mãos levantadas.

– Por favor! Logo, logo eles vão chegar aqui. Vão matar você.

Nada. O ar estava tão parado que Myron pensou ainda estar ouvindo o eco dos disparos.

– Pai?

Myron ergueu a cabeça um pouco e arriscou dar uma olhada. Um homem surgiu da lateral da casa. Edwin Gibbs usava uniforme militar completo, com botas de combate. Trazia um cinturão de balas pendurado no ombro. O rifle estava apontado para o chão. Reconheceu Nathan Mostoni, embora parecesse vinte anos mais jovem. Andava com o queixo empinado, as costas eretas.

Greg gorgolejou. Myron rasgou-lhe a camisa e comprimiu-a sobre o ferimento. Mas os olhos estavam se fechando.

– Fique comigo – implorou Myron. – Vamos, Greg. Fique aqui.

Ele não respondeu. Os olhos vagaram e se fecharam. Myron sentiu o coração subir à boca.

– Greg?

Tomou-lhe o pulso. Ainda presente. Não era médico, mas lhe pareceu fraco. Ah, merda. Isso, não.

Fora do carro, Stan se aproximou de Edwin.

– Por favor, largue o rifle, pai.

Os carros dos federais invadiram o acesso à casa. Freadas ruidosas. Agentes saindo dos veículos, tomando posição, usando as portas abertas como escudos e apontando as armas. Edwin Gibbs parecia confuso, em pânico, como Frankenstein cercado de repente pelos aldeões enfurecidos. Stan se apressou até ele.

O ar pareceu se adensar feito melaço. Era difícil se mover, respirar. Myron podia quase sentir a tensão dos agentes, os dedos coçando, tocando o metal frio do gatilho. Soltou Greg um instante e gritou:

– Vocês não podem atirar nele!

Um dos federais tinha um megafone.

– Largue o rifle! Agora!

– Não atirem! – berrou Myron.

Por um momento, nada aconteceu. O tempo pareceu se acelerar e congelar ao mesmo tempo. Outro carro do FBI entrou no acesso cantando pneu. Um furgão de reportagem vinha atrás e freou brusco. Stan continuava andando em direção ao pai.

– Você está cercado – disse o agente ao megafone. – Largue o rifle e ponha as mãos atrás da cabeça. Fique de joelhos.

Edwin olhou para a esquerda e para a direita. Depois sorriu. Myron sentiu o medo invadir-lhe o peito. O sequestrador ergueu o rifle.

Myron saiu do carro.

– Não!

Stan começou a correr. O pai o olhou com o rosto calmo. Apontou o rifle para o filho que se aproximava. Stan continuou correndo. Dessa vez o tempo parou, esperando o estampido do disparo. Porém, ele não veio. Stan chegara ao pai muito rápido. Edwin fechou os olhos e deixou o filho agarrá-lo. Os dois caíram no chão. Stan ficou por cima, cobrindo-o, sem deixar nada visível.

– Não atirem nele! – berrou, com uma voz magoada, outra vez infantil. – Por favor, não atirem nele.

Edwin estava estendido de costas. Soltou o rifle, que caiu na grama. Stan empurrou a arma para longe, ainda em cima do pai, para que não lhe fizessem mal. Ficaram assim até os agentes chegarem. Eles o afastaram com delicadeza e colocaram Edwin de bruços, algemando seus pulsos atrás das costas. A câmera de TV filmava tudo.

Myron voltou ao carro. Os olhos de Greg ainda estavam fechados. Ele não se mexia. Dois agentes correram para lá, pedindo uma ambulância pelo rádio. Myron não podia fazer nada por Greg. Olhou para a casa, atrás, o coração ainda na boca. Correu até lá e segurou a maçaneta da porta. Estava trancada. Investiu contra ela com o ombro, fazendo-a ceder, e entrou no vestíbulo.

– Jeremy? – chamou.

Mas não ouviu nenhuma resposta.

capítulo 36

ELES NÃO ENCONTRARAM JEREMY DOWNING. Myron procurou em todos os aposentos, em cada armário, no porão e na garagem. Nada. Os federais entraram com ele. Começaram a derrubar paredes. Usaram um sensor térmico em busca de cavernas subterrâneas ou esconderijos. Nada. Na garagem, encontraram uma van branca. Na parte de trás, acharam um tênis vermelho do garoto.

Isso foi tudo.

Furgões de reportagem, dezenas deles, amontoavam-se na entrada de acesso à casa. Um garoto sequestrado, o pai famoso baleado e em estado crítico, um potencial serial killer sob custódia, a ligação com Stan Gibbs e a famosa acusação de plágio – a história estava recebendo cobertura total, 24 horas por dia, com música de fundo, banners de chamada, feito a morte da princesa. Repórteres com penteados cheios de laquê exibiam suas expressões de notícia triste e cobriam o caso com frases como "a vigília continua", "já se passaram X horas de busca", "atrás de mim encontra-se o covil", "permaneceremos de plantão até..." etc.

Uma fotografia recente de Jeremy, a do site de Emily, aparecia o tempo todo nos programas. Espectadores ligavam fornecendo pistas, mas até aquele momento nenhuma delas tinha levado a nada.

E as horas se passavam.

Emily foi até a cena do crime. Apareceu em todos os noticiários: de cabeça baixa, andando apressadamente até um carro que esperava, como uma criminosa detida, o clarão dos flashes criando um efeito estroboscópico grotesco. Cinegrafistas se acotovelavam, empurrando-se para fora do caminho, para captar um vislumbre da mãe devastada se afundando no banco de trás do carro. Conseguiram até uma imagem sua, por sobre o banco do carona, chorando. Excelente jornalismo.

O cair da noite trouxe holofotes. Voluntários e agentes da lei vasculhavam os terrenos ao redor em busca de sinais recentes de covas e escavações. Nada. Trouxeram cães. Nada. Falaram com vizinhos. Alguns "nunca tinham confiado naquela família", mas a maioria veio com o discurso-padrão: "Pareciam pessoas de bem, uma gente muito tranquila."

Tentaram interrogar Edwin Gibbs na delegacia de Bernardsville, mas ele não quis falar. Clara Steinberg se tornou sua advogada. Ficou com ele. Assim como Stan. Os dois tentavam convencê-lo a contar algo, imaginou Myron, mas, até aquele momento, em vão.

Na velha casa de fazenda, o vento soprava. O joelho problemático de Myron doía, cada passo provocando uma pontada. Aquela dor era imprevisível, chegando quando bem queria e se instalando como um hóspede indesejado. Não havia nenhum benefício colateral nela – não se podia prever o tempo ou algo do gênero. Durante alguns dias, apenas doía. Não podia fazer nada. Ele se aproximou de Emily e passou o braço em torno dela.

– Ele ainda está por aí – falou ela para a escuridão.

Myron não disse nada.

– Totalmente sozinho. E está de noite. Deve estar assustado.

– Vamos encontrá-lo, Em.

– Myron?

– Sim?

– Será que isso é mais uma punição por aquela noite?

Outro grupo de busca retornou, os ombros caídos de resignação, talvez derrota. É muito estranho: querem encontrar algo, mas ao mesmo tempo não querem.

– Não – respondeu Myron. – Acho que você estava certa. Nosso erro foi a melhor coisa que poderia ter acontecido. E talvez haja um preço a pagar por se ter algo tão bom.

Ela fechou os olhos, mas não chorou. Myron permaneceu ao seu lado. O vento uivava, espalhando as vozes ao redor como folhas mortas e gravetos, e sussurrando nos ouvidos como um amante assustador.

capítulo 37

PELO VIDRO ESPELHADO, MYRON E Win fitavam as costas de Clara Steinberg e os rostos de Stan e Edwin Gibbs. Kimberly e Ford estavam com eles. Emily fora para o hospital esperar enquanto Greg era operado. Ninguém sabia se ele conseguiria sobreviver.

– Por que vocês não estão escutando a conversa? – perguntou Myron.

– Não podemos – respondeu Ford. – Privilégio de advogado e cliente.

– Há quanto tempo eles estão aí?

– Desde que o colocamos sob custódia, mas com intervalos.

Myron olhou para o relógio atrás dele. Quase três da madrugada. Equipes de coleta de provas tinham vasculhado a casa, mas ainda não havia nenhuma pista do paradeiro de Jeremy. O cansaço estava estampado no rosto de todos, exceto, talvez, no de Win. Ele nunca aparentava fadiga. Quem sabe a internalizava. Ou tudo tivesse relação com sua falta de escrúpulos.

– Não temos tempo para isso – disse Myron.

– Eu sei. Está sendo uma noite longa para todos.

– Faça alguma coisa, então.

– Como o quê? – perguntou Ford com rispidez. – O que você quer que eu faça exatamente?

Win aproveitou a brecha:

– Talvez você pudesse conversar em particular com a Srta. Steinberg.

A sugestão fisgou a atenção de Ford:

– Como assim?

– Leve-a até outra sala e me deixe sozinho com o suspeito.

– Você nem deveria estar aqui. Ele – Ford gesticulou para Myron – está representando a família Downing, apesar de eu não concordar nem um pouco com isso. Mas você não tem razão nenhuma para estar aqui.

– Invente uma.

Ford fez um gesto indicando que não desejava perder tempo com aquilo.

– Você não precisa tomar parte – replicou Win, mantendo a voz baixa, suave. – Fique conversando com a advogada. Deixe Gibbs sozinho na sala. Só isso. Não há nada de antiético nisso.

Ford balançou a cabeça.

– Você está louco.

– Precisamos de respostas – rebateu Win.

– E você as quer batendo nele.

– Bater deixa marcas. Eu nunca deixo marcas.

– Não é assim que as coisas funcionam, camarada. Já ouviu falar numa coisa chamada Constituição dos Estados Unidos?

– É só um documento, e não um trunfo. É uma questão de escolha. Os direitos obscuros dessa criatura sub-humana – Win apontou para Gibbs – ou o direito de um garoto à vida.

– Se o garoto morrer enquanto estivermos aqui – continuou Win –, como é que você vai se sentir depois?

Ford fechou os olhos. No interior da sala, Clara se levantou. Virou-se e, pela primeira vez, Myron viu seu rosto. Sabia que ela já defendera gente cruel antes – muito cruel –, mas os horrores que devia estar ouvindo naquele momento a haviam empalidecido e gravado algo que provavelmente permaneceria para sempre. Ela se aproximou do vidro espelhado e bateu. Ford acionou o botão de som.

– Precisamos conversar – disse ela. – Deixe-me sair.

Eric foi encontrar Clara e Stan à porta.

– Vamos até lá embaixo – sugeriu ele.

– Não – retrucou a advogada.

– O quê?

– Vamos conversar aqui, de onde posso ver meu cliente. Não queremos nenhum acidente a esta altura, não é?

Todos ficaram de pé perto do vidro espelhado: Kimberly, Ford, Clara, Stan, Myron e Win. Stan estava cabisbaixo e puxava o lábio inferior com os dedos. Myron tentou ver seus olhos, mas ele não lhe deu oportunidade.

– Ok – começou Clara –, primeira coisa: precisamos de um promotor.

– Para quê? – questionou Eric.

– Porque queremos um acordo.

Ford esboçou um sorriso de escárnio.

– A senhorita perdeu o juízo?

– Não. Meu cliente é a única pessoa que pode dizer a vocês onde Jeremy Downing está. E só vai fazer isso sob condições específicas.

– Quais condições?

– É por isso que precisamos de um promotor.

– O promotor vai endossar qualquer coisa com a qual eu concorde – replicou Ford.

– Quero isso por escrito.

– E eu quero saber o que está procurando fazer neste momento.

– Tudo bem, o acordo é o seguinte: ajudamos vocês a encontrar Jeremy Downing. Em troca, vocês se comprometem a não pedir a pena de morte para Edwin Gibbs e a fazê-lo passar por testes psiquiátricos. E depois recomendarão que ele seja colocado numa instituição adequada, e não na prisão.

– A senhorita só pode estar brincando.

– E tem mais.

– Mais?

– O Sr. Edwin Gibbs vai também concordar em doar a medula para Jeremy Downing se for necessário. Entendo que o Sr. Bolitar esteja aqui representando a família. É preciso constar oficialmente que ele é testemunha desse acordo.

Ninguém disse nada.

– Estamos combinados? – perguntou Clara.

– Não, não estamos – respondeu Ford.

A Srta. Steinberg ajustou os óculos.

– Esse acordo é inegociável.

Ela começou a se afastar e manteve o olhar fixo em Myron, que apenas balançou a cabeça.

– Sou a advogada dele – observou Clara.

– E vai deixar um garoto morrer por causa disso? – objetou Myron.

– Não comece – rebateu Clara, mas com a voz suave.

Myron examinou seu rosto, mas não notou nenhum sinal de que ela iria ceder.

– Concorde – disse para Ford.

– Você está louco?

– A família quer punição. Mas, acima de tudo, quer encontrar o filho. Concorde com os termos dela.

– Você acha que lhe devo obediência?

– Vamos lá, Eric – falou Myron, a voz tranquila.

Ford franziu a testa, esfregou o rosto com as mãos e depois as deixou cair.

– Esse acordo prevê, naturalmente, que o garoto ainda está vivo.

– Não – respondeu Clara.

– O quê?

– O fato de ele estar vivo ou morto não modifica em nada o estado de saúde mental de Edwin Gibbs.

– Então vocês nem sabem se ele está vivo ou...

– Se soubéssemos, seria uma comunicação entre advogado e cliente, logo confidencial.

Myron a olhou, horrorizado. Clara o encarou sem piscar. Ele tentou fitar os olhos de Stan, mas ele ainda estava de cabeça baixa. Até a expressão de Win, em geral um exemplo de neutralidade, demonstrava agitação. Queria machucar alguém. Machucar muito.

– Não podemos concordar com isso – replicou Ford.

– Então não há acordo – afirmou Clara.

– Seja razoável...

– Fazemos o acordo ou não?

– Não – respondeu Ford.

– Vejo o senhor no tribunal, então.

Myron se colocou em seu caminho.

– Saia da frente, por favor – falou Clara.

Ele apenas a encarou com desprezo. Ela ergueu os olhos.

– Você acha que sua mãe não faria o mesmo? – perguntou Clara.

– Deixe minha mãe fora disso.

– Saia da frente – repetiu ela.

Clara tinha 66 anos, mas, pela primeira vez desde que a conhecia, pareceu mais velha a Myron.

Bolitar se virou para Eric.

– Concorde.

Ele balançou a cabeça.

– O garoto já deve estar morto.

– Provavelmente. Mas talvez não.

– Concorde – interveio Win.

Ford o olhou.

– Ele dificilmente vai escapar – completou Win.

Stan enfim levantou a cabeça.

– Que diabo você está querendo dizer com isso?

Win lhe lançou um olhar indiferente.

– Absolutamente nada.

– Quero esse cara longe do meu pai.

Win sorriu.

– Você não entende, não é? – continuou Stan. – Nenhum de vocês entende. Meu pai é doente. Não é responsável pelo que faz. Não estamos inventando isso. Qualquer psiquiatra competente do mundo pode atestar isso. Ele precisa de ajuda.

– Ele deveria morrer – disse Win.

– É um homem doente.

– Homens doentes morrem o tempo todo.

– Não é isso que estou dizendo. Ele é como uma pessoa que tem problemas cardíacos. Ou câncer. Precisa de ajuda.

– Ele sequestra e provavelmente mata pessoas – retrucou Win.

– E a causa não importa?

– Claro que não importa. Ele sequestra e mata. É o suficiente. Ele não deveria ser internado num hospital confortável para doentes mentais. Não deveria poder assistir a um filme maravilhoso, ler um bom livro ou rir outra vez. Não deveria ver uma mulher bonita, ouvir Beethoven, receber atenção ou amor... porque suas vítimas não podem mais fazer nada disso. Qual parte disso que o senhor não entende?

Stan tremia.

– Se você não concordar – disse ele a Ford –, não vamos ajudar.

– Se o garoto morrer por causa dessa negociação – falou Win para Stan –, é você quem vai morrer.

Clara pôs-se na frente de Win e gritou:

– Você está ameaçando meu cliente?

Win abriu um sorriso.

– Nunca ameaço ninguém.

– Há testemunhas.

– Preocupada com seus honorários, doutora?

– Chega – interrompeu o vice-diretor.

Ele olhou para Myron, que assentiu.

– Tudo bem – disse Ford. – Concordamos. Onde ele está então?

– Tenho que levar vocês – falou Stan.

– Outra vez?

– Não saberia dar as indicações de forma precisa. Nem sei se eu consigo chegar lá, depois desses anos todos.

– Mas nós vamos juntos – disse Kimberly.

– Sim.

Houve um silêncio, uma paralisia súbita que não agradou a Myron.

– Jeremy está vivo ou morto? – perguntou ele.

– Quer saber a verdade? – falou Stan. – Também não sei.

capítulo 38

FORD DIRIGIA, KIMBERLY ESTAVA AO seu lado e Myron e Stan iam atrás. Vários carros cheios de agentes os seguiam. Assim como a imprensa – não havia o que fazer quanto a isso.

– Minha mãe morreu em 1977 – contou Stan. – Câncer. Meu pai já não estava bem. A única coisa na vida que importava para ele, a única coisa boa, era minha mãe. Ele a amava muito.

O relógio do carro marcava 4h03. Stan explicou onde sair da Rota 15. Uma placa dizia DINGSMAN BRIDGE. Estavam entrando na Pensilvânia.

– O pouco de sanidade que ainda havia nele desapareceu com a morte da minha mãe. Ele a viu sofrer. Os médicos tentaram de tudo, usaram tudo que havia de mais avançado, mas ela só sofreu mais. Foi quando meu pai começou com a história da força mental. Se minha mãe não tivesse confiado tanto na tecnologia, se tivesse usado a mente, se tivesse percebido seu potencial ilimitado... A tecnologia a matou, afirmava ele. Deu-lhe falsas esperanças, impediu-a de usar a única coisa que a poderia ter salvo: o ilimitável poder da mente humana.

Ninguém fez nenhum comentário.

– Tínhamos uma casa de veraneio aqui. Era linda. Seis hectares de terra. Podia-se caminhar até um lago. Meu pai costumava me levar para caçar e pescar. Mas faz anos que não venho. Nem pensava mais neste lugar. Foi para cá que ele trouxe minha mãe para morrer. Depois a enterrou na floresta. Foi quando seu sofrimento enfim terminou.

Uma pergunta óbvia ficou pairando no ar: *E o de quantos mais?*

Tempos depois, Myron não lembraria nada daquela viagem. Nenhuma casa, nenhum ponto de referência, nenhuma árvore. Lá fora, era noite profunda, o negror do negror, olhos fechados na mais cerrada escuridão. Ele se recostou e esperou.

Stan os orientou a se deter no sopé de uma área florestal. Mais grilos cantando. Os outros carros pararam também. Os federais saltaram e começaram a vasculhar a área. Fachos de lanternas poderosas revelavam um terreno irregular. Myron os ignorou. Engoliu em seco e correu. Stan foi com ele.

Antes do amanhecer, os agentes encontrariam covas. Descobririam o pai das três crianças, a universitária e os recém-casados.

Mas, por ora, Myron e Stan continuavam correndo. Galhos batiam em seus rostos. Tropeçavam em raízes, rolavam, ficavam outra vez de pé e continuavam a correr. Viram a casa pequena, quase invisível sob o débil luar. Não havia luz no interior, nenhum sinal de vida. Myron nem se preocupou com a maçaneta dessa vez: chegou já derrubando a porta. Mais escuridão. Ouviu um grito, virou-se, procurou o interruptor e acendeu a luz.

Jeremy estava lá.

Acorrentado a uma parede – sujo, aterrorizado e muito vivo.

Os joelhos de Myron se dobraram, mas ele os retesou e permaneceu de pé. Correu até Jeremy, que abriu os braços. Myron o abraçou, sentindo o coração parar e se partir. Jeremy chorava. Ele acariciou o cabelo do garoto e tentou consolá-lo. Como o próprio pai fizera incontáveis vezes. Um calor súbito, gostoso, correu por suas veias, fazendo formigar os dedos da mão e do pé. Por um momento, achou que entendia o que o pai sentia. Sempre gostara de estar no papel do filho no abraço, mas agora, por um instante fugidio, experimentou algo muito mais forte – a intensidade e a profundidade avassaladora de estar do outro lado – que o abalou por completo.

– Você está bem – disse, pondo as mãos nas faces de Jeremy. – Acabou, acabou...

Mas não.

◆ ◆ ◆

Uma ambulância chegou. Jeremy foi levado a bordo. Myron ligou para a Dra. Karen Singh, que não se importou de ser acordada às cinco da madrugada. Ele lhe contou tudo.

– Uau – disse ela quando Myron terminou.

– Pois é.

– Vamos conseguir alguém para coletar a medula imediatamente. À tarde, começo a preparar Jeremy.

– Com quimioterapia?

– Sim. Você agiu muito bem, Myron. Deve se sentir duplamente orgulhoso.

– Duplamente?

– Venha ao meu consultório amanhã à tarde.

Ele sentiu uma pontada no peito.

– O que está acontecendo?

– O exame de paternidade. Os resultados devem estar prontos.

◆ ◆ ◆

Jeremy já estava a caminho do hospital. Myron voltou para o lado de fora da casa. Os federais cavavam, os furgões de reportagem se encontravam estacionados. Stan Gibbs assistia aos montes de terra crescendo, o rosto inexpressivo. Nenhum som, apenas o ruído das pás na terra. O joelho de Myron doía. Sentia-se cansado até os ossos. Queria encontrar Emily. Ir para o hospital. Saber o resultado do exame e o que fazer com ele.

Ele subiu a ladeira em direção ao carro. Mais imprensa. Alguém o chamou. Ele ignorou. Havia mais agentes federais trabalhando em silêncio. Passou por eles. Não teve coragem de perguntar o que tinham encontrado. Ainda não.

Quando chegou ao alto da elevação – quando viu Kimberly Green e sua expressão sem vida –, sentiu outro aperto no coração.

Deu mais um passo.

– Greg?

Ela balançou a cabeça, os olhos enevoados, sem foco.

– Não deviam tê-lo deixado sozinho. Deveriam tê-lo vigiado. Mesmo depois de o revistarem. Nunca é demais.

– Revistarem quem?

– Edwin Gibbs.

Myron tinha certeza de que ouvira mal.

– O que tem ele?

– Acabaram de encontrá-lo – respondeu ela, tropeçando nas palavras. – Cometeu suicídio na cela.

capítulo 39

KAREN SINGH RESUMIU A SITUAÇÃO para eles: não era possível transplantar a medula óssea de um morto. Emily não desmoronou ao ouvir a notícia: recebeu o golpe sem piscar, já pensando no passo seguinte. Encontrava-se num plano mais tranquilo, em algum lugar longe do pânico.

– Estamos com um acesso incrível à mídia agora.

Eles estavam sentados no consultório da Dra. Singh, no hospital.

– Vamos fazer apelos – continuou ela. – Organizar campanhas para doação de medula. A NBA vai ajudar. Jogadores vão participar.

Myron assentiu, mas sem muito entusiasmo. A Dra. Singh fez o mesmo.

– Quando você vai ter os resultados do exame de paternidade? – perguntou Emily.

– Já ia mesmo pedi-los – respondeu ela.

– Vou deixar vocês dois sozinhos, então – falou Emily. – Tenho uma coletiva de imprensa lá embaixo.

Myron a encarou.

– Não quer esperar o resultado?

– Eu já sei qual é.

Emily saiu sem olhar para trás. A médica se virou para Myron, que cruzou as mãos sobre o colo.

– Está pronto?

Myron aquiesceu.

A médica discou um número. Alguém atendeu do outro lado. Karen leu o número de referência. Esperou, batendo com a caneta na mesa. O interlocutor disse alguma coisa.

– Obrigada – respondeu Karen, e desligou, fixando os olhos em Myron. – Você é o pai.

◆◆◆

Myron chegou ao saguão do hospital, onde Emily concedia a entrevista coletiva. A direção havia colocado um púlpito com o logo perfeitamente posicionado atrás, pois assim seria filmado por todas as câmeras presentes. Logo de hospital. Como se eles fossem o McDonald's ou a Toyota tentando obter um pouco de publicidade grátis.

A declaração de Emily foi direta e franca. O filho estava morrendo. Precisava de um transplante de medula. Todos que estivessem dispostos a ajudar deveriam doar sangue e se registrar. Ela insistiu na comoção social, imprimindo um viés pessoal, para que todos se sentissem próximos, como acontecera nos casos da princesa Diana e de John Kennedy Jr. O poder da celebridade.

Ao terminar de falar, saiu às pressas sem responder às perguntas. Myron alcançou-a na área privativa, perto dos elevadores. Ele meneou a cabeça e Emily sorriu.

– E o que você vai fazer agora? – perguntou ela.

– Precisamos salvá-lo.

– Sim.

Atrás deles, os jornalistas ainda gritavam perguntas. O barulho diminuiu e depois cessou. Alguém passou com uma maca vazia.

– Você disse que quinta-feira era o dia ideal – lembrou Myron.

A esperança iluminou o olhar dela.

– Sim.

– Ok, então, vamos tentar na quinta.

◆ ◆ ◆

A bala que atingira Greg havia entrado pela parte de baixo de seu pescoço e seguido em direção ao peito. Parara próximo ao coração. De qualquer forma, causara muitos danos. Ele sobrevivera à cirurgia, mas permanecia inconsciente, em "situação crítica" e "inspirando cuidados". Myron foi visitá-lo. Greg estava entubado e ligado a um conjunto de máquinas que Myron nem tentou entender. Parecia um cadáver, a pele de um branco acinzentado e seco. Sentou-se ao seu lado por alguns minutos, mas não muitos.

◆ ◆ ◆

Ele retornou para a MB no dia seguinte.

– Lamar Richardson vem aqui hoje à tarde – avisou Esperanza.

– Já sei.

– Você está bem?

– Maravilhoso.

– A vida continua, não é?

– Acho que sim.

Minutos depois, a agente especial Kimberly Green entrou meio saltitando.

– Está tudo se encaixando.

Pela primeira vez, Myron a viu sorrir. Ele se recostou na cadeira.

– Estou ouvindo.

– Edwin Gibbs, sob o nome de Dennis Lex/Davis Taylor, tinha um guarda-volumes. Encontramos lá a carteira de duas das vítimas, Robert e Patricia Wilson.

– O casal em lua de mel?

– Exato.

Os dois ficaram calados um instante – em respeito às vítimas, imaginou Myron. Tentou visualizar um casal jovem, saudável, começando a vida, vindo à Big Apple assistir a alguns espetáculos e fazer compras, caminhar pelas ruas movimentadas de mãos dadas, um pouco assustados com o futuro, mas prontos para encará-lo. *El fin.*

Kimberly pigarreou.

– Gibbs também alugou um Ford Windstar branco usando o cartão de crédito de Davis Taylor. Foi uma dessas reservas automáticas. Você liga, depois vai até a locadora e sai dirigindo. Ninguém vê você.

– Onde ele pegou a van?

– No aeroporto de Newark.

– Imagino que seja a mesma que encontramos em Bernardsville.

– A própria.

– Excelente – comentou Myron. – O que mais?

– As autópsias preliminares revelam que todas as vítimas foram mortas com um .38. Dois tiros na cabeça. Nenhum outro sinal de trauma. Não acreditamos que as tenha torturado ou feito alguma coisa com elas. Seu *modus operandi* parecia se resumir ao primeiro grito e, depois, ao assassinato.

– Ele terminava de "plantar as sementes" por elas, mas não para as famílias.

– Certo.

– Porque, para as vítimas, o terror seria real. Ele queria que tudo ficasse na mente. – Myron balançou a cabeça. – O que Jeremy contou sobre seu calvário?

– Você ainda não falou com ele sobre isso?

Myron se remexeu na cadeira.

– Não.

– Edwin Gibbs usou o mesmo disfarce que usava no trabalho: peruca loura, barba e óculos. Vendou Jeremy assim que o colocou na van e foi direto para aquela cabana. Edwin mandou que ele gritasse ao telefone, até o obrigou a praticar primeiro, para ter certeza de que faria direito. Depois da ligação, o acorrentou e o deixou sozinho. O resto você sabe.

Myron assentiu.

– E quanto à acusação de plágio e ao romance?

Ela deu de ombros.

– Foi como você e Stan disseram: Edwin leu o livro, provavelmente logo depois da morte da mulher, e ficou influenciado.

Myron a encarou por um instante.

– O que foi? – perguntou Green.

– Vocês perceberam isso de cara, assim que viram o livro. Que Stan não tinha plagiado. E que o romance tivera uma influência sobre o assassino.

– Não.

– Espere aí. Vocês sabiam que os sequestros tinham acontecido. Só queriam pressionar Stan para que confessasse. E talvez desejassem envergonhá-lo um pouco.

– Isso não é verdade – replicou Kimberly. – É claro que alguns dos nossos agentes tomaram a coisa como pessoal, mas acreditávamos que ele fosse o sequestrador. Já contei algumas das razões. Agora sabemos que grande parte das mesmas evidências apontava para o pai.

– Quais evidências?

– Isso já não importa mais. Sabíamos que Stan era mais que um simples jornalista nessa história. E estávamos certos. Chegamos a pensar que estava acrescentando material errado de propósito, que exagerava o papel do livro só para nos despistar.

Suas palavras não soaram verdadeiras, mas Myron não quis discutir. Examinou sua Parede dos Clientes e tentou se concentrar na visita de Lamar Richardson.

– O caso está fechado, então.

Kimberly sorriu.

– Como pernas de freiras.

– Você que inventou isso?

– Sim.

– É bom mesmo carregar uma arma quando soltar uma dessas... Vai ser promovida?

Ela se levantou.

– Acho que vou passar a ser uma agente superespecial supersecreta.

Myron sorriu. Os dois se apertaram as mãos. Kimberly foi embora. Ele continuou sentado. Esfregou os olhos, pensou em tudo que ela contara e no que não contara e percebeu que ainda havia algo errado.

◆ ◆ ◆

Lamar Richardson, jogador extraordinário, chegou na hora e sozinho. Impressionante. O encontro foi bom. Myron despejou sua lenga-lenga de sempre, que era muito boa. Excelente, na verdade. Todos os empresários têm a sua. Esperanza também falou. Estava começando a desenvolver o próprio discurso. Bem articulado. O complemento exato para o de Myron. Estavam se tornando a dupla perfeita.

Win fez uma aparição rápida, como combinado. Ele era famoso, as pessoas confiavam em sua reputação – quer dizer, na reputação dos seus negócios. Quando um cliente em potencial ficava sabendo que Windsor Horne Lockwood III em pessoa cuidaria de suas finanças, que ele e Myron insistiam em que esse cliente se encontrasse com Win pelo menos cinco vezes por ano, começava logo a sorrir. Um a zero para a pequena agência.

Lamar Richardson se portava de forma cautelosa. Assentia muito. Fazia perguntas, mas não demais. Duas horas após ter chegado, apertou a mão dos dois e disse que permaneceria em contato. Myron e Esperanza o acompanharam até o elevador e se despediram dele.

Ela se virou para o sócio.

– E...?

– Pegamos.

– Como você pode ter tanta certeza?

– Sou onividente, onisciente.

Os dois voltaram para a sala de Myron e se sentaram.

– Se derrotarmos a ING e a TruPro... – Esperanza fez uma pausa e sorriu. – Estaremos de volta ao jogooooo!

– Com certeza.

– E isso significa que Big Cyndi vai voltar também.

– Era para ser uma coisa boa?

– Você estava começando a adorá-la.

– Não quero falar sobre isso agora.

Como fazia com frequência, Esperanza examinou o rosto do sócio. Myron não acreditava muito em decifrar expressões, mas ela, sim. Em especial a dele.

– O que aconteceu naquele escritório de advocacia com Chase Layton? – perguntou Esperanza.

– Dei um telefone nele e sete socos.

Ela manteve os olhos em seu rosto.

– Você deveria dizer "Mas ao menos salvou Jeremy" – acrescentou ele.

– Não, esse seria Win.

Esperanza se acomodou e o encarou de frente. Vestia um tailleur azul-esverdeado decotado, sem blusa. Era um milagre que Lamar tivesse conseguido se concentrar em qualquer coisa. Myron estava acostumado a ela; sabia do efeito, estonteante, só que o via de outro ângulo.

– Falando em Jeremy... – disse ela.

– Sim?

– Você ainda está bloqueado?

Myron ficou pensando naquilo, lembrando-se do abraço na cabana, então se deteve:

– Mais do que nunca.

– E agora?

– Saiu o resultado do exame de sangue. Sou o pai.

Algo surgiu na expressão de Esperanza – pesar, talvez –, mas não permaneceu por muito tempo.

– Você deveria contar a verdade.

– No momento, só penso em salvar a vida dele.

Ela continuou estudando seu rosto.

– Talvez daqui a um tempo.

– Daqui a um tempo o quê?

– Você desbloqueie – respondeu Esperanza.

– É, talvez.

– Aí conversamos outra vez sobre isso. Nesse meio-tempo...

– "Não seja tão burro" – concluiu Myron.

◆ ◆ ◆

A academia ficava num hotel elegante no centro. As paredes eram todas espelhadas. O teto, a decoração e a recepção tinham um tom leitoso. Assim como as roupas que os personal trainers usavam. Os pesos e aparelhos de exercício eram reluzentes, cromados e tão bonitos que não dava vontade de tocar. Tudo brilhava naquele lugar, a ponto de se querer exercitar de óculos escuros.

Myron o encontrou numa prancha de supino, sem supervisão de alguém da academia. Aguardou, observando-o lutar contra a gravidade e o haltere.

O rosto de Chase Layton estava completamente vermelho, os dentes rangiam e as veias da testa pareciam querer estourar. Levou um tempo, mas o advogado saiu vitorioso. Deixou o peso cair no suporte. Arriou os braços como se tivesse perdido uma sinapse cerebral.

– Você não devia prender a respiração – disse Myron.

Chase o encarou. Não pareceu surpreso nem aborrecido. Sentou-se, respirando com dificuldade. Enxugou o rosto com uma toalha.

– Não vou tomar muito do seu tempo – continuou Myron.

Chase largou a toalha e olhou para ele.

– Só queria dizer que, se você desejar abrir um processo, Win e eu não vamos tentar impedir.

Chase não respondeu nada.

– Sinto muito pelo que fiz – falou Myron.

– Eu vi no noticiário. Você fez aquilo para salvar o garoto.

– Isso não é desculpa.

– Talvez não. – Ele se levantou e colocou mais um peso em cada extremidade da barra. – Francamente, não sei o que pensar.

– Se quiser abrir um processo...

– Não quero.

Myron não sabia o que dizer, então se decidiu por um "Obrigado".

Chase assentiu e se deitou na prancha. Depois olhou para Myron.

– Você quer saber qual foi a pior parte disso tudo?

Não, pensou Myron.

– A vergonha – esclareceu Chase.

Myron fez menção de responder, mas Layton fez sinal para que ficasse calado.

– Não foi pelas pancadas nem pela dor. Mas a sensação de impotência. Fomos tão primitivos... Homem a homem. E eu não tinha escolha a não ser aceitar. Você me fez sentir... – ele olhou para cima, buscando as palavras certas – ... como se eu não fosse um homem de verdade.

Myron se retraiu.

– Frequentei todas essas escolas excelentes, me tornei sócio dos melhores clubes e fiz fortuna na profissão que escolhi. Tive três filhos, eduquei-os e amei-os o melhor que pude. Aí um dia chega você e me soca. E percebo que não sou um homem de verdade.

– Você está errado.

– Você vai dizer que não é a violência que faz o homem. De alguma forma, isso é verdade. Mas, por outro lado, esse é o básico. Não finja que não sabe do que estou falando. Seria mais um insulto.

Myron teve que engolir todos aqueles clichês. Chase respirou fundo algumas vezes e pegou a barra.

– Quer ajuda? – perguntou Myron.

Chase agarrou o haltere e o tirou do suporte.

– Não quero nada.

◆ ◆ ◆

A quinta-feira chegou. Karen Singh o apresentou a uma especialista em fertilidade, a Dra. Barbara Dittrick, que entregou a Myron um recipiente pequeno, dizendo-lhe que ejaculasse ali. Havia experiências mais surreais e embaraçosas que aquela na vida, pensou ele, mas ser levado até uma salinha para se masturbar e ejacular num frasco, enquanto todo mundo esperava no recinto ao lado, devia estar no mínimo entre as principais.

– Entre aí, por favor – pediu a Dra. Dittrick.

Myron fez uma careta diante do recipiente.

– Costumo primeiro dar flores e convidar para o cinema.

– Ora, o filme ao menos o senhor vai ter – replicou ela, apontando para uma televisão. – Temos vídeos eróticos.

A médica saiu e fechou a porta. Myron deu uma olhada nos títulos: *Loura fogosa*, *Papai gosta de mamar*, *Campo dos sonhos molhados*... Franziu a testa e deixou-os de lado. Olhou para a cadeira de couro giratória, do tipo reclinável, onde provavelmente centenas de outros homens tinham sentado e... Cobriu-a com toalhas de papel e fez sua parte, embora tivesse demorado um pouco. Sua imaginação ficava tomando a direção errada, criando uma visão tão erótica quanto um fio de cabelo numa verruga nascida na nádega de um velho. Quando, ufa, terminou, abriu a porta e entregou o frasco à Dra. Dittrick, tentando sorrir. Sentia-se a pessoa mais idiota do mundo. Ela usava luvas de borracha, apesar da, ahn, amostra se encontrar num recipiente fechado. Como se aquilo pudesse queimá-la. Depois a levou para o laboratório, onde "lavaram" (expressão deles, não de Myron) o sêmen, que foi considerado "aproveitável, porém lento". Como se tivesse dificuldades com álgebra.

– Que engraçado... – comentou Emily – Sempre achei Myron aproveitável, porém rápido.

– Rá, rá – fez Myron.

Algumas horas depois, Emily estava numa cama do hospital. Barbara Dittrick sorria enquanto inseria nela o que parecia ser uma seringa de cozinha usada para umedecer carne de peru e pressionava o êmbolo. Myron segurava sua mão. Ela sorria.

– Que romântico.

Myron fez uma careta.

– O que foi?

– Aproveitável? – perguntou ele.

Ela riu.

– Mas rápido.

A Dra. Dittrick terminou sua parte. Emily permaneceu de bruços por mais uma hora. Myron ficou sentado ao seu lado. Estavam fazendo aquilo para salvar a vida de Jeremy. Isso era tudo. Ele não deixou que o futuro entrasse na equação. Não estava pensando nos efeitos daquilo a longo prazo ou no que poderia vir a significar algum dia. Um irresponsável, claro. Mas primeiro as coisas mais importantes.

Tinham que salvar o garoto. Que o resto fosse para o inferno.

◆ ◆ ◆

Naquela tarde, Terese Collins ligou para ele de Atlanta.

– Posso fazer uma visita?

– A TV vai lhe dar mais férias?

– Na verdade, foi meu produtor que me incentivou.

– Sério?

– Você, meu amigo viril, faz parte de uma longa história.

– Você usou "viril" e "longo" na mesma frase.

– Isso deixa você excitado?

– Deixaria se eu fosse um homem de menor envergadura.

– Mas você é um homem de menor envergadura.

– Obrigado.

– Você é o único nessa história toda que não fala com a imprensa.

– Então você gosta de mim só pela minha mente – falou Myron. – Me sinto tão usado...

– Pare de sonhar, biscoitão. Quero o seu corpo. Meu produtor é quem quer sua mente.

– Ele é bonito?

– Não.

– Terese?

– Sim?

– Não quero falar sobre o que aconteceu.

– Que bom. Porque não estou a fim de ouvir.

Houve uma pequena pausa.

– É... – disse Myron. – Vou adorar se você vier.

◆ ◆ ◆

Dez dias depois, Karen Singh ligou para a casa dele.

– Ela não ficou grávida.

Myron fechou os olhos.

– Podemos tentar outra vez mês que vem – disse ela.

– Obrigado por ligar, Karen.

– Por nada.

Houve um silêncio sepulcral.

– Mais alguma coisa? – perguntou ele.

– Estão fazendo muitas campanhas para doação de medula.

– Estou sabendo.

– Tem um doador que parece ser compatível com um paciente de leucemia mieloide aguda em Maryland. Uma jovem mãe. Ela provavelmente iria morrer se não fossem essas campanhas.

– Que boa notícia – disse Myron.

– Mas nenhum doador compatível com Jeremy.

– É.

– Myron?

– Sim?

– Acho que não temos mais muito tempo.

◆ ◆ ◆

Terese voltou para Atlanta no mesmo dia. Win convidou Esperanza para ir até o apartamento ver televisão. Os três sentaram-se no lugar de costume. O cardápio era à base de biscoitos de milho e comida indiana encomendada. Myron estava com o controle remoto e se deteve na CNN quando viu uma imagem familiar. Um superastro do basquete, conhecido apenas como TC, um dos jogadores mais controversos da NBA e companheiro de time de Greg, estava no programa de Larry King. No cabelo, esculpido à navalha, via-se o nome de Jeremy, assim como nos dois brincos de ouro. Vestia uma camiseta rasgada que dizia apenas AJUDEM OU JEREMY VAI MORRER. Myron sorriu. TC mobilizaria multidões.

Continuou zapeando. Stan Gibbs estava num programa de entrevistas na MSNBC. Nada de novo. A única coisa que a imprensa gosta mais de fazer que destruir uma pessoa é ouvir uma história de redenção. Bruce Taylor conseguira exclusividade, como havia prometido, e estabelecera o tom. O público se encontrava dividido quanto ao que Stan tinha feito, mas a maior parte se solidarizava com ele. No final das contas, arriscara a própria vida para prender um assassino, salvara Jeremy Downing da morte certa e fora injustamente acusado por uma mídia ansiosa por condenar. O dilema de Stan em relação a entregar o pai jogou a seu favor, em especial porque a imprensa estava agora aflita para apagar o estigma de plagiador que havia tatuado nele. Gibbs recuperara a coluna no jornal. Comentava-se que seu programa também estaria voltando ao ar, só que num horário mais nobre. Myron não sabia bem o que pensar daquilo. Stan não era nenhum herói para ele. Mas muito poucas pessoas o eram.

O jornalista também divulgava a campanha de doação o tempo inteiro.

– O garoto precisa da nossa ajuda – dizia ele diretamente para a câmera. – Por favor, compareçam. Estaremos aqui a noite toda.

Uma mulher da plateia perguntou sobre sua participação naquele drama: a imobilização do pai e a corrida até a cabana. Stan se fez de modesto. Muito esperto. O cara conhecia a mídia.

– Que chatice – comentou Esperanza.

– Concordo – disse Win.

– Não vai ter uma maratona de *Família Dó-Ré-Mi* no TV Land?

Myron olhava fixamente para o nada.

– Myron? – chamou Win.

Ele não respondeu.

– *Hello, world.* – Esperanza estalou os dedos na cara dele. – *Here's a song that we're singing. Come on, get happy.*

Myron desligou a TV. Olhou para os amigos e disse:

– Dê um último adeus ao garoto.

Esperanza e Win se entreolharam.

– Você estava certo, Win.

– Sobre o quê?

– A natureza humana – respondeu Myron.

capítulo 40

MYRON LIGOU PARA O ESCRITÓRIO de Kimberly Green.

– Preciso de um favor.

– Merda, pensei que você tivesse saído da minha vida.

– Mas nunca das suas fantasias. Quer me ajudar ou não?

– Não.

– Preciso de duas coisas.

– Não. Eu disse "não".

– Eric Ford falou que o romance supostamente plagiado foi enviado para você.

– E daí?

– Quem enviou?

– Você sabe muito bem, Myron. Foi enviado anonimamente.

– Você não tem nenhuma ideia de quem mandou?

– Nenhuma.

– Onde ele está agora?

– O livro?

– É.

– No armário onde se guardam as provas.

– Você fez algo com ele?

– Como o quê, por exemplo?

Ele ficou quieto.

– Myron?

– Sei que vocês estão escondendo alguma coisa.

– Escute só...

– O autor desse romance era Edwin Gibbs. Ele escreveu com um pseudônimo depois que a mulher morreu. Agora faz todo o sentido. Vocês o estavam procurando desde o início. Já sabiam, merda. Sabiam o tempo todo.

– Desconfiávamos – corrigiu ela. – Não tínhamos certeza.

– Todo aquele blá-blá-blá sobre acharem que ele podia ter sido a primeira vítima de Stan...

– Não era tudo blá-blá-blá. Sabíamos que um dos dois era o sequestrador. Mas não sabíamos qual. Só conseguimos encontrar Edwin Gibbs depois que você nos contou sobre o endereço de Waterbury. Quando chegamos lá, ele já tinha saído para sequestrar Jeremy Downing. Talvez se você tivesse sido mais cooperativo...

– Vocês mentiram para mim.

– Não mentimos. Só não contamos tudo.

– Meu Deus, você não percebe como é patética?

– Não devemos nada a você, Myron. Você não é agente federal. Foi uma dor de cabeça.

– Uma dor de cabeça que ajudou vocês a resolver o caso.

– E eu agradeço.

Os pensamentos de Myron entraram num labirinto, dobraram à esquerda, à direita e deram meia-volta.

– Por que a imprensa não sabe que Gibbs era o autor? – perguntou ele.

– Vão saber. Ford quer ajeitar as coisas primeiro. Depois vai dar outra grande coletiva de imprensa e apresentar o fato como uma novidade.

– Podia fazer isso hoje.

– Sim, podia.

– Mais aí a história morre. Por enquanto os rumores a mantêm viva. Ford ganha mais tempo diante dos refletores.

– Ele é um político nato. E daí?

Myron entrou por outros corredores, que terminavam em paredes, mas continuou buscando a saída.

– Esqueça.

– Ótimo. Posso desligar?

– Primeiro, preciso que você ligue para o cadastro nacional de medula óssea.

– Para quê?

– Preciso descobrir uma coisa sobre um certo doador.

– Esse caso está encerrado, Myron.

– Eu sei. Mas acho que outro está sendo aberto.

◆ ◆ ◆

Stan Gibbs estava sentado na sua cadeira de apresentador quando Myron e Win chegaram. Seu novo programa na TV a cabo, *Glib with Gibbs*, estava sendo rodado em Fort Lee, Nova Jersey, e o estúdio, como todos os que Myron já tinha visto, parecia uma sala sem o teto. Havia fios e luzes para todos os lados. Esses ambientes eram sempre muito menores ao vivo. As mesas, as cadeiras, o mapa-múndi ao fundo... Tudo era menor. O poder da televisão. Um espaço numa tela de 19 polegadas ficava, sabe-se lá como, menor na vida real.

Stan vestia blazer azul, camisa branca, gravata vermelha, jeans e tênis. Como a calça ficava escondida atrás da mesa, a câmera não a pegava. Traje clássico de apresentador. Ele acenou para os dois quando entraram. Myron retribuiu o cumprimento. Win, não.

– Precisamos conversar – disse Myron.

Stan assentiu. Mandou os produtores saírem e fez sinal aos dois para que ocupassem as cadeiras dos entrevistados.

– Sentem-se – falou ele, permanecendo em seu lugar.

Win e Myron se acomodaram com uma sensação estranha, como se o público em casa os estivesse assistindo. Win notou seu reflexo na lente de uma câmera e sorriu. Gostou do que viu.

– Algum sinal de doador? – perguntou Stan.

– Até agora nada.

– Alguém vai aparecer.

– É – disse Myron. – Escute, Stan, preciso da sua ajuda.

Stan entrelaçou os dedos e pousou as mãos na mesa.

– O que você quiser.

– Há uma série de coisas que não se encaixam no sequestro de Jeremy.

– Por exemplo?

– Por que você acha que seu pai pegaria uma criança desta vez? Nunca tinha feito isso antes, certo? Eram sempre adultos. Por que agora uma criança?

Stan pôs-se a refletir e respondeu pausadamente, escolhendo bem as palavras:

– Não sei. Não sei se sequestrar adultos significava um padrão... Suas vítimas pareciam escolhidas tão ao acaso...

– Mas Jeremy não foi um acaso – contestou Myron. – Não foi mera coincidência.

Stan voltou a pensar por um instante.

– Concordo com você.

– Ele o sequestrou porque Jeremy estava de algum modo ligado à minha investigação.

– Parece lógico.

– Mas como seu pai ficou sabendo do Jeremy?

– Não sei – respondeu Stan. – Pode ter seguido você.

– Acho que não. Greg Downing ficou em Waterbury depois da nossa visita à casa. De olho em Nathan Mostoni. Sabemos que não saiu da cidade até o dia que antecedeu o sequestro.

Win olhou de novo para a câmera. Sorriu e acenou, para o caso de estar ligada.

– É estranho mesmo – comentou Stan.

– E tem mais – continuou Myron. – Por exemplo, a ligação em que Jeremy gritou. Nos outros casos, seu pai proibiu as famílias de chamarem a polícia. Mas, desta vez, não. Por quê? E você sabia que ele estava usando um disfarce quando sequestrou Jeremy?

– Sim, ouvi dizer.

– Por quê? Se planejava matá-lo, por que se dar o trabalho de pôr um disfarce?

– Ele sequestrou Jeremy na rua – respondeu Stan. – Alguém poderia identificá-lo.

– Sim, tudo bem, faz sentido. Mas por que vendar Jeremy quando o garoto já estava dentro da van? Ele matou todos os outros. Mataria Jeremy também. Por que se preocupar com que ele visse seu rosto?

– Não sei. Talvez fizesse assim sempre.

– Talvez. Mas tem uma coisa nessa história toda que parece errada, você não acha?

Stan refletiu novamente.

– Parece curioso, isso sim – disse ele, devagar. – E não errado.

– Por isso vim até você. Estou com todas essas perguntas dando voltas na minha cabeça. Aí me lembrei do credo de Win.

Stan se virou para o ricaço, que pestanejou e baixou os olhos com modéstia.

– Que credo?

– De que o homem só pensa em se autopreservar – respondeu Myron. – Acima de tudo, é um egoísta. – Ele fez uma pausa. – Você concorda com isso, Stan?

– Até certo ponto, claro. Somos todos egoístas.

Myron assentiu.

– Inclusive você.

– Sim, claro. E você também, tenho certeza.

– A mídia está colocando você nesse papel de homem nobre – prosseguiu Myron. – Dividido entre a família e o dever, fazendo o certo no final. Mas talvez você não seja isso.

– Não seja o quê?

– Um cara nobre.

– E não sou mesmo. Já fiz coisas erradas. Nunca disse que era santo.

Myron olhou para Win.

– Ele é bom.

– Muito bom – concordou o amigo.

Stan franziu a testa.

– Do que você está falando, Myron?

– Acompanhe meu raciocínio, Stan. E lembre-se do credo de Win. Vamos começar do início. Quando seu pai entrou em contato. Você conversou com ele e decidiu escrever a história do cara do "Plante as sementes". Qual foi seu motivo a princípio? Estava procurando uma válvula de escape para o medo e a culpa? Ou só queria ser um bom jornalista? Ou, e aqui entra o credo de Win, escreveu a matéria porque sabia que ela o transformaria num grande astro?

Myron o encarou e aguardou.

– Eu tenho que responder?

– Por favor.

Stan olhou para o vazio e esfregou o polegar na ponta dos dedos.

– Sim, fiquei animado com a história. Achei que poderia se transformar num grande negócio. Se isso é egoísmo, ok, sou culpado.

Myron e Win se entreolharam.

– Bom.

– Muito bom.

– Vamos continuar seguindo essa linha, Stan, ok? A matéria se tornou de fato um grande negócio. Você virou uma celebridade...

– Já falamos sobre isso, Myron.

– Certo. Absolutamente certo. Vamos pular para a parte em que os federais o processaram. Eles queriam saber quem era sua fonte. Você se recusou a revelá-la. Existem várias razões para isso. A Primeira Emenda, claro. É uma possibilidade. E proteger seu pai seria outra hipótese. Ou a as duas coisas juntas. Mas, e aí entra outra vez o credo de Win, qual seria a escolha mais egoísta?

– Como assim?

– Pense de forma egoísta e você só vai ter uma opção.

– Que é...?

– Se você tivesse cedido aos federais, se tivesse dito "Ok, agora que estou com problemas legais, revelo que a fonte foi meu pai", como pareceria?

– Daria uma má impressão – completou Win.

– Daria mesmo. Acho que você não é esse herói todo, já que entregou seu pai, sem mencionar a Primeira Emenda, só para salvar a pele contra ameaças legais vagas. – Myron sorriu. – Está entendendo o que quero dizer com o credo de Win?

– Vocês acham que agi de maneira egoísta quando não contei a verdade aos federais – questionou Stan.

– É possível.

– É possível também que a escolha egoísta fosse a certa.

– Bem possível – concordou Myron.

– Nunca quis ser herói nessa história toda.

– Tampouco negou.

Dessa vez, Stan sorriu.

– Talvez não tenha negado porque estou usando o credo de Win.

– Como assim?

– Negar seria me prejudicar. Da mesma forma que me gabar.

Antes que Myron tivesse chance de pensar sobre isso, Win comentou:

– Muito bom.

– Ainda não consigo ver a relevância desta conversa – disse Stan.

– Continue me acompanhando e você vai ver.

Gibbs deu de ombros.

– Onde estávamos? – perguntou Myron.

– Os federais o levam ao tribunal – respondeu Win.

– Certo, obrigado. Os federais o levam ao tribunal. Você se defende. Aí acontece uma coisa que você não tinha previsto de maneira nenhuma. As acusações de plágio. Só para efeitos de debate, vamos supor que a família Lex tenha enviado o livro para os federais. Queriam que você largasse do pé deles. Que melhor forma de conseguir isso do que arruinando a sua reputação? E o que você fez? Como reagiu às acusações de plágio?

Stan se manteve calado.

– Desapareceu – disse Win.

– Resposta certa – falou Myron.

Win sorriu e agradeceu para a câmera.

– Você fugiu – continuou Myron. – Mais uma vez, a dúvida sobre o motivo. Várias coisas me vêm à cabeça. Talvez você estivesse tentando proteger seu pai. Ou temesse a família Lex.

– O que se encaixaria perfeitamente no credo de Win: autopreservação – comentou Stan.

– Correto. Você estava com medo de que eles lhe fizessem mal.

– Sim.

Myron seguiu pisando leve, de forma sorrateira:

– Mas você não vê, Stan? Nós temos que pensar de forma egoísta também. Você se vê às voltas com a acusação de plágio. Quais eram as suas opções? Duas, na verdade. Ou fugia ou confessava.

– Ainda não entendi aonde você quer chegar – replicou Stan.

– Siga o meu raciocínio: se contasse a verdade, você ia parecer outra vez um imbecil. Defendendo a Primeira Emenda e o pai e, de repente, se complica e deixa tudo de lado. Não ia funcionar. Ainda ia se arruinar.

– Ferrado se contasse – comentou Win. – Ferrado se não contasse.

– Certo – continuou Myron. – Então a melhor saída, a egoísta, foi desaparecer por um tempo.

– Mas perdi tudo desaparecendo.

– Não, Stan, não perdeu.

– Como é que você pode dizer isso?

Myron levantou os braços e sorriu.

– Olhe em volta.

Pela primeira vez, algo sombrio perpassou o rosto de Stan. Myron percebeu. E Win também.

– Podemos continuar?

Stan ficou calado.

– Você se esconde e começa a enumerar seus problemas. Primeiro, seu pai é um assassino. Você é egoísta, Stan, mas não é desumano. Quer ele fora de atividade, mas não consegue denunciá-lo. Talvez porque o ame. Ou talvez seja o credo de Win.

– Dessa vez, não – rebateu Stan.

– O quê?

– O credo de Win não se aplica aí. Fiquei na minha porque amava meu pai e porque acredito na proteção às fontes. Posso provar.

– Estou escutando.

– Se eu quisesse entregar meu pai, se essa fosse a melhor saída para mim, poderia ter feito tudo anonimamente – afirmou ele, recostando-se e cruzando os braços.

– Essa é a sua prova?

– Claro. Não fui egoísta.

Myron balançou a cabeça.

– Você precisa ir mais fundo.

– Mais fundo como?

– Entregar seu pai anonimamente não ajudaria você, Stan. Sim, você precisava pôr seu pai atrás das grades. Porém, além disso, precisava se redimir.

Silêncio.

– O que satisfaria essas duas necessidades? O que tiraria seu pai do caminho e lhe devolveria a fama, talvez até mais do que antes? Primeiro, você precisava ter paciência. Isso significava permanecer escondido. Segundo, você não podia entregá-lo. Tinha que armar uma cilada para ele.

– Uma cilada para meu pai?

– Sim. Você precisava deixar uma trilha para que os federais a seguissem. Algo sutil que levasse até ele e que você pudesse manipular a qualquer momento. Assumiu, então, uma identidade falsa. Da mesma forma que seu pai. Chegou até a conseguir um emprego, e lá as pessoas veriam o disfarce que seu pai usava, e talvez até envolveria os velhos inimigos dele, a família Lex, no processo.

– De que porra você está falando?

– Sabe o que me intrigou? Seu pai tinha sido tão cuidadoso no passado... Depois, de repente, começa a deixar provas que o incriminam em guarda-volumes. Aluga uma van para o sequestro pagando com cartão de crédito e deixa um tênis vermelho dentro. Não faz o menor sentido. A menos que alguém o quisesse incriminar.

A expressão de surpresa no rosto de Stan era quase genuína.

– Você acha que eu matei aquelas pessoas?

– Não – respondeu Myron. – Seu pai matou.

– Qual é o problema, então?

– Foi você que usou a identidade de Dennis Lex, e não seu pai.

Stan tentou parecer atordoado, mas sem sucesso.

– Você sequestrou Jeremy Downing. E foi você que ligou para mim fingindo ser o sequestrador.

– E por que faria isso?

– Para ter esse final heroico. Ver seu pai preso. Para se redimir.

– Por que ligar para você...

– Para me aguçar o interesse. Você provavelmente ficou sabendo do meu passado. Sabia que eu iria investigar. Você só precisava de um incauto e de uma testemunha. Alguém de fora da polícia. Eu fui esse incauto.

– O incauto *du jour* – acrescentou Win.

Myron o fuzilou com os olhos. O amigo encolheu os ombros.

– Ridículo – rebateu Stan.

– Não, isso explica muita coisa. Responde todas as minhas perguntas anteriores. Por que o sequestrador escolheria Jeremy? Porque você me seguiu depois que saí do seu condomínio. Viu os federais me pegarem. Foi assim que soube que eu tinha falado com eles. Me seguiu até a casa de Emily. E, como qualquer jornalista, percebeu que aquele era o garoto doente de quem eu tinha falado. A doença dele não era segredo. Então o sequestro de Jeremy não é mais uma coincidência, entende?

Stan cruzou os braços.

– Não estou entendendo.

– Outras perguntas vão ser respondidas agora. Por que o sequestrador usou um disfarce e vendou Jeremy? Porque ele não podia identificar você. Por que o sequestrador não o matou logo, como fez com os outros? Pela mesma razão. Porque não tinha a menor intenção de matá-lo. Jeremy deveria passar incólume por aquela experiência. Senão você não se tornaria herói. Por que o sequestrador não fez a exigência habitual de que a família não avisasse a polícia? Porque você queria os federais junto. Precisava que eles assistissem ao seu ato de heroísmo. Não daria certo sem o envolvimento deles. Fiquei me perguntando como é que a mídia estava sempre no lugar certo, em Bernardsville, na cabana. Mas você armou essa parte também. Por meio de informações anônimas, provavelmente. Assim as câmeras poderiam registrar e exibir seu heroísmo. Você dominando seu pai e o resgate dramático de Jeremy Downing. Televisão boazinha. Você sabia como era importante registrar aqueles momentos para o mundo inteiro ver.

Stan esperou um momento, então perguntou:

– Já terminou?

– Ainda não. Acho que você foi longe demais nos detalhes. Deixando o tênis na van, por exemplo. Foi um exagero. Óbvio demais. O fato de tudo se encaixar perfeitamente no final me deixou com a pulga atrás da orelha. Comecei a perceber que eu era o seu otário principal. Você me fez de marionete. Mas, mesmo que eu não tivesse aparecido, você teria sequestrado outra pessoa. Mas os otários principais foram os federais. Caramba, e ainda aquela fotografia do seu pai ao lado da estátua, a única na casa. Estava até em frente à janela. Você sabia que os federais o estavam vigiando. Você jogou a verdade sobre Dennis Lex na cara deles. É claro que iriam até o hospital e juntariam as peças. Caso contrário, você tiraria essa carta da manga no final, quando eles já o tivessem sob custódia. Você estava pronto para ceder e entregar seu pai quando eu apareci na história. Eu, o incauto *du jour*, vi a verdade no sanatório. Você deve ter ficado tão satisfeito!

– Isso é loucura.

– Não, isso responde todas as perguntas.

– Mas não significa que seja verdade.

– O endereço de Davis Taylor que você usava no trabalho era o mesmo do seu pai em Waterbury. E nos levava até ele, Nathan Mostoni. Quem mais poderia ter feito isso?

– Meu pai!

– Por quê? Por que seu pai trocaria de identidade? E se ele precisasse de uma nova, não descartaria a antiga? Ou ao menos trocaria o endereço? Só você poderia ter feito isso, Stan, instalado uma linha extra sem nenhum problema. Seu pai já estava destruído. Demente, no mínimo. Você sequestrou Jeremy. Depois deve ter dito para seu pai encontrar você na casa de Bernardsville. Ele obedeceu, por amor ou demência, não sei. Você sabia que ele estaria armado daquele jeito? Tenho minhas dúvidas. Se Greg tivesse morrido, você não ficaria tão bem na foto. Mas não tenho certeza. Talvez o fato de ele ter atirado só tornou você mais heroico ainda no final. Pense de forma egoísta. Essa é a chave.

Stan balançou a cabeça.

– "Dê um último adeus ao garoto" – disse Myron.

– O quê?

– Foi o que o sequestrador falou para mim ao telefone. O garoto. Cometi um erro quando ele me ligou. Contei a ele que havia um garoto precisando de ajuda. Depois disso, passei a usar a palavra "criança". Quando falei com Susan Lex. Quando falei com você. Disse que uma criança de 13 anos precisava de um transplante.

– E...?

– Então, quando conversamos no carro naquela noite, você perguntou o que eu queria realmente, qual era meu verdadeiro interesse naquilo tudo. Lembra?

– Lembro.

– E eu respondi que já tinha contado.

– Certo.

– E você indagou: "O garoto que precisa de um transplante de medula?" Como você sabia que era um garoto?

Win se virou para Stan, que o encarou.

– Essa é a sua prova? – rebateu Gibbs. – Talvez você tenha soltado essa informação, Myron. Ou talvez eu tenha posto na cabeça que era um garoto. Ou ouvi mal. Isso não é prova.

– Você está certo. Não é. Mas me fez pensar, só isso.

– Pensamentos não são provas.

– Uau – disse Win. – Pensamentos não são provas. Não vou esquecer essa.

– Mas existem provas – continuou Myron. – Cabais.

– Impossível – retrucou Stan com um fio de voz. – Quais?

– Vou chegar lá. Primeiro me deixe dar vazão à minha indignação um pouco.

– Não entendo.

– No final das contas, o que você fez foi infame, não há a menor dúvida. Mas, à sua própria maneira, foi quase ético. Win e eu frequentemente discutimos se os fins justificam os meios. Foi o que aconteceu no seu caso. Você tentou entregar seu pai antes que ele atacasse de novo. Fez todo o possível para garantir que ninguém se machucasse. Jeremy nunca correu perigo, na verdade. Você não tinha como adivinhar que Greg seria baleado. No fim, você só assustou um garoto. Comparando com os assassinatos e com a destruição que seu pai teria continuado a promover, não foi nada. Logo, você fez algum bem. Os fins talvez tenham justificado os meios. Exceto por uma coisa.

Stan permaneceu calado.

– O transplante de medula de Jeremy. Ele vai morrer se não conseguir, Stan. E você sabe que é o doador, e não seu pai. Foi por isso que entregou a Edwin aquela cápsula de cianureto. Porque, assim que levássemos seu pai para o hospital e ficássemos sabendo que o doador não era ele, ora, iríamos investigar. Saberíamos que Edwin Gibbs não era Davis Taylor. Era preciso, então, que ele se matasse e você promovesse uma cremação rápida. Minha intenção não é que essa atitude pareça cruel ou fria como o resto da história. Você não matou seu pai. Ele tomou a cápsula porque quis. Era um homem doente. Queria morrer. Mais um exemplo de fins que justificam meios.

Myron parou um instante e encarou Stan, que sustentou seu olhar. De certa forma, aquele não deixava de ser um trabalho de agente. Myron estava negociando – a negociação mais importante de sua vida. Tinha encurralado o oponente. Agora precisava estender a mão, mas sem ajudá-lo ainda. Precisava mantê-lo encurralado, mas esticando a mão. Só um pouco.

– Você não é um monstro – continuou Myron. – Só não esperava as complicações de ser um doador de medula. Você quer ajudar Jeremy. Por isso está incentivando as doações com tanto fervor. Se eles encontrarem outro doador, você consegue livrar a cara. Porque você está enfiado até o pescoço nessa mentira agora. Não pode admitir que é o doador. Isso iria arruinar você. Dá para entender.

Os olhos de Stan estavam muito abertos e úmidos, mas ele continuava acompanhando.

– Eu disse a você que tinha provas – prosseguiu Myron. – Verificamos o cadastro de doadores de medula. Sabe o que descobrimos, Stan?

Ele não respondeu.

– Você não está cadastrado – falou Myron. – Está aqui pedindo a todo mundo para se cadastrar e o seu próprio nome não está na lista. Nós três sabemos por quê. Porque sua compatibilidade seria detectada. E, se você doasse, haveria mais perguntas.

Stan tirou da manga sua última carta de desafio:

– Isso não é prova.

– Como você vai explicar o fato de não estar cadastrado?

– Não tenho que explicar nada.

– Um exame de sangue vai provar tudo, sem dar margem a dúvidas. O cadastro ainda tem a amostra que Davis Taylor doou durante a campanha. Podemos fazer um teste de DNA e comprovar se o sangue é seu ou não.

– E se eu não concordar em fazer o exame?

Win aproveitou a brecha e respondeu com um minúsculo sorriso:

– Ah, você vai doar sangue, sim. De qualquer forma.

A expressão de Stan pareceu desmoronar. Ele abaixou a cabeça. O ar de desafio desaparecera. Encontrava-se encurralado agora. Não havia como escapar. Começaria a procurar um aliado. Isso sempre acontece nas negociações. Quando o cara está perdido, procura uma saída. Myron já tinha estendido a mão antes. Era hora de repetir o gesto.

– Você não entende... – falou Stan.

– Por mais estranho que pareça, entendo, sim – replicou Myron, aproximando-se um pouco mais dele. Então entrou no modo de comando total, suavizando a voz, mas sem perder a firmeza: – Você e eu faremos um acordo.

Ele levantou a cabeça, confuso mas esperançoso.

– Que acordo?

– Você vai consentir em doar a medula para salvar Jeremy. Anonimamente. Win e eu podemos providenciar isso. Ninguém jamais vai saber quem foi o doador. Você doa, salva Jeremy e eu esqueço o resto.

– Como posso confiar em você?

– Por duas razões – respondeu Myron. – Primeira, estou interessado em salvar Jeremy, e não em arruinar a sua vida. Segunda... – ele ergueu as mãos com as palmas para cima – ... não sou melhor que você. Também violei algumas regras. Deixei que os fins justificassem os meios. Bati num homem inocente. Sequestrei uma mulher.

Win balançou a cabeça.

– Tem uma diferença: enquanto as razões dele eram egoístas, você estava tentando salvar um garoto.

Myron se virou para o amigo.

– Você não disse que os motivos são irrelevantes? Que os atos é que importam?

– Sim. Mas me referindo a ele, e não a você.

Myron sorriu e encarou novamente Stan.

– Não sou superior a você em termos morais. Nós dois fizemos coisas erradas. Talvez consigamos viver com o que fizemos. Mas, se você deixar o garoto morrer, Stan, vai ter ido longe demais. Não vai conseguir dormir mais.

Stan fechou os olhos.

– Eu ia dar um jeito. Conseguir outra identidade falsa e fazer a doação com um pseudônimo. Só estava esperando que...

– Eu sei – interrompeu Myron. – Já sei de tudo.

◆ ◆ ◆

Myron ligou para a Dra. Karen Singh:

– Encontrei um doador.

– O quê?

– Não posso dar mais detalhes. Ele tem que ficar no anonimato.

– Já expliquei a você que todos os doadores permanecem no anonimato.

– Não é isso. Nem o cadastro de doadores pode ficar sabendo. Precisamos encontrar um lugar que recolha a medula sem ter acesso à identidade do paciente.

– Isso não pode ser feito.

– Pode, sim.

– Nenhum médico concordaria...

– Não podemos entrar nesse jogo, Karen. Tenho um doador. Ninguém pode saber quem é. Coloque as engrenagens em funcionamento.

Myron ouvia a respiração de Karen do outro lado da linha.

– Ele tem que fazer um exame de confirmação – falou ela, por fim.

– Sem problema.

– E passar no exame físico.

– Combinado.

– Depois, tudo bem. Vamos começar logo com isso.

◆ ◆ ◆

Quando Emily ficou sabendo do doador, lançou a Myron um olhar curioso e aguardou. Ele não explicou. Ela não perguntou.

Myron visitou o hospital um dia antes de o transplante ter início. Pôs a cabeça para dentro do quarto e viu o garoto dormindo. Estava careca por causa da quimioterapia. A pele tinha um brilho fantasmagórico, como se tivesse murchado por falta de sol. Myron observou o filho. Depois deu meia-volta e foi para casa. Não retornou mais.

Voltou para o trabalho na MB e foi tocar sua vida. Fez uma visita aos pais. Saía com Win e Esperanza. Conseguiu alguns clientes novos e começou a reerguer a firma. Big Cyndi pediu demissão como lutadora e voltou à recepção. O mundo de Myron estava um pouco abalado, mas de volta aos eixos.

Oitenta e quatro dias mais tarde – Myron fez a conta –, recebeu uma ligação de Karen Singh. Ela lhe pediu que fosse até seu consultório. Quando chegou, a médica não perdeu tempo:

– Funcionou. Jeremy foi para casa hoje.

Myron começou a chorar. Karen contornou a mesa, sentou no braço de sua cadeira e esfregou-lhe as costas.

◆ ◆ ◆

Myron bateu à porta entreaberta.

– Entre – falou Greg.

Ele assim o fez. Downing estava sentado numa cadeira. Deixara crescer a barba durante a longa temporada no hospital.

Greg sorriu para Myron.

– Que bom ver você.

– Digo o mesmo. Gostei da barba.

– Me dá um ar másculo, não acha?

– Acho que está mais para um senhor bonachão – replicou Myron.

Greg riu.

– Volto para casa na sexta.

– Ótimo.

Silêncio.

– Você não tem aparecido muito – comentou Greg.

– Queria lhe dar tempo para se recuperar. E deixar a barba crescer.

Greg tentou rir de novo, mas meio que se engasgou.

– Minha carreira no basquete acabou, você já deve saber.

– Você vai dar a volta por cima.

– Fácil assim?

Myron sorriu.

– Quem disse que é fácil?

– É...

– Mas na vida existem coisas mais importantes que o basquete... embora às vezes eu me esqueça disso.

Greg assentiu, depois olhou para baixo.

– Fiquei sabendo que você encontrou um doador. Não sei como conseguiu, mas...

– Não importa.

Ele ergueu os olhos.

– Obrigado.

Myron não sabia o que dizer, portanto permaneceu calado. Foi então que Greg o deixou chocado:

– Você sabe, não é?

O coração de Myron parou.

– Foi por isso que ajudou – continuou Greg, a voz imperturbável. – Emily lhe contou a verdade.

Myron sentiu um aperto no coração. Ouvia um chiado dentro da cabeça, atordoado.

– Você fez o exame de sangue? – perguntou Greg.

Dessa vez Myron conseguiu aquiescer. Downing fechou os olhos. Bolitar engoliu em seco e perguntou:

– Quanto tempo faz que...?

– Nem sei mais. Acho que soube de cara.

Ele sabe. Ele sempre soube...

– Durante um tempo tentei me enganar, achando que não era verdade

– continuou Greg. – É incrível o que a mente da gente consegue fazer às vezes. Mas, aos 6 anos, Jeremy teve que extrair o apêndice. Vi o tipo sanguíneo dele num laudo médico. Isso só veio confirmar o que sempre soube.

Myron não sabia o que dizer. Quando tomou consciência da situação, seus meses de bloqueio foram varridos para longe. A mente conseguia fazer coisas incríveis, realmente. Ele olhou para Greg e foi como ver algo pela primeira vez sob a luz adequada. Aquilo mudava tudo. Pensou outra vez nos pais. No verdadeiro sacrifício. Pensou nos heróis.

– Jeremy é um bom garoto – comentou Greg.

– Eu sei.

– Lembra-se do meu pai? Gritando nas laterais da quadra como um louco?

– Lembro.

– Acabei me parecendo com ele. Sou meu velho, cuspido e escarrado. Tinha meu sangue. E foi o filho da puta mais cruel que conheci. Essa história de sangue nunca significou muito para mim.

Um eco estranho tomou conta do quarto. Os ruídos de fundo desapareceram e só ficaram os dois se olhando, cada um na extremidade de um abismo bizarro.

Greg voltou para a cama.

– Estou cansado, Myron.

– Você não acha que deveríamos conversar sobre isso?

– É... Mais tarde talvez – respondeu Greg, deitando-se e fechando os olhos com uma força exagerada. – Agora estou muito cansado.

◆ ◆ ◆

No fim do dia, Esperanza entrou na sala de Myron e sentou-se.

– Não entendo muito de valores familiares nem sei o que faz uma família feliz. Não sei qual é a melhor forma de se criar um filho nem o que fazer para que ele seja feliz e bem ajustado, o que quer isso signifique. Não sei se é melhor ser filho único ou ter um monte de irmãos. Ser criado pelo pai e pela mãe ou só por um deles. Ou por um casal gay ou de lésbicas. Ou por um albino obeso. Mas uma coisa eu sei.

Myron a encarou e aguardou que ela continuasse.

– Você nunca faria mal a uma criança só por fazer parte da vida dela.

Esperanza se levantou e foi para casa.

◆ ◆ ◆

Stan Gibbs estava no quintal brincando com os filhos quando Myron e Win chegaram de carro. Uma mulher – Myron imaginou que fosse a esposa – estava sentada numa espreguiçadeira e os avistou. Um garoto pequeno montava em Stan como se ele fosse um cavalo. O outro se encontrava no chão, rindo.

Win fez uma careta.

– Que coisa mais singela.

Os dois saltaram do carro. Stan, o cavalo, levantou a cabeça. O sorriso permaneceu em seus lábios, mas podia-se ver que começava a perder força nos cantos da boca. Ele tirou o filho de cima e lhe disse algo que Myron não conseguiu ouvir.

– Poxa, papai... – falou o garoto.

Stan se pôs de pé e afagou o cabelo dele. Win franziu a testa. Enquanto Stan ia em direção a eles, o sorriso desaparecia.

– O que vocês estão fazendo aqui?

– Voltou com a esposa, hein? – comentou Win.

– Estamos tentando.

– Comovente.

Stan se virou para Myron.

– Do que se trata isto?

– Diga aos garotos para entrarem, Stan.

– O quê?

Outro carro parou em frente à casa. Rick Peck estava na direção e, no banco do carona, Kimberly Green. Stan empalideceu e fuzilou Myron com o olhar.

– Fizemos um acordo.

– Lembra que eu disse que você tinha duas escolhas quando o romance foi descoberto?

– Não estou no clima...

– Você poderia fugir ou contar a verdade. Lembra?

A fachada impassível de Stan começava a exibir falhas e, pela primeira vez, Myron viu a fúria.

– Deixei de fora uma terceira escolha, que você mesmo apontou na primeira vez em que nos encontramos. Você poderia ter dito que o sequestrador era um macaco de imitação. Que tinha lido o livro. Isso poderia ter ajudado você. Aliviado um pouco da pressão.

– Eu não podia fazer isso.

– Porque levaria até seu pai?

– É.

– Mas você não sabia que ele tinha escrito o livro. Não é, Stan? Você disse que nunca soube do livro. Eu me lembro da primeira conversa que tivemos. E tenho visto você repetir a mesma coisa na televisão. Você alega não saber que seu pai era o autor.

– É verdade – concordou Stan, e sua fachada voltou a se restabelecer. – Mas, não sei, talvez inconscientemente eu desconfiasse de algo. Não sei explicar.

– Bom – comentou Myron.

– Muito bom – acrescentou Win.

– O problema era que – continuou Myron – você precisava dizer que não tinha lido o livro. Porque se tivesse, ora, Stan, você seria um plagiador. Todo o seu trabalho, todos os seus grandes planos para recuperar a reputação, tudo iria por água abaixo. Você estaria arruinado.

– Já discutimos isso.

– Não, Stan, não discutimos. Não esta parte, pelo menos.

Myron ergueu um saco plástico próprio para guardar provas com uma folha de papel dentro.

Stan retesou o maxilar.

– Sabe o que é isto?

Ele não respondeu.

– Encontrei no apartamento de Melina Garston. Está escrito "Com amor, paizinho".

Stan engoliu em seco.

– E daí?

– Algo nisto me incomodou desde o início. Em primeiro lugar, a palavra "paizinho".

– Não estou entendendo...

– Claro que está. Quando conversei com George Garston, ele se referiu a si mesmo como "papai". Ele também relatou um telefonema de Melina em que a filha o chamava de "papai". Por que assinaria então um bilhete com "paizinho"?

– Isso não quer dizer nada.

– Talvez sim, talvez não. Agora a segunda coisa que me incomodou: quem manda um cartão sem nenhum desenho ou mensagem do lado de fora? Além disso, ninguém escreve na metade superior, mas na inferior, certo? Mas, veja bem, Stan, este não é um cartão. É uma folha de papel dobrada ao meio. Essa é a chave. E estes rasgos ao longo da margem esquerda... Como se alguém tivesse arrancado a folha de algum lugar.

Win entregou a Myron o romance que fora enviado a Kimberly Green. Ele o abriu e colocou a folha dentro.

– Como um livro.

Encaixava-se perfeitamente.

– Seu pai escreveu esta dedicatória – continuou Myron. – Para você. Anos atrás. Você sabia da existência do livro o tempo inteiro.

– Você não tem como provar isso.

– Espere aí, Stan. Um especialista em caligrafia não vai ter problema nenhum em identificar a letra. Não foi a família Lex que descobriu o livro. Foi Melina Garston. Você lhe pediu que mentisse no tribunal. E ela obedeceu. Mas depois começou a ficar desconfiada. Deu uma vasculhada na sua casa e encontrou o livro. Foi ela quem o mandou para Kimberly Green.

– Você não tem provas.

– Ela enviou anonimamente porque ainda gostava de você. Chegou a arrancar a dedicatória para que ninguém, sobretudo você, soubesse de onde tinha vindo. Você tinha muitos inimigos. Como Susan Lex, por exemplo. E os federais. Ela esperava que você desconfiasse de um deles. Durante algum tempo, pelo menos. Mas você descobriu de cara que foi Melina. Ela não contava com isso. Ou com a sua reação.

Stan cerrou os punhos, que começaram a tremer.

– As famílias das vítimas não falariam com você, Stan. E você precisava das falas para o seu artigo. Você acabou se guiando mais pelo livro que pela realidade. Os federais acharam que era para enganá-los. Mas não é verdade. Talvez seu pai tivesse lhe contado que era o assassino, mas só isso. Talvez a história real não fosse tão interessante e você precisasse enfeitá-la. Talvez ele não fosse um escritor tão bom e você tivesse sentido que precisava daquelas citações das famílias. Não sei. Mas você plagiou. E a única pessoa que podia ligar você a esse livro era Melina Garston. Por isso a matou.

– Você nunca vai conseguir provar.

– O FBI vai investigar pra valer agora. Os Lex vão ajudar. Win e eu também. Encontraremos o bastante. No mínimo, um júri vai ficar sabendo de todo o seu papel nisso. Acho que o mundo inteiro. Vão odiar você o suficiente para condená-lo.

– Seu filho da puta.

Stan investiu contra Myron. Com um movimento quase casual, Win passou-lhe uma rasteira. O jornalista caiu no chão. Win apontou e riu. As crianças presenciavam tudo.

Kimberly e Peck saltaram do carro. Myron fez-lhes sinal para esperarem, mas ela balançou a cabeça. Eles algemaram Stan com força e o arrastaram. Os filhos ainda observavam. Myron pensou em Melina Garston e na própria promessa silenciosa. Ele e Win voltaram ao carro.

– Você sempre quis botá-lo na cadeia – comentou Win.

– Sim. Mas primeiro eu precisava garantir que ele doasse a medula.

– E depois que viu que Jeremy estava bem...

– Contei para Green.

Win deu partida no carro.

– As provas ainda são fracas. Um bom advogado vai encontrar muitas brechas.

– Não é problema meu – retrucou Myron.

– Você acha que ele ainda merece viver?

– Sim. Mas o pai de Melina tem poder. E ele não vai viver.

– Achei que você o tivesse aconselhado a não fazer justiça com as próprias mãos.

Myron deu de ombros.

– Ninguém me escuta mesmo...

– Isso é verdade – concordou Win, e saiu com o carro.

– Fico pensando...

– Em quê?

– Quem era o serial killer nessa história? O pai mesmo? Ou Stan o tempo inteiro?

– Acho que nunca vamos saber.

– Provavelmente não.

– Não importa. Eles vão pegá-lo por causa de Melina Garston.

– Acho que sim – concordou Myron.

– E então, está tudo acabado, meu amigo?

A perna de Myron deu aqueles espasmos nervosos outra vez. Ele segurou-a e respondeu:

– Jeremy.

– Ah. Você vai contar para ele?

Myron olhou pela janela sem ver nada de fato.

– O credo egoísta de Win diria que sim.

– E o credo de Myron?

– Não acho que seja muito diferente.

◆ ◆ ◆

Jeremy estava jogando basquete. Myron subiu na arquibancada, do tipo instável que balança a cada passo, e sentou-se. O garoto ainda estava pálido. Mais magro do que a última vez que o vira, mas espichara do nada nos últimos meses. Myron percebeu como as mudanças acontecem rápido nos jovens e sentiu uma pontada forte no peito.

Durante um tempo, apenas observou a partida e tentou avaliar as jogadas do filho objetivamente. Jeremy tinha as ferramentas necessárias, Myron pôde ver de cara, mas elas estavam enferrujadas. Isso, entretanto, não era problema. A ferrugem não perdura muito nos jovens.

À medida que Myron observava o treino, seus olhos iam se arregalando. Sentia as entranhas se contraírem. Refletiu de novo sobre o que ia fazer e uma onda gigante cresceu dentro dele, subjugando-o, encobrindo-o.

Jeremy sorriu quando o viu. O sorriso fez o coração de Myron estremecer. Sentiu-se perdido, à deriva. Pensou no que Win dissera, no que era ser um verdadeiro pai, e também no que Esperanza falara. Pensou em Greg e Emily. Perguntou a si mesmo se não deveria ter conversado com o próprio pai sobre aquilo, revelado que não era uma hipótese, que a bomba caíra de fato, que precisava de ajuda.

Jeremy continuava a jogar, mas Myron podia notar que se distraíra com sua presença. O garoto ficava olhando a todo momento para a arquibancada. Jogava um pouco mais firme, recuperando um pouco o ritmo. Myron sabia bem como era. A vontade de impressionar. Empurrava-o para a frente, talvez quase tanto quanto o desejo de vencer. Fútil, mas verdadeiro.

O técnico fez os jogadores correrem mais um pouco e depois os perfilou na linha de fundo. Eles terminaram o treinamento com os exercícios conhecidos como "suicídios", que consistiam basicamente numa série de corridas de curta distância, interrompidas por curvas e toques no chão, em diferentes linhas da quadra. Myron sentia saudade de muitas coisas relacionadas ao basquete, mas não dos "suicídios".

Dez minutos depois, enquanto a maioria dos garotos ainda tentava recuperar o fôlego, o técnico reuniu a tropa, distribuiu tabelas com os horários de treinamento para o restante da semana e os dispersou com um sonoro bater de palmas. A maior parte se dirigiu à saída, colocando as mochilas nos ombros. Alguns foram para o vestiário. Jeremy caminhou vagarosamente até Myron.

– Oi – cumprimentou ele.

– Oi.

O suor escorria de seu cabelo e empapava seu rosto, avermelhado por causa do exercício.

– Vou tomar uma chuveirada. Quer esperar?

– Claro – respondeu Myron.

– Que bom, volto num minuto.

O ginásio se esvaziou. Myron se levantou e pegou uma bola de basquete. Os dedos encontraram imediatamente as ranhuras, a posição certa. Fez alguns lançamentos, observando a rede dançar enquanto a bola caía. Sorriu e sentou-se, ainda segurando-a. Um zelador entrou e começou a limpar o chão. Seu chaveiro tilintava. Alguém desligou as luzes do teto. Jeremy reapareceu um pouco depois, o cabelo ainda molhado. Também trazia a mochila no ombro.

Como diria Win, "hora do show".

Myron apertou a bola com um pouco mais de força.

– Sente-se, Jeremy. Precisamos conversar.

O rosto do garoto estava sereno e quase belo demais. Ele tirou a mochila do ombro e se acomodou. Myron ensaiara aquela parte. Examinara-a de todos os ângulos, todos os prós e contras. Havia formado uma opinião e depois mudado de ideia, então formado outra. Tinha se torturado o bastante, como Win bem falara.

Porém, no final, descobriu que havia uma verdade universal: as mentiras corrompem. Tentamos afastá-las. Colocá-las numa caixa e enterrá-las. Mas elas acabam saindo de seus caixões e túmulos. Podem dormir durante anos. Só que sempre acordam. E, quando o fazem, estão descansadas, mais fortes e insidiosas.

As mentiras matam.

– Vai ser um pouco difícil de entender...

Ele se deteve. De repente, seu discurso ensaiado soou tão enlatado, cheio de "não é culpa de ninguém", "os adultos também cometem erros" e "isso não quer dizer que seus pais amem você menos". Era condescendente, estúpido e...

– Sr. Bolitar?

Myron olhou para o garoto.

– Meus pais já me contaram – disse Jeremy. – Dois dias atrás.

Ele sentiu um aperto no peito.

– O quê?

– Já sei que você é meu pai biológico.

Myron ficou e não ficou surpreso ao mesmo tempo. Emily e Greg tinham feito uma investida antecipada, digamos, quase como um advogado que revela algo de ruim sobre o próprio cliente porque sabe que a promotoria vai fazer o mesmo. Para diminuir o impacto do golpe. Mas talvez os dois houvessem aprendido a mesma lição que ele sobre a corrupção das mentiras. E talvez estivessem, de novo, tentando fazer o que era melhor para o garoto.

– E como você se sente em relação a isso? – perguntou Myron.

– Me sinto meio estranho, acho. Meus pais pareciam achar que eu ia ter um troço, sei lá. Mas não vejo por que fazer disso um bicho de sete cabeças.

– Não?

– Tudo bem, entendo, claro, mas – ele deu de ombros – não é como se o mundo tivesse virado de cabeça para baixo, essas coisas. Dá para entender?

Myron assentiu.

– Talvez porque seu mundo já tenha sido virado de cabeça para baixo.

– Você está falando da doença e do resto?

– Sim.

– É, talvez – falou ele, refletindo. – Deve ser estranho para você também.

– Claro.

– Andei pensando nisso. Sabe o que percebi?

Myron engoliu em seco. Olhou nos olhos do garoto – via serenidade, sim, mas não por causa da inocência.

– Sim, quero muito saber.

– Que você não é meu pai – esclareceu ele com simplicidade. – Poderia ser, mas não é. Dá para entender?

Myron conseguiu aquiescer.

– Mas... – Jeremy fez uma pausa, olhou para cima, encolheu os ombros como um garoto de 13 anos faz. – Mas talvez você possa fazer parte.

– Parte? – repetiu Myron.

– É – falou Jeremy, sorrindo, e Myron sentiu outra pontada no peito. – Participar. Sabe?

– Sim, sei.

– Acho que eu iria gostar.

– Eu também.

Jeremy meneou a cabeça.

– Legal.

– É.

O relógio do ginásio tiquetaqueava. Jeremy olhou para ele.

– Mamãe deve estar lá fora esperando por mim. A gente costuma fazer uma parada no supermercado, no caminho para casa. Quer vir junto?

– Hoje não, obrigado.

– Sem problema. – Jeremy se levantou e encarou Myron. – Você está bem?

– Estou.

Jeremy sorriu.

– Não se preocupe. Vai dar tudo certo.

Myron tentou retribuir o sorriso.

– Como você consegue ser tão esperto?

– Tenho a quem puxar. Uma boa combinação de genes.

Myron riu.

– Talvez você possa considerar entrar para a política.

– Quem sabe. Se cuida, Myron.

– Você também, Jeremy.

Ele observou o garoto caminhar até a porta, a mesma ginga familiar. Jeremy não olhou para trás. Ouviu-se o som da porta fechando, os ecos, e Myron estava sozinho. Ele se virou para a cesta e ficou contemplando o aro até que se transformasse em um borrão. Visualizou o primeiro passo do garoto, ouviu sua primeira palavra, sentiu o cheiro gostoso de pijama infantil. Sentiu o impacto de uma bola de beisebol contra uma luva, inclinou-se para ajudá-lo com o dever de casa, ficou uma noite inteira sem dormir quando ele teve uma virose, tudo aquilo que seu pai tinha feito – um redemoinho de imagens provocativas e dolorosas, tão irrecuperáveis quanto o passado. Viu-se pairando no umbral do quarto do garoto, na penumbra, sentinela solitária de sua adolescência, e sentiu o que restara do coração explodir em chamas.

Aquelas imagens se dispersaram quando piscou os olhos. O coração voltou a bater. Contemplou de novo a cesta e aguardou. Dessa vez, nada ficou borrado. Nada aconteceu.

AGRADECIMENTOS

GOSTARIA DE AGRADECER AO Dr. Sujit Sheth e à Dra. Anne Armstrong-Coben, ambos do departamento de pediatria do Hospital de Bebês e Crianças, em Nova York, e a Joachim Schulz, diretor executivo do Fundo de Pesquisa para Anemia de Fanconi, que contribuíram com maravilhosas opiniões médicas e depois me viram tomar liberdades com elas. Também agradeço a Linda Fairstein e Laura Lippman, duas colegas escritoras e amigas, especialistas em suas respectivas áreas; a Larry Gerson, a inspiração; a Nils Lofgren, por me fazer superar o último obstáculo; a Maggie Griffin, primeira leitora e amiga de muitos anos; a Lisa Erbach Vance e Aaron Priest por mais um trabalho bem-feito; a Jeffrey Bedford, agente especial do FBI (e um conselheiro não tão ruim, colega de quarto na faculdade); a Dave Bolt, como sempre; e em especial a Jacob Hoye, meu editor de toda a série de Myron Bolitar – que agora é pai. Esta dedicatória é para você também, Jake. Obrigado, camarada.

Para os interessados em doar medula óssea e, talvez, salvar uma vida, é só acessar o site do Registro Nacional de Doadores Voluntários de Medula Óssea: http://redome.inca.gov.br.

Este livro é uma obra de ficção. Isso quer dizer que inventei tudo.

INFORMAÇÕES SOBRE A ARQUEIRO

Para saber mais sobre os títulos e autores
da EDITORA ARQUEIRO,
visite o site www.editoraarqueiro.com.br
e curta as nossas redes sociais.
Além de informações sobre os próximos lançamentos,
você terá acesso a conteúdos exclusivos e poderá participar
de promoções e sorteios.

www.editoraarqueiro.com.br

facebook.com/editora.arqueiro

twitter.com/editoraarqueiro

instagram.com/editoraarqueiro

skoob.com.br/editoraarqueiro

Se quiser receber informações por e-mail,
basta se cadastrar diretamente no nosso site
ou enviar uma mensagem para
atendimento@editoraarqueiro.com.br

Editora Arqueiro
Rua Funchal, 538 – conjuntos 52 e 54 – Vila Olímpia
04551-060 – São Paulo – SP
Tel.: (11) 3868-4492 – Fax: (11) 3862-5818
E-mail: atendimento@editoraarqueiro.com.br